이야기의 탄생

"지구는 태양을 중심으로 돌지만 인간 사회는 이야기를 중심으로 돈다. 매력적인 이야기에 사로잡혀 인간은 어느새 눈물을 흘리기도 하고 함께 광분하기도 하며 혹독한 전쟁에 뛰어들기도 한다. 이 책은 그 이유를 최신 뇌과학으로 절묘하게 설명한다. '우리 뇌가 그렇게 생겨 먹었다'고 말이다. 잘 짜인 서사가 어떻게 우리 뇌에 영향을 미쳐 쉽게 잊히지 않도록 각인되고 풍부한 감성을 자극하는지, 또 상상력을 놀랍게 고양시키며 행동을 극적으로 변화시키는지 과학적으로 설명한다. 이야기로 사람들을 위로하고 더 나은 세상을 만들고 싶은 모든 이들에게 이책은 늘 곁에 두고 참고해야 할 유익한 지침서다. 독자들은 이 책의 마지막 책장을 덮고 나면 『안나 카레니나』와 『해리 포터』에서부터, 영화 〈스타워즈〉와 〈대부〉, 그리고 미국드라마 〈브레이킹 배드〉와 〈로스트〉에 이르기까지 세상의 모든 이야기가 다르게 보이는 놀라운 체험을 하게 될 것이다. 이 책은 이미 스스로 이야기의 힘을 증명하고 있다."

— 정재승, 뇌과학자, 『열두 발자국』 『과학콘서트』 저자

"이 책은 이야기 창작자라면 누구나 고심해보았을 질문들에 신경과학과 심리학의 다양한 사례와 근거를 들어 답을 제시한다. 매력적인 이야기를 쓰고 싶은 창작자들뿐만 아니라 왜 우리의 뇌가 이야기에 본능적으로 이끌리는지를 알고 싶은 독자들에게 추천한다."

— 김초엽, 소설가, 『우리가 빛의 속도로 갈 수 없다면』 저자

"플롯 중심의 기존 작법서들과 달리 이야기 만드는 과정을 뇌과학으로 관찰하고 있다는 점이 매우 새롭고 흥미롭다. 무엇보다 캐릭터에 집중해야 한다는 저자의 말에 깊이 동의가 된다. 작가로서 꼭 곁에 두고 공부하고 싶은 책이다."

— 이신화, SBS 드라마 〈스토브리그〉 작가

"작가를 지망하는 모든 이를 위한 필독서다."

— 《프레스 어소시에이션》

"간명하고 강렬한 책이다. 독자나 관객을 사로잡는 데 도움이 되는 흥미로운 조언을 생생하게 강의로 듣는 것만 같다. 윌 스토는 훌륭한 강사이고 이 책에는 선명하게 기억에 남을 조언이 풍부하게 담겨 있다."

— 《타임스》

"소설이나 시나리오를 쓰고 싶다면 이 책을 읽어라. 매력적이고 생산적인 한 가지 개념을 중심으로 매혹적인 이야기를 쓰는 방법이 명료하고 설득력 있고 짜임새 있게 구성되어 있다. 윌 스토는 플롯 중심의 글쓰기 지침서에서 탈피하게 해주고 새로운 접근법으로 해방감을 줬다."

— 《선데이 타임스》

"인류의 가장 정교한 예술 양식인 이야기의 과학과 심리학을 훌륭하게 파헤치면서 효과적인 글쓰기 지침서 역할도 한다."

— 알렉스 프레스턴, 《옵서버》 저널리스트

"글쓰기의 기술과 과학만이 아니라 인간 본성을 조명하는 책이다. 벌써 부터 다시 읽고 싶어졌다."

— 데이비드 롭슨, 『지능의 함정』 저자

"스토리텔링의 이해를 돕는 과학적인 접근으로는 단연 최고다. 작가라 면 경력과 상관없이 누구나 이 책을 통해 자신의 작품에 깊이와 폭을 더해주는 새로운 통찰을 얻을 것이다."

— 크레이그 피어스, 영화 〈댄싱 히어로〉, 〈물랑 루즈〉, 〈위대한 개츠비〉 시나리오 작가

"스토리텔링에 관해 내가 읽은 최고의 책이다."

— 매트 헤이그, 『시간을 멈추는 법』 저자

"심리학과 신경과학을 현실의 삶으로 풀어내는 저자의 재주가 타의 추 종을 불허한다. 아름다운 글이다."

— 소피 스콧, 인지신경과학연구소 교수

"올해 만난 단연 최고의 책."

— 한나 프라이, 런던 대학교 수학과 교수

"인간의 마음이 어떻게 작동하는지, 적어도 자신의 마음이 어떻게 작동하는지에 관심이 있는 모두를 위한 책이다."

— 로버트 웹, 영국의 배우이자 희극인

"단순히 이야기를 만드는 방법에 관한 책이 아니다. 인간으로 살아남는 것이 무엇인지를 이야기하는 책이다."

— 팀 로트, 『How to be invisible』 저자

"스티븐 킹 이후 글쓰기에 관해 읽은 책 중 최고다. 이 책을 읽으면 훨씬 좋은 작가를 넘어서 훨씬 좋은 사람이 될 수 있다."

— 홀리 번, 『Am I Normal Yet?』 저자

"인간이 왜 이야기에 끌리는지 설명한 후 현미경으로 정밀하게 들여다본다. 작가와 독자뿐만 아니라 이야기를 사랑하는 모두에게 강력히 추천한다."

— 에린 켈리, 『He Said/She Said』의 저자

뇌과학으로 풀어내는
매혹적인 스토리의 원칙

이야기의
탄생

윌 스토 지음 | 문희경 옮김

THE SCIENCE OF STORYTELLING

흐름출판

우리의 첫째, 파커에게

일러두기

- 각주는 옮긴이 주입니다.
- 본문에서 단행본 도서 및 각본, 시나리오는 『 』로, 논문 및 에세이, 짧은 글은 「 」로, 일간지 및 잡지, 앨범은 《 》로, TV 프로그램 및 영화, 노래는 〈 〉로 표시해두었습니다.
- 본문에 언급되는 도서와 영화는 국내 출간, 개봉한 작품인 경우 국내에서 쓰인 제목으로 표시했으며, 미출간 작품은 원제목을 병기해두었습니다.
- 인용문은 원서를 바탕으로 역자가 번역한 내용입니다.

아, 인간이 자신의 한계를 뛰어넘지 못한다면

천국인들 무슨 소용이 있겠는가?

— 로버트 브라우닝Robert Browning, 1812–1889

우리는 인간의 이야기가 어떻게 끝나는지 알고 있다. 결국 모두 죽는다. 우리가 사랑하는 모든 이도 죽는다. 그러다 결국 열 사망heat death, 즉 엔트로피가 최대가 되는 열평형 상태에 도달해 우주가 종말을 맞는 날이 올 테고, 그때가 되면 우주의 모든 변화가 멈추고 별들이 사멸하며 오로지 무한하고 생명이 없고 얼어붙은 텅 빈 공동空洞만 남을 것이다. 그토록 요란하고 오만하던 인간의 삶도 영원히 무의미해질 것이다.

우리는 이런 진실을 알고도 아무것도 모른다는 듯 살아간다. 그러나 바쁘고 행복하게 일분일초를, 한 시간을, 하루를 보내는 사이에도 그 텅 빈 구멍은 사라지지 않고 늘 우리 위에서 맴돈다. 누군가는 그 시커먼 구멍을 알아차리고 똑바로 쳐다보다가 깊은 절망에 빠져들 수도 있다. 하지만 현실에서 그 사람은 정신 건강에 문제가 있다고 진단받을 가능성이 크다.

인간이 가진 근원적인 두려움에 대한 치료법이 바로 이야기다. 뇌는 희망에 찬 목표로 삶을 가득 채우고 그 목표를 성취하게 만들어서 우리가 삶의 냉혹한 진실에 직면하지 않게 해준다. 이야기는 우리의 존재에 의미가 있다는 착각을 일으켜서 삶의 혹독한 진실을 외면하게도 해준다. 우리가 무엇을 원하는지, 또 원하는 것을 이루기 위해 얼마나 노력하는지, 그리고 결국 성공하거나 실패하는지는 모든 인간의 공통된 이야기다. 이야기가 없다면 인간 세상을 이해할 길이 없다. 이야기는 신문과 법정, 스포츠 경기장, 정부 회의실, 학교 운동장, 컴퓨터게임, 노랫말, 사적인 생각과 공적인 대화, 백일몽과 꿈을 채운다. 어디에나 이야기가 있다. 이야기가 곧 **우리**다.

심지어 이야기는 사람을 사람답게 만들어준다. 최신 연구에 따르면 인간의 언어는 인간이 석기시대에 부족을 이루고 살면서 '사회 정보'를 교환하기 위한 용도로 발전했다고 한다.[1] 다시 말해서 인간은 처음부터 남들에 관해 소문을 퍼트리는 존재였다는 뜻이다. 누군가가 도덕적으로 옳고 그르다는 이야기를 주고받으면서 그릇된 행동은 벌하고 옳은 행동에는 상을 준다. 이런 방식으로 부족의 모든 구성원이 협력하도록 유도하고 부족을 감시해왔다. 영웅과 악당의 이야기, 그리고 이런 인물들이 자극하는 기쁨과 분노의 감정은 인간의 생존에 결정적이었다. 인간은 본래 이런 이야기와 감정을 즐기도록 타고난 존재다.

일부 연구자들은 부족에서 조부모가 꼭 필요한 존재였다고 말한다.[2] 부족의 노인들은 온갖 이야기, 영웅적인 조상들과 흥미로운 모험과 영혼과 마법에 관한 이야기를 들려주면서 아이들이 물리적, 정신적, 도덕적 세계를 탐색하도록 이끌었다.[3] 그리고 이런 이야기에서 인간의 정교한 문화가 탄생했다. 인간은 농사를 짓고 가축을 키우면서 부족으로 정착했고, 서서히 국가를 형성하면서 노인들이 모닥불 옆에서 들려주던 이야기가 사람들을 연결시켜 거대한 힘을 가진 종교로 발전해나갔다. 현대 국가도 기본적으로는 집단적 자아에 관해 들려주는 이야기로 정의된다. 승리와 패배, 영웅과 적, 독특한 가치관, 삶의 방식을 비롯한 온갖 요소가 이야기에 녹아 있다.

우리는 하루하루의 삶을 이야기로 경험한다. 뇌는 우리가 사는 세계를 구축하고 그 세계에 동지와 악당을 채워 넣는다. 뇌는 혼란스럽고 암울한 현실을 단순하고 희망적인 이야기로 바꾸고 그 중심에 주인공(근사하고 소중한 나)을 위치시킨다. 이때 주인공은 일련의 목표를 향해 나아가고 이것이 삶의 플롯이 된다.

중요한 것은 이야기는 뇌에서 비롯된다는 사실이다. 심리학 교수 조너선 하이트Jonathan Haidt는 뇌가 '이야기 프로세서'이기는 하지만 '논리적인 프로세서는 아니'라고 말한다.[4] 이야기는 우리의 입술 사이로 숨이 새어나오듯이 마음에서 흘러나온다. 천재들만 이야기를 잘 만드는 것이 아니라 누구나 이미 그것을 만들고 있다. 단지 더 잘 만들려면 그저 자신의 내면을, 마음 그 자체를 가만히 들여다보면서 마음이 어떻게 작동하는지 질문을 던지면 된다.

이 책의 출발점은 특이하게도 스토리텔링 강좌였다. 나는 수업을 준비하면서 여러 문헌을 참조했고 그러다 이 책을 쓰기로 마음먹었다. 내가 스토리텔링의 과학에 관심을 두기 시작한 건 10년 전쯤 믿음의 심리학을 탐구한 『이단자들The Heretics』이라는 두 번째 책을 집필할 때였다. 나는 지적인 사람이 어쩌다 터무니없는 정보를 믿게 되는지 알아보고 싶었다. 그리고 심리적으로 건강하다면 우리의 뇌가 '삶'이라는 플롯의 중심에서 우리 스스로를 도덕적 영웅인 양 느끼게 만들어준다는 사실을 발견했다. 우리는 어떤 '사실'이 자신을 영웅으로 여기는 자아 감각을 뒷받침해주면 그것이 진실이든 아니든 덜컥 믿어버린다. 반대로 영웅의 자아 감각을 지지하지 않는 사실이라면 우리의 마음은 교묘히 그 사실을 부정할 방법을 찾는다. 아무리 똑똑한 사람이라고 해도 다르지 않다.

『이단자들』은 내가 처음으로 뇌를 스토리텔러로서 이해하는 개념을 소개한 책이었다. 나는 이 개념을 얻으면서 나 자신뿐만 아니라 세계를 보는 관점도 달라졌고 글쓰기에 대한 생각도 달라졌다. 『이단자들』을 쓰기 위해 자료 조사를 하던 때 나는 마침 첫 소설을 집필하는 중이었는데, 몇 년째 소설을 붙잡고 씨름하다가 결국 글쓰기 '방법론' 서적들을 구입했다. 그 책들을 읽다가 특이한 지점을 발견했는데, 이야기 창작에 대한 일부 이론가들이 서사에 관해 설명하는 몇 가지 개념은 내가 만난 심리학자와 신경과학자들이 뇌와 마음에 관해 설명한 내용과 놀랄 만큼 유사하다는 점이었다. 작가와 과학자가 전혀 다른 지점에서 출발했지만 결국 같은 사실을 발견한 것이다.

　이후 다른 책들을 쓰기 위해 여러 가지 자료를 살펴보면서도 계속해서 두 분야를 연결시켜봤고, 두 분야를 엮어서 나의 스토리텔링을 발전시킬 수 있을지 고민했다. 그러다 마침내 작가를 위한 과학 기반의 글쓰기 강좌를 시작했는데 뜻밖에도 큰 성공을 거뒀다. 강의실을 가득 메운 유능한 작가와 기자와 극작가들을 정기적으로 만나면서 내 연구에 깊이가 더해졌고, 얼마 안 가서 짧은 책 한 권을 쓸 만큼 자료가 쌓였다.

　나는 이 책이 스토리텔링에는 관심이 없어도 인간 조건의 과학에는 호기심을 느끼는 모든 사람의 관심을 끌기를 바란다. 물론 특히 작가들의 관심을 원한다. 누구나 다른 사람들의 뇌를 사로잡아 관심을 유지하는 것을 어려워한다. 나는 인간의 뇌가 어떻게 작동하는지 조금이라도 이해하면 모두가 저마다의 일을 더 잘해낼 수 있다고 믿는다.

　이 책은 이야기를 이해하기 위한 기존의 여러 시도들과는 다르게 접근한다. 보통은 연구자들이 세계 각지의 성공적인 이야기나 신화를 비교해서 공통적인 요소를 추려낸다. 이런 접근 방식에서 정해진 플롯, 즉 이야기 속 사건을 순서대로 나열하는 방식이 발견됐다. 가장 널리 알려진 플롯 구조로 신화학자 조지프 캠벨Joseph Campbell의 '단일신화Monomyth'가 있다. 이는 영웅이 '모험으로의 첫 부름'을 받는 부분에서 시작해서 영웅의 여정을 따라가는 열일곱 개의 부분으로 이루어진 구조다.[5]

이 플롯은 크게 성공했다. 수많은 사람들을 매료시키고 막대한 돈을 벌어들였다. 방적공장의 산업혁명처럼, 특히 영화와 TV 장편드라마 쪽에서 대대적인 성공을 거뒀다. 켐벨에게 영감을 얻은 대표적인 예로, 〈스타워즈 에피소드 4-새로운 희망〉과 같은 훌륭한 작품도 있다. 하지만 식상한 데다 상업적이고 대량으로 찍어낸 것 같은 이야기도 수두룩하다.

내가 보기에 플롯에 대한 기존의 접근법이 가지고 있는 문제는 플롯 구조에 집착하게 만든다는 데 있다. 왜 그런지는 쉽게 알 수 있는데, 모두가 하나의 진실한 이야기만 찾으려고 하기 때문이다. 모든 이야기의 판단 기준이 되는 궁극의 완벽한 플롯 구조 말이다. 그런데 플롯 구조를 다양한 요소로 분석하지 않고서 어떻게 이해할 수 있겠는가?

스토리텔링의 과학을 연구해보면 이런 플롯 구조의 진실이 드러난다. 대개의 이야기는 일반적인 5막 플롯의 변주이고, 이 5막 플롯 구조가 성공하는 이유는 비밀스럽고 거창한 진실이나 스토리텔링의 보편적인 원리를 담고 있어서가 아니라 깊이 있는 인물 변화를 가장 간결하게 드러내는 구조이기 때문이다. 5막 플롯 구조는 단순하고 효율적이고 지속적인 플롯으로서 대중의 관심을 끌어내기에 완벽한 구조다.

나는 플롯을 마법의 공식처럼 떠받든 탓에 간혹 요즘의 이야기가 가볍고 단조로운 느낌을 준다고 생각한다. 그러나 이야기 속에서 플롯만 따로 작동하는 것이 아니므로 플롯에 대한 지나친 관심을 인물에게로 돌려야 한다. 우리는 자연히 사건이 아니라 **사람들**에게 관심을 갖는다. 결함이 있고 매력적이고 구체적인 누군가의 역경을 보면서 응원하기도 하고 울기도 하며 소파 쿠션에 머리를 박기도 한다. 플롯 표면에 드러난 사건도 물론 중요하고 플롯 구조가 제 기능을 다하고 규율을 따라야 하지만 플롯이 존재하는 이유는 결국 그 안의 인물을 위해서다.

보편적 플롯 구조가 존재하고 알아두면 좋을 스토리 양식이 있는 것도 맞지만 누구나 반드시 따라야 할 지침과 금기시해야 할 지침을 설명하려고 시도하면 오히려 오해를 불러올 수 있다.

뇌의 관심을 끌고 유지하게 하는 요인은 다양하다. 작가는 다양한 목적으로 진화해온 신경계의 수많은 기제, 가령 도덕적 분노, 예기치 못한 변화, 지위 게임, 특수성, 호기심 같은 기제를 사로잡아서 각 기제가 오케스트라의 악기처럼 연주되기를 기다린다. 작가가 이런 기제를 충분히 이해하면 깊이 있고 독자의 호기심을 끌어내면서 감정을 건드리는 독창적인 이야기를 만들어낼 수 있다.

나는 이런 접근법이 우리를 더 창조적으로 만들어주기를 바란다. 스토리텔링의 과학을 이해하면 무엇보다 공통으로 주어지는 '원칙' 이면에 존재하는 '이유'를 이해할 수 있다. 근거를 알면 힘이 생긴다. 원칙이 **왜** 원칙인지 이해하면 그 원칙을 지적으로, 성공적으로 깨트릴 **방법**도 알 수 있다.

그렇다고 캠벨 같은 학자들의 발견을 무시해야 한다는 뜻은 아니다. 오히려 정반대다. 스토리텔링에 관한 여러 유명한 책에는 최근에야 과학에서 발견된 서사와 인간 본성에 관한 놀라운 통찰이 이미 담겨 있다. 이 책에서는 스토리텔링 서적의 저자들을 다수 인용한다. 이들의 플롯 구조를 무시해야 한다고 주장하려는 것이 아니다. 오히려 그 구조를 이용하면 이 책을 쉽게 보완할 수 있다. 다만 강조점을 어디에 두느냐의 문제. 나는 강렬하고 심오하면서도 독창적인 플롯은 주요 원칙을 나열한 목록이 아니라 인물에서 나올 가능성이 크다고 믿는다. 풍성하고 진실하며 서사적 놀라움이 가득한 인물을 창조하는 최선의 방법은 그 인물이 현실에서 어떻게 살아갈지 알아보는 것이다. 한마디로 우리는 과학에 기대야 한다.

나는 소설을 쓰면서 이런 책이 있으면 좋겠다고 생각한 스토리텔링 책을 쓰려고 했다. 이 책 『이야기의 탄생』에 '필수 항목'을 담아서 이야기 만들기에 실용적으로 활용할 수 있으면서도 작가의 창조적인 정신을 죽이지 않도록 균형을 잡고 싶었다. 소설가이자 창조적인 글쓰기를 가르치는 존 가드너John Gardner의 말에 동의한다.[6] "미학적 절대 요소도 압박을 받으면 상대적인 것으로 드러난다." 스토리텔링을 시작하려는 사람이라면 이 책에서 소개하는 내용을 의무로 받아들이지 말고 무기로 삼아서 사용할지 말지, 사용한다면 언제 어디에서 쓸지 스스로 판단하길 바란다.

이 책의 후반부에는 내 수업에서 여러 해에 걸쳐 좋은 성과를 거둔 기법을 소개한다. '신성한 결함의 접근법'이라는 이 기법은 인물을 최우선에 두는 방법이다. 우리의 뇌에서 삶을 구축하는 다양한 방식을 본떠서 이야기를 창작하려고 시도하므로, 진실하고 신선하게 느껴질 뿐만 아니라 잠재적인 드라마가 장전되어 있다.

이 책은 4개의 장으로 구성되어 있는데, 각 장에서 각기 다른 층위의 스토리텔링을 탐색한다. 우선 작가와 우리의 뇌가 저마다의 생생한 세계를 어떻게 창조하는지 알아본다. 다음으로 그 세계의 중심에서 결함이 있는 주인공을 만나본다. 이어서 주인공의 잠재의식으로 들어가 인간의 삶을 기괴하고 복잡하게 뒤틀고, 우리의 이야기를 강렬하고 예상할 수 없고 감상적으로 만드는 숨은 갈등과 의지를 밝힌다. 끝으로 이야기의 의미와 목적을 들여다보고 플롯과 결말을 새로운 시각으로 이해해본다.

나는 이 책에서 훌륭한 스토리텔링에 관한 이론가들이 이미 오래 전에 통찰한 사실이자, 최근에 과학계의 훌륭한 학자들이 입증한 사실을 이해하려고 시도했다. 양쪽 모두에게 크게 신세를 졌다.

— 윌 스토

◆ 차례 ◆

2장 결함 있는 자아

3장 극적 질문

4장 플롯과 결말

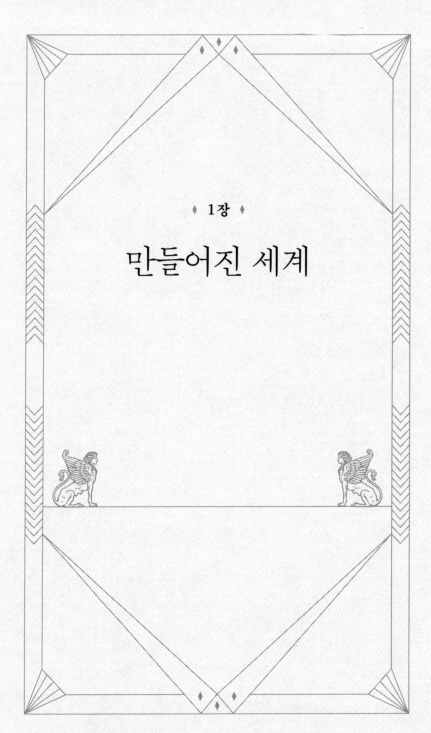

1장

만들어진 세계

이야기는 어디에서 시작하는가?

이야기는 어디에서 시작하는 걸까? 아니, 무엇이든 간에 그것은 맨 처음 어디에서 시작할까? 예를 들어보자. "찰스 포스터 케인은 1862년에 미국 콜로라도주 리틀 샐럼에서 태어났다. 어머니는 메리 케인이고 아버지는 토머스 케인이었다. 메리 케인은 하숙집을 운영했고…"

이 같은 방식은 전혀 효과적이지 않다. 물론 출생이 삶의 시작일 수는 있다. 우리의 뇌가 데이터 프로세서라면 출생은 이야기의 출발점이 되겠지만 이런 전기적인 자료는 스토리텔링을 하는 우리의 뇌에는 큰 의미가 없다. 스토리텔링 뇌에서 원하는 것은, 그러니까 뇌가 남다른 집중력을 발휘하는 대가로 요구하는 것은 다른 무엇이다.

통제력을 추구하는 뇌와 변화의 순간

많은 이야기가 예기치 못한 변화의 순간에 시작된다. 그리고 그 순간을 통해 이야기는 이어진다. 연예인과 관련한 해프닝을 다룬 60자짜리 타블로이드 신문기사든, 『안나 카레니나』 같은 35만 자짜리 장편소설이든, 우리가 듣는 모든 이야기는 결국 '뭔가가 변화한' 이야기다. 변화는 우리 뇌에서 끝없이 매력적으로 느끼는 현상이다. 신경과학자 소피 스콧Sophie Scott 교수는 이렇게 말한다. "거의 모든 지각은 변화를 감지하는 데서 시작한다. 우리의 지각 체계는 사실상 변화가 감지되지 않으면 작동하지 않는다."[1] 실제로 안정된 환경에서는 뇌가 비교적 평온하지만[2] 변화가 감지되면 당장 신경 활동이 급격히 증가하는 것을 알 수 있다.[3]

이 같은 신경 활동에서 삶의 경험이 나온다. 우리가 보고 생각한 모든 것, 사랑하고 미워한 모든 사람, 내밀히 간직한 모든 비밀, 우리가 꾸는 모든 꿈, 모든 석양, 모든 여명, 모든 고통, 행복, 취향, 갈망 등 모든 것이 뇌의 가장자리를 돌면서 흐르는 방대한 정보에서 창조된 산물이다. 양쪽 귀 사이에 위치한 1.2킬로그램의 회분홍색 컴퓨터 같은 덩어리는 두 손 안에 쏙 들어가지만 그 크기에 비해 가늠하기 어려울 만큼 방대한 것들을 품고 있다. 뇌에는 신경세포인 '뉴런neuron'이 860억 개가 있고 뉴런 하나는 도시 하나만큼이나 복잡하다. 뉴런과 뉴런 사이의 신호는 최대 초속 120미터로 전달되며[4] 15만 킬로미터에서 18만 킬로미터의 시냅스를 이동한다.[5] 지구를 네 바퀴 도는 거리다.

그런데 신경계의 힘은 대체 **무엇을** 위한 것인가? 진화론에서는 우리의 목적이 살아남아 번식하는 데 있다고 말한다. 특히 인간에게 번식을 목적으로 한다는 것은 곧 잠재적 짝이 우리를 어떻게 생각할지를 조작할 수 있다는 뜻이다. 이성에게 좋은 짝이라는 확신을 주려면 매력이나 지위, 명성, 구애 의식과 같은 사회적 개념을 깊이 이해해야 한다. 결국 뇌의 궁극적인 사명은 상대를 통제하는 일이다. 뇌는 우리를 둘러싼 물리적 환경과 그 환경에 있는 사람들을 지각하고 그 사람들을 **통제**해야 한다. 세계를 통제하고 조절하는 방법을 배워야 원하는 것을 얻을 수 있다.

뇌는 세상을 통제하기 위해 항상 예기치 못한 상황을 경계한다. 뜻밖의 변화가 위험을 불러오고 우리의 목숨을 노릴 수도 있기 때문인데, 한편 그런 변화는 기회가 되기도 한다. 뜻밖의 변화라는 우주의 갈라진 틈새로 미래가 찾아오기 때문이다. 변화는 희망이자 약속이고 더 나은 내일로 가는 굴곡진 여정이다. 삶에서 예기치 못한 변화와 맞닥뜨릴 때 우리는 알고 싶어 한다. 이것은 무슨 뜻일까? 좋은 변화일까 나쁜 변화일까? 예상 밖의 변화는 호기심을 자극하고, 이 호기심이야말로 이야기의 도입부에서 독자가 느껴야 하는 감정이다.

이제 우리의 얼굴을 그냥 얼굴이 아니라 수백만 년에 걸쳐 변화를 감지하도록 진화해온 장치라고 생각해보자. 얼굴에는 변화를 감지하는 데 전념하지 않는 부위가 거의 없다. 별생각 없이 길을 가다가 예기치 못한 변화에 맞닥뜨렸다고 상상해보라. 예를 들어 탕 소리가 나고 누군가가 내 이름을 부른다. 걸음을 멈추고 마음속 독백이 끊긴다. 주의력에 불이 켜지면서 "무슨 일이지?"라는 질문에 답하기 위해 변화를 감지하는 장치(얼굴)를 변화를 촉발시킨(소리가 들려온) 방향을 향해 돌린다.

이것이 작가가 하는 일이다. 작가는 이야기 흐름에 예기치 못한 순간을 넣어서 주인공의 주의를 끌고, 나아가 독자나 관객의 관심을 끌어들인다. 역사적으로 이야기의 비밀을 밝히려고 시도한 사람들은 오래전부터 이 변화의 의미를 알았다. 아리스토텔레스는 '반전peripeteia', 곧 극적 전환점이 극에서 가장 강력한 순간이라고 주장했고, 스토리 창작 이론가이자 드라마 협회 회장인 존 요크John Yorke는 "모든 TV 감독이 현실이나 허구에서 항상 찾는 이미지는 클로즈업한 인간의 얼굴에서 변화가 일어나는 순간"이라고 말했다.

변화의 순간은 결정적이므로 대개 첫 문장에 응축된다.

스팟! 스팟은 저녁을 먹지 않았어. 어디로 갔지?
— 에릭 힐, 『스팟이 어디에 숨었나요?』

"아빠는 도끼를 가지고 어디로 가는 건가요?"
— E. B. 화이트, 『샬롯의 거미줄』

자다 깨보니 침대 옆자리가 썰렁하다.

— 수전 콜린스, 『헝거 게임』

위의 첫 문장들은 구체적인 변화의 순간을 전달하면서 호기심을 이끌어내기도 하고 골치 아픈 변화가 일어날 거라고 불길하게 암시하기도 한다. 스팟이 버스 밑에 들어갔을까? 아빠는 도끼를 가지고 어디로 가는 걸까? 변화는 호기심을 자아내는 데 효과적인 기법이다. 영화감독 알프레드 히치콕은 예기치 못한 변화가 곧 일어날 거라는 암시를 주면서 관객의 뇌를 불안하게 만드는 기법의 대가다. 심지어 그는 "쾅하는 순간에는 공포가 일어나지 않는다. 그 순간을 예상하는 동안에만 공포가 일어난다"라고 말했다.[6]

위협적인 변화는 샤워 커튼 뒤 사이코의 칼처럼 노골적이지 않아도 된다.

프리빗가 4번지의 더즐리 부부는 우리는 완벽히 평범합니다, 그럼 이만, 하고 자신 있게 말할 수 있었다.

— J. K. 롤링, 『해리포터와 마법사의 돌』

롤링의 이 첫 문장은 변화의 가능성을 훌륭하게 잉태하고 있다. 책을 많이 읽는 독자들은 더즐리 가족의 자족적인 세계에 **뭔가가** 일어날 거라는 조짐을 감지해낸다.[7] 제인 오스틴의 『엠마』의 유명한 도입부와 같은 기법을 채택한 셈이다.

예쁘고 똑똑하고 부유하며 화목한 가족과 쾌활한 성정까지
지닌 엠마 우드하우스는 인생에서 최고의 복을 타고난 듯했고,
스물한 해 가까이 근심 걱정 없이 살았다.

오스틴의 첫 문장처럼 도입부에서 변화의 순간이나 변화의 위
협을 암시하는 방식은 어린이책 작가들만 잘 쓰는 기법이 아니
다. 하니프 쿠레이시Hanif Kureishi의 소설 『친밀감』의 첫 문장을
보자.

슬픈 밤이다. 나는 집을 떠나서 돌아오지 않으려 한다.

도나 타트Donna Tartt의 『비밀의 계절』은 이렇게 시작한다.

산에 쌓인 눈이 녹고 있었다. 우리는 버니가 죽은 지 몇 주가
지나서야 사태의 심각성을 깨닫기 시작했다.

알베르 카뮈의 『이방인』은 이렇게 시작한다.

오늘 엄마가 죽었다. 아니 어제였나. 모르겠다.

조너선 프랜즌Jonathan Franzen의『인생 수정』이라는 훌륭한 문학작품도 에릭 힐의『스팟이 어디에 숨었나요?』와 정확히 같은 방식으로 시작한다.

광기 어린 한랭 전선이 가을 대평원으로 다가오고 있었다. 끔찍한 일이 일어날 거라는 예감이 들었다.

현대 소설에만 국한된 것도 아니다.

분노! 노래하소서, 여신이여. 아킬레우스의 분노를, 시커멓고 잔혹한 분노를, 그리스인들에게 가늠할 길 없는 고통을 안겨주고 숱한 영웅들의 혼백을 하데스의 암흑으로 내던지고 그들의 육신은 개와 새의 먹이로 썩게 한 그 분노를. 제우스의 뜻이 이루어졌도다. 그리스 장군 아가멤논과 신과 같은 아킬레우스가 충돌한 날로부터.
— 호메로스,『일리아스』

또한 소설에만 한정된 것도 아니다.

하나의 유령이 유럽을 떠돌고 있다. 공산주의라는 유령이.
— 카를 마르크스,『공산당 선언』

이야기가 시작할 때는 변화가 없는 듯 보여도,

　행복한 가정은 모두 비슷하고, 불행한 가정은 저마다의 이유로 불행하다.

레프 톨스토이의 『안나 카레니나』에서 이 첫 문장이 독자의 뇌의 관심을 끈다면 곧 변화가 일어날 거라고 짐작할 수 있다. 다음의 두 번째, 세 번째 문장을 보라.

　오블론스키 집안은 뒤죽박죽이었다. 아내는 남편이 전에 있던 프랑스인 가정교사와 바람피운 걸 알고 남편에게 더는 한집에서 살 수 없다고 선언했다.

현실에서 우리가 만나는 예기치 못한 변화는 대부분 전혀 중요하지 않은 일이다. 탕 소리는 그저 화물차 문이 닫히는 소리고, 밖에서 들려오는 목소리는 내 이름을 부르는 것이 아니라 어떤 엄마가 자기 아이를 부르는 소리일 뿐이다. 그래서 우리는 멈췄던 몽상에 다시 빠져들고 세계는 다시 움직임과 소음으로 뒤섞인다. 그래도 변화가 중요한 순간들이 있다. 그럴 때 우리는 행동한다. 그리고 그 순간에 이야기가 시작된다.

호기심이라는 수수께끼 상자

예기치 못한 변화만이 호기심을 자극하는 것은 아니다. 뇌가 세계를 통제하려면 우선 그 세계를 제대로 알아야 한다. 그래서 인간은 끊임없이 호기심을 가진다. 태어난 지 9주 된 아기도 이미 한 번 본 이미지보다 낯선 이미지에 더 끌린다.[1] 2세에서 5세 사이의 아이들은 보호자에게 '설명을 요구하는' 질문을 약 4만 개나 던진다.[2] 인간은 놀랄 만큼 지식을 갈구한다. 작가는 하나의 세계를 창조하고 독자에게 그 세계에 관해 모든 것을 말해주지 않으면서 정보에 대한 갈증을 자극한다.

많은 심리학자가 호기심의 비밀을 탐구했는데 그중에 유명한 학자인 조지 로웬스타인George Loewenstein 교수가 있다.[3] 로웬스타인은 한 실험에서 참가자들에게 컴퓨터 화면에 사각형 격자를 보여준 다음, 사각형 다섯 개를 누르라고 지시했다. 일부 참가자 집단에는 사각형을 누를 때마다 동물 한 마리의 전체 모습을 다 보여주고, 다른 집단에는 일부분만 보여주었다. 이때 사각형을 더 누르면 큰 그림의 다른 일부분이 나타났다. 두 번째 집단은 필수로 눌러야 하는 다섯 개를 다 누르고도 그림 속 동물이 어떤 동물인지 드러날 때까지 계속 사각형을 누를 가능성이 더 컸다. 참가자들이 보여준 실험 결과에 따르면 뇌는 '불완전한 정보 세트'가 주어질 때 즉흥적으로 호기심을 느끼는 것으로 보였다. 로웬스타인은 이 실험에 대해 다음과 같이 말했다. "전혀 중요하지 않은 질문에도 정보의 격차를 메우려는 성향이 있다."[4]

다른 실험에서 한 집단에는 사람의 신체 중 손과 발과 몸통을 찍은 세 장의 사진을 보여줬다.[5] 두 번째 집단에는 두 부위를 보여주고 세 번째 집단에는 한 부위를 보여줬으며, 나머지 집단에는 아무것도 보여주지 않았다. 연구자들은 신체 일부 사진을 많이 본 집단일수록 사진 속 사람의 전체 모습을 보려는 욕구가 더 강하다는 결과를 얻었다. 로웬스타인은 "호기심과 지식 사이에는 정적 상관관계*가 나타난다"고 결론지었다. 어떤 수수께끼에 관한 정황을 더 많이 알수록 그 수수께끼를 풀어야 한다는 초조함도 커진다는 말이다. 이야기의 실체가 더 많이 드러날수록 점점 더 궁금해진다. 스팟은 어디에 **있을까**? '버니'는 누구이고 **어떻게** 죽었으며 화자는 그의 죽음에 **어떻게** 연루될까?

호기심은 소문자 n 모양의 그래프를 그린다.[6] 질문의 답을 전혀 모르면서도 안다고 확신할 때 호기심이 가장 적다. 호기심이 가장 큰 구간(작가가 개입하는 영역)은 조금은 **알 것 같지만** 확신이 들지 않는 경우다. 뇌 스캔을 해보면 호기심이 생길 때 뇌의 보상 체계가 약간 자극받는 것으로 나타났다. 말하자면 우리가 이야기에서 답을 궁금해하거나 다음에 무슨 일이 일어날지 알고 싶어 하는 것은 마약이나 섹스나 초콜릿을 갈망하는 현상과 유사하다는 것이다. 이처럼 기분 좋게 불쾌한 상태, 그러니까 확실히 답을

---

* 변인 X의 값이 증가함에 따라 변인 Y의 값도 증가하는 경우의 변인 X와 Y 간의 관계.

알게 될 거라는 기분 좋은 약속이 되어 있고, 감질나게 불편한 가운데 초조하게 안절부절못하는 상태는 거부할 수 없는 강렬한 유혹과 같다. 한 연구에서 심리학자들은 "참가자들이 답을 알고 싶은 강렬한 충동에 이끌려 그 시간만 끝나면 공짜로 호기심을 충족시킬 수 있는데도 군이 정보를 더 얻기 위해 기꺼이 돈을 지불한다"라고 장난스럽게 언급했다.

로웬스타인은 「호기심의 심리학The Psychology of Curiosity」이라는 논문에서 인간의 호기심을 무의식중에 자극하는 네 가지 방법을 소개한다.[7] 첫째, 질문을 던지거나 수수께끼를 낸다. 둘째, 해결책이 예상은 되지만 알려지지 않은 일련의 사건에 노출시킨다. 셋째, 예상을 깨트려서 설명을 찾도록 유도한다. 넷째, 다른 누군가에게 정보가 있다고 알려준다.

작가들은 오래전부터 이 네 가지 원리를 알았다. 실전과 직감으로 터득한 것이다. 정보의 격차는 애거서 크리스티의 독자들과 TV 드라마 〈프라임 서스펙트〉의 시청자들에게 괴로울 정도의 호기심을 자극한다. 독자와 시청자들은 (1)수수께끼를 받고, (2)해결책이 예상은 되지만 알려지지 않은 일련의 사건에 노출되며, (3)의외의 사건에 놀라고, (4)**누군가**는 누가 어떻게 한 일인지 아는데 자기는 모른다는 사실에 초조해한다. 로웬스타인은 진지한 학술 논문에서 경찰 수사극을 상세하고 깊이 있게 분석하고 완벽하게 설명한 셈이다.

탐정 이야기만 정보의 격차에 의존하는 것은 아니다. 퓰리처상 수상작인 존 패트릭 셰인리John Patrick Shanley의 희곡『다우트 Doubt』는 이웃집 아저씨 같고 반항적인 가톨릭 사제 플린 신부가 정말로 소아성애자인지 궁금해하는 관객의 욕구를 기발하게 가지고 놀았다. 장문 저널리즘의 대가인 말콤 글래드웰은 로웬스타인이 말하는 '전혀 중요하지 않은 질문'에 대한 호기심을 능숙하게 쌓아가는 작가다. 글래드웰은『그 개는 무엇을 보았나』라는 책의 세 번째 장,「케첩 수수께끼」에서 호기심을 끌어내는 능력을 한껏 발휘한다. 여기에서 그는 직접 탐정으로 나서서 하인즈Heinz에 대적할 소스를 개발하는 것이 어려운 이유를 파헤친다.

대중문화 시장의 잘나가는 작가들도 정보의 격차에 의존하기는 마찬가지다. J.J. 에이브럼스는 장편 TV 시리즈 〈로스트〉의 공동연출자다. 이 시리즈는 항공기 사고가 발생한 후 어떤 알 수 없는 이유로 남태평양의 한 섬에서 살아남은 사람들을 따라간다. 그들은 이름 모를 섬에서 수수께끼의 북극곰과 '그들'이라는 정체 모를 원시의 존재들, 알 수 없는 '검은 연기', 의문의 프랑스인 여자와 땅바닥으로 난 기묘한 문을 발견한다. 미국에서만 1500만 명이 〈로스트〉의 첫 번째 시리즈를 시청했다. 첫 시리즈에서 하나의 세계가 창조되고 그 세계는 환각을 불러일으킬 만큼의 정보의 격차로 가득하다. 에이브럼스는 이런 스토리텔링에 관해 말하기를, 이야기는 '수수께끼 상자'를 여는 것으로 구성된다고 했다. 또한 "수수께끼는 상상력의 촉매다. (…) 수수께끼 상자가 없는 이야기가 무슨 이야기인가?"라고도 했다.[8]

세계 모형을 만드는 뇌

뇌는 현실의 이야기를 전하기 위해 우리가 사는 세계를 그리면서 색깔과 움직임, 물체와 소리까지 함께 떠올려야 한다. 허구의 이야기 속 인물들이 작가가 적극적으로 창조한 현실에 살듯이 우리도 마찬가지다. 하지만 이런 사실 때문에 우리가 생생히 살아서 의식하는 인간이라고 느끼는 것은 아니다. 그보다 우리는 머리 밖의 현실을 아무런 장애물 없이 직접 관찰하는 것처럼 **느낀다**. 그러나 우리가 '바깥'으로 경험하는 세계는 사실 **머릿속**에서 구축한 현실의 **재현**으로, 스토리텔링 뇌에서 일어나는 창작의 결과다.

이는 다음과 같은 과정으로 일어난다. 당신이 어떤 방에 들어가면 당신의 뇌는 앞으로 어떤 광경이 펼쳐지고 어떤 소리가 들리고 어떤 느낌이 들지 예상한 다음 그 예상을 토대로 환각을 만들어낸다. 실제로 우리는 이런 환각을 주변 세계로서 경험하며 날마다 매 순간 그 중심에 서 있다. 뇌는 **실제** 현실과 직접 접하지 못하므로 현실을 실제로 경험하지도 못한다. 신경과학자이자 소설가인 데이비드 이글먼David Eagleman 교수는 이렇게 말했다. "머릿속으로 당신을 둘러싼 아름다운 세계를 그리면서 모든 색과 소리와 냄새와 질감도 함께 떠올려보라. 당신의 뇌는 그 세계를 직접 경험하지 못한다. 뇌는 두개골 안의 침묵과 어둠 속에 갇혀 있을 뿐이다."[1]

이처럼 현실 세계를 재현한 환각을 뇌에서 생성하는 세계 '모형model'이라고 한다. 물론 이 모형은 정확해야 한다. 아니면 벽을 향해 걸어 들어가거나 포크로 자기 목을 찌를 수도 있다. 정확성을 기하기 위해 우리에게는 감각기관이 있고, 감각은 확실한 것처럼 느껴진다. 눈은 수정처럼 투명한 창이 되어 세상의 모든 색과 세밀한 부분까지 보게 해주고, 귀는 세상의 소음이 자유로이 요동치는 열린 관이 되어줄 것만 같다. 사실은 그렇지 않다. 눈과 귀는 일부 제한적인 정보만 뇌로 전달할 뿐이다.

인체의 지배적인 감각기관인 눈을 예로 들어 보자. 손을 내밀어 엄지손톱을 보면 그 순간 고해상도 총천연색으로 볼 수 있는 것은 그것이 전부다.[2] 중심(엄지손톱)에서 20도에서 30도 각도 안쪽으로만 색깔과 형태가 분명히 존재하고 시야의 나머지 부분은 흐릿하다.[3] 레몬만한 맹점이 두 개 있고 눈이 1분에 15번에서 20번 깜박이므로 사실 깨어 있는 시간의 10퍼센트는 앞을 보지 못하는 셈이다.[4] 게다가 우리가 3차원으로 보는 것도 아니다.

그러면 우리는 시각을 어떻게 그렇게 완벽한 것처럼 경험하는 걸까? 이것은 어느 정도 변화에 대한 뇌의 집착에서 기인한다. 시야에서 흐릿하게 넓은 영역에 대해서는 패턴과 질감의 변화만이 아니라 운동의 변화에도 민감하다. 예기치 못한 변화가 감지되면 눈은 고해상도의 미세한 중심부(망막 중앙의 1.5밀리미터의 오목한 부분)를 그쪽으로 보내서 상황을 파악한다. 이 운동을 '시선도약saccade'이라고 하는데 인체에서 일어나는 가장 빠른 운동이다. 시선도약은 1초에 4회에서 5회, 하루에 25만 번 이상 일어난다.[5] 현대의 영화감독들도 영화를 편집할 때 시선도약을 모방한다.[6] 심리학자들은 이른바 '할리우드 스타일'을 연구하면서 카메라가 눈의 시선도약처럼 새롭고 두드러진 세부 장면을 '매치 액션 컷 match-action cut*'으로 만들어내고 인체의 움직임과 같은 유사한 사건들에 끌리는 현상을 발견했다.

인체의 모든 감각기관은 외부 세계에서 다양한 형태의 단서, 이를테면 광파나 기압의 변화, 화학적 신호를 포착하는 기능을 한다. 이런 정보는 수백만 개의 미세한 전기신호로 변환되는데, 뇌가 이런 전기신호를 읽는 것은 컴퓨터가 코드를 읽는 것과 같다. 뇌는 이런 코드를 이용해 적극적으로 현실을 구축해서 우리가 통제된 환각을 현실이라고 믿게 만든다. 그런 다음 감각기관을 현실 검증 장치로 활용하여 예기치 못한 현상이 감지될 때마다 우리가 보는 장면을 신속히 변경한다.

이런 방식으로 인해 때로는 현실에 존재하지도 않는 무언가가 '보이기도' 한다. 가령 황혼녘에 구부정한 낯선 남자가 실크해트를 쓰고 지팡이를 들고 문 앞에서 서성이는 장면을 본 줄 알았는데 그저 나무 그루터기와 검은 딸기나무였다는 것을 깨달을 수도 있다. 그리고 옆 사람에게 말한다. "저기 이상한 남자가 서 있는

---

* 동작과 동작의 연결이 자연스럽고 연속적으로 일어나는 동작처럼 보이게 만드는 편집법.

줄 알았어." 하지만 당신은 정말로 이상한 남자를 보았다. 당신의 뇌는 그 남자가 거기 서 있다고 생각해서 그 남자를 그 자리에 둔 것이다. 그러다 가까이 다가가서 새롭고 더 정확한 정보가 주어지자 재빨리 그 장면을 수정하고 환각을 갱신했다.

반면에 실제로 거기에 **있는** 것이 보이지 **않을** 때도 있다. 유명한 실험에서 참가자들에게 공 던지기를 하는 사람들의 모습이 담긴 영상을 보여주면서 영상 속 사람들이 공을 던진 횟수를 세라고 지시했다. 참가자들 절반은 고릴라 복장의 남자가 화면 중앙으로 곧장 걸어 들어와서 가슴을 세 번 치고 9초간 머물다가 떠나는 장면을 전혀 보지 못했다.[7] 또 다른 실험에서는 참가자들이 청각 정보(9초 동안 "나는 고릴라다"라고 말하는 소리)뿐만 아니라 촉각과 후각 정보도 '알아채지 못할' 수 있다는 결과가 나왔다.[8] 우리의 뇌가 실제로 처리하는 범위는 지극히 제한적이라서 대상이 그 범위를 넘으면 간단히 편집된다. 한마디로 말해서 보이지 않는다. 이런 일련의 실험 결과에는 불길한 가능성이 도사리고 있다. 모의 차량 단속 실험에서 경찰 훈련생의 58퍼센트와 숙련된 경관의 33퍼센트가 '보조석 대시보드에 잘 보이게 놓인 권총을 알아채지 못하는' 것으로 나타났다.[9]

현실을 검증하는 감각기관이 손상되면 사정이 더 나빠진다. 시력에 갑자기 문제가 생기면 현실에 대한 환각 모형이 깜빡거리다가 작동을 멈춘다. 이렇게 캄캄해진 영역에서 왕관이나 서커스에 등장하는 동물 혹은 만화 캐릭터가 보이기도 하고, 종교가 있는 사람에게는 초자연적인 존재가 나타나기도 한다. '미쳐서' 그런 것도 아니고 드물게 일어나는 일도 아니다. 사람들이 심심치 않게 경험하는 현상이다. 이와 관련해서 미국의 신경학자 토드 파인버그Todd Feinberg 박사는 리지라는 이름의 후두엽 뇌졸중 환자의 사례를 소개했다.[10] 리지는 후두엽 뇌졸중 환자에게 흔한 증상을 경험했다. 뇌에서 '갑작스럽게 완전히' 시력을 상실한 사실을 곧바로 처리하지 못해서 계속 세계에 대한 환각 모형을 투사한 것이다. 파인버그가 리지의 병실에 가서 혹시 시력에 문제가 있느냐고 묻자 리지는 "아니오"라고 답했다. 다시 리지에게 주위를 둘러보고 뭐가 보이는지 묻자 리지는 그의 지시에 따라 고개를 돌렸다.

"가족이랑 친구들을 보니까 좋네요. 마음이 놓여요."

사실 병실에는 아무도 없었다.

"그분들 이름을 말해줄래요?" 파인버그가 물었다.

"다는 모르겠어요. 남동생 친구들이에요."

"절 보세요. 제가 지금 무엇을 입고 있습니까?"

"편안한 복장이네요. 재킷이랑 바지요. 주로 남색이랑 고동색이군요."

파인버그는 흰색 병원 가운을 입고 있었다. 리지는 빙긋이 웃으며 세상 걱정거리 하나 없는 사람처럼 굴었다.

신경과학계의 최신 연구 결과에서는 오싹한 질문이 제기된다. 우리의 감각기관이 그토록 제한적이라면 두개골 밖에서 실제로 무슨 일이 벌어지는지 어떻게 알까? 불안하게도 확실히는 모른다. 흑백화면만 나오는 낡은 텔레비전처럼 우리의 생물학적 기술로는 우리를 둘러싼 대양大洋 같은 전자기 방사선electromagnetic radiation 대부분을 처리하지 못한다. 인간의 눈은 빛의 스펙트럼의 1조 분의 10 미만만 판독할 수 있다.[11] 인지과학자 도널드 호프먼Donald Hoffman 교수는 이렇게 말했다. "인류가 진화하면서 우리가 생존하는 데 도움이 되는 지각이 생겼다. 하지만 그중 일부는 굳이 알 필요가 없는 정보를 숨겨주는 기능을 한다. 외부의 실제 현실이 어떻든 간에 이것이 우리가 아는 현실의 대부분이다."[12]

우리는 머리 밖의 실제 현실이 머릿속에서 경험하는 현실 모형과 많이 다르다는 것을 안다. 숲에서 나무가 쓰러지고 그 소리를 듣는 사람이 주위에 없어도 기압에 변화가 일어나고 땅에는 진동이 일어난다. 나무가 넘어가는 소리는 사실 우리의 뇌에서 만드는 효과다. 발가락을 찧고 그 부위가 욱신댄다면 그것도 착각이다. 통증은 발가락이 아니라 뇌에서 일어나는 현상일 뿐이다.

세상에는 색이 없다. 원자는 무색이기 때문이다. 우리가 '보는' 색은 눈 안의 세 가지 추상체, 곧 빨간색, 초록색, 파란색의 혼합으로 나타나는 결과다. 사실 우리 **호모 사피엔스**는 동물의 왕국에서 상대적으로 결핍된 종이다. 일부 새에게는 추상체가 여섯 개가 있고, 갯가재에게는 열여섯 개가 있으며[13] 벌의 눈은 하늘의 전자기 구조를 볼 수 있다.[14] 이런 동물들이 경험하는 다채로운 세상에 비하면 인간의 상상력은 빈곤한 편이다. 뿐만 아니라 우리가 '보는' 색은 문화에 의해 조정되기도 한다. 러시아인들은 어릴 때부터 파란색을 두 가지로 보도록 길러져서 여덟 색깔 무지개를 본다.[15] 결국 색은 뇌에서 만든 인공의 배경일 뿐이라는 뜻이다. 인류가 수백만 년 전부터 잘 익은 과일을 식별하기 위해 사물에 색을 입히기 시작했다는 이론이 있다.[16] 색은 우리가 외부 세계와 소통하고 세계를 더 잘 통제하는 데 도움이 된다.

실제로는 스토리텔링 뇌가 감각기관에서 올려 보내는 전기 파동을 가지고 우리의 삶이 펼쳐지는 다채로운 배경을 구축한다. 거기에 목표와 성격을 가진 배우들을 배치하고 우리가 따라갈 플롯을 찾는다. 뇌가 이야기를 만드는 과정에서는 수면도 장벽이 되지 않는다. 꿈이 생생한 이유는 꿈도 우리가 깨어 있을 때 신경계가 만들어낸 환각 모형과 동일한 모형으로 구성되기 때문이다.[17] 장면도 같고 냄새도 같고 사물의 촉감도 같다. 간혹 사람들의 정신이 이상해지는 이유는 현실을 검증하는 감각기관이 제대로 작동하지 않기 때문이기도 하고, 일시적 마비로 신경 활동이 혼란스럽게 일어나는 상태를 뇌에서 이해해야 하기 때문이기도 하다. 뇌는 혼란을 풀어내면서 모든 것을 설명한다. 세계 모형을 얼기설기 엮어서 인과관계가 있는 이야기로 구성하는 것이다.

우리가 흔히 꾸는 꿈 가운데 높은 건물에서 떨어지거나 계단에서 굴러 떨어지는 꿈이 있다. 주로 '근간대성 발작myoclonic jerk', 곧 근육이 갑작스럽게 수축하는 현상을 설명하기 위해 뇌에서 만들어낸 이야기다.[18] 즐거움을 위한 이야기처럼 꿈의 서사도 대부분 극적이고 예기치 못한 변화를 중심으로 전개된다. 연구자들은 대부분의 꿈에는 위협적이고 예기치 못한 특징적인 변화의 사건이 한 가지 이상 일어나고, 사람들이 매일 밤 꿈에서 이런 사건을 최대 다섯 가지까지 경험한다고 밝혔다. 어느 지역에서 연구를 실시하든, 이를테면 동양이든 서양이든 도시든 부족이든 꿈의 플롯에는 이런 현상이 나타난다.[19] 이야기 심리학자 조너선 갓설 Jonathan Gottschall 교수는 이렇게 말했다. "사람들이 가장 많이 꾸는 꿈은 쫓기거나 공격당하는 내용이다. 그밖에 보편적인 주제로는 높은 곳에서 떨어지거나 물에 빠지고, 길을 잃거나 덫에 걸리고, 사람들 앞에서 벌거벗고, 다치고, 병에 걸리거나 죽고, 자연재해나 인공재해 상황에 갇히는 내용이다."

이제 우리는 독서가 어떤 원리로 작동하는지 알 수 있다. 뇌는 외부 세계에서 어떤 형태로든 정보를 받아서 신경계 모형으로 변환한다. 책의 글자를 눈으로 훑으면 글자에 내포된 정보가 전기 파장으로 변환되고, 뇌가 그 파장을 받아 글자들이 제공하는 정보의 모형을 생성한다. 책에 적힌 단어들이 경첩 하나로 매달린 헛간 문을 묘사하면 독자의 뇌에서도 경첩 하나로 매달린 헛간 문 모형을 생성하는 것이다. 독자는 머릿속에서 그 장면을 '본다.' 마찬가지로 책 속의 단어들이 무릎이 뒤집혀 달려 있는 키 3미터의 마법사를 묘사한다면 독자의 뇌는 무릎이 뒤집혀 달린 키 3미터의 마법사의 모형을 생성한다. 독자의 뇌는 작가가 원래 상상한 모형의 세계를 각자 다시 구축하는 것이다. 톨스토이는 "예술의 진정한 작업은 예술을 수용하는 사람의 의식에서 그 자신과 예술가의 경계를 허무는 일"이라고 말했다.

한 연구에서는 참가자들이 뇌에서 분주히 구축되는 이야기 모형을 '구경하는' 동안 그들을 관찰했다.[20] 참가자들에게 시선도약을 추적하는 특수 안경을 씌웠는데, 지평선에서 온갖 사건이 벌어지는 이야기를 들을 때는 참가자들의 시선이 계속 위를 향하고 있어서 마치 뇌에서 생성된 모형을 적극적으로 스캔하는 것처럼 보였다. 반대로 사건이 '아래쪽으로 내려가는' 이야기를 들을 때는 참가자들의 시선도 아래로 향했다.

이야기를 읽을 때 머릿속에서 환각 모형을 구축하면서 그 이야기를 경험한다는 사실이 밝혀짐으로써 학교에서 배우는 여러 가지 문법 규칙에 타당성이 생겼다. 신경과학자 벤저민 베르겐 Benjamin Bergen 교수는 문법이 영화감독처럼 뇌에 언제 어떤 대상의 모형을 구축할지 지시한다고 보았다. "문법은 마치 우리가 떠올린 시뮬레이션에서 주목할 부분과 시뮬레이션의 세부 요소와 시뮬레이션을 수행하는 관점을 조정하는 듯하다."[21]

베르겐에 따르면 우리가 단어를 읽기 시작하는 순간부터 모형이 생성되기 시작한다. 한 문장이 끝날 때까지 기다렸다가 모형이 생성되는 것이 아니다. 따라서 작가가 단어를 배치하는 순서가 중요하다. 이런 이유에서 '제인이 새끼고양이를 아빠에게 주었다Jane gave a Kitten to her Dad'와 같은 타동구문이 '제인이 아빠에게 새끼고양이를 주었다Jane gave her Dad a kitten'와 같은 이중타동구문보다 효과적일 수 있다.[22] 제인을 먼저 떠올리고 그 다음에 고양이를 떠올리고 그 다음 아빠를 떠올리는 과정은 독자가 모형을 만들어야 하는 실제 현실의 행동을 모방한다. 말하자면 우리는 머릿속에서 올바른 순서로 장면을 경험한다는 뜻이다. 작가는 독자의 마음에 상영되는 영화를 만들어주는 셈이므로 영화와 같은 순서로 단어를 배치하면서 독자의 머릿속 카메라가 문장의 각 요소를 발견하는 과정을 상상해야 한다.

같은 이유에서 능동태 문장, 예를 들어 '제인이 아빠에게 뽀뽀했다Jane kissed her Dad'가 수동태 문장, '아빠가 제인에게 뽀뽀를 받았다Dad was kissed by Jane'보다 효과적이다.[23] 현실에서 이 장면을 본다면 먼저 제인의 첫 동작에 눈길이 가고 다음으로 제인이 입을 맞추는 장면을 볼 것이다. 아버지 쪽을 멍하니 바라보면서 무슨 일이 벌어지기를 기다리지는 않는다. 능동태 문법은 독자가 현실에서 벌어지는 장면에 대한 모형을 생성하는 방식으로 책에서 일어나는 장면의 모형도 만든다는 의미다. 따라서 더 쉽고 더 실감나는 독서가 가능해진다.

모형을 생성하는 작가에게는 구체적인 정보를 활용하는 방법이 효과적이다. 독자가 이야기 세계에 대한 적절한 모형을 구축하도록 만들고 싶으면 이야기를 쓸 때 최대한 정확히 묘사해야 한다.[24] 한 연구에서는 생생한 장면을 위해 사물의 세 가지 구체적인 특징을 기술해야 한다면서 '짙은 청색 카펫'과 '주황색 줄무

늬 연필'과 같은 사례를 들었다.

베르겐의 연구에서는 작가들이 흔히 "말로 표현하지 말고 보여줘라"라는 조언을 자주 듣는 이유가 드러난다. 『나니아 연대기』 저자 C. S. 루이스는 1956년에 젊은 작가들에게 이렇게 강조했다.[25] "어떤 것이 '끔찍하다'고 말하지 말고 독자가 끔찍하게 느끼도록 묘사하라. '기쁘다'고 말하지 말고 독자가 읽고 '기쁘다'고 말하게 만들어라." '끔찍하다'나 '기쁘다'와 같은 형용사에 담긴 추상적 정보는 모형을 구축하는 뇌에는 묽은 귀리죽과 다르지 않다. 인물의 공포나 기쁨, 분노, 불안, 슬픔을 경험하려면 뇌에서 이런 감정 모형을 생성해야 한다. 뇌는 어떤 장면의 모형을 생생하고 구체적으로 만들어서 책 속의 상황이 현실인 것처럼 경험하는데, 이렇게 해야만 이야기의 장면이 독자에게 감정을 불러일으킨다.[26]

『프랑켄슈타인』을 쓴 소설가 메리 셸리Mary Shelley는 뇌에서 모형을 생성하는 기제가 발견되기 170년도 더 전인 십대 시절에 이미 프랑켄슈타인이라는 괴물을 소개하면서 뇌에서 모형을 생성하는 과정의 영향을 직감했다. 셸리는 이 소설에서 영화와 같은 순서로 단어를 배치하고 구체적으로 보여주는 방식으로 상황과 대상을 묘사한다.

벌써 새벽 1시였다. 빗줄기가 음산하게 창유리를 두드리고 초가 거의 꺼져갈 즈음이었다. 반쯤 꺼진 촛불의 어스름한 불빛에 그것이 흐리멍덩한 누런 눈을 뜨고 있었다. 그것은 거친 숨을 내쉬면서 발작하듯 사지를 떨었다. 끔찍한 그 광경을 본 내 심정을 뭐라고 설명할 수 있을까? 내가 고통을 견디며 공들여 만든 그 괴물을 어떻게 묘사할 수 있을까? 사지를 비율에 맞게 만들고 이목구비도 엄선해서 아름답게 빚었다. 아름답게! 오, 신이시여! 누런 살갗이 그 속의 근육과 동맥을 겨우 덮고 있었다. 윤기 나는 검은 머리칼이 흘러내렸고, 이빨은 진주처럼 희었다. 하지만 이런 화려한 모습이 희끄무레한 안구와 그 속에 거의 같은 색으로 들어앉은 축축한 눈과 쭈글쭈글한 피부와 검은 입술과 대조를 이루어 더 섬뜩했다.

실감나는 모형의 세계는 감각을 환기하는 방식으로도 구현할 수 있다. 촉감, 맛, 냄새, 소리를 표현한 단어를 볼 때 독자의 뇌에서 이들 감각과 연관된 신경망이 활성화되면서 감각이 재현된다. 시각 정보('갈색 양말')와 짝을 이루는 감각 정보('양배추 덩어리 같은 것')로 구체적인 요소를 배치하면 된다. 파트리크 쥐스킨트는 『향수』에서 이런 단순한 기법으로 마술적 효과를 만들어냈다. 이 소설은 고약한 냄새가 진동하는 어시장에서 남다른 후각을 가지고 태어난 한 고아의 이야기다. 쥐스킨트는 냄새의 왕국을 훌륭하게 그리면서 18세기 파리로 우리를 데려다 놓는다.

거리에는 똥 냄새가, 마당에는 지린내가, 계단에는 썩은 나무와 쥐똥 냄새가, 부엌에는 썩은 양배추와 양고기 기름 냄새가 났다. 눅눅한 거실에는 퀴퀴한 곰팡내가, 침실에는 땀에 찌든 침대보와 꿉꿉한 깃털 침대와 코를 찌르는 요강 냄새가 진동했다. 굴뚝에서 유황 냄새가 올라오고, 무두질 작업장에서 부식용 양잿물 악취가 퍼져 나오고, 도축장에서 엉겨 붙은 피 냄새가 흘러나왔다. 사람들에게 땀 냄새와 빨지 않은 옷의 악취가 진동하고 이빨이 썩어 지독한 입 냄새와 뱃속에서 양파 냄새가 올라왔다. 사람들의 몸에서는 웬만큼 나이를 먹은 사람이라면 오래된 치즈와 시큼한 우유와 종양이 있는 질병의 냄새가 났다. (…) (뜨거운 낮의 열기에 짓눌린) 부패한 수증기와 썩은 참외와 불에 탄 동물 뿔의 악취가 뒤섞인 냄새가 근처의 골목을 가득 메웠다.

판타지, SF소설에서 세계 만들기

뇌에서 자동으로 모형을 생성하는 성향은 판타지와 SF소설 작가들이 가장 큰 혜택을 보는 기능이다. 어느 행성이나 고대의 전쟁이나 복잡하고 정교한 기술의 이름만 언급해도 신경계는 마치 그런 것이 실제로 존재하는 것처럼 자극받는다. 어릴 때 내가 처음 푹 빠진 책 중 하나가 J.R.R. 톨킨의 『호빗』이었다. 나는 친한 친구 올리버와 함께 그 책에 나오는 지도에 빠져 지냈다. 그 지도에는 '군다바드 산' '스마우그의 폐허' '서쪽에는 머크우드 대제'가 있고 '거미들'이 있었다. 우리는 올리버의 아버지가 복사해 준 지도로 여름 한철 신나게 놀았다. 톨킨이 그 지도에 그린 장소가 우리에게는 우리 동네 실버데일 로드의 과자점만큼이나 생생했다.

〈스타워즈〉에서 한 솔로가 그의 우주선 밀레니엄 팔콘이 "케셀 런을 12파섹 미만으로 주파했다"고 떠벌릴 때 우리는 그가 영문 모를 소리를 하는 줄 알면서도 마치 그런 것이 실재하는 것처럼 **느끼는** 기이한 체험을 한다. 이 대사가 통하는 이유는 특수하고 진실하게 들리기 때문이다('케셀 런'은 실제로 밀수 경로일지도 모르고 '파섹'은 거리의 측정치로 3.26광년에 해당한다). 이렇게 터무니없는 언어가 나오면 독자가 작가의 작품 속 환각에서 끌려나오기보다는 오히려 이야기에 밀도가 더해진다.

케셀 런이라는 표현은 그냥 언급되기만 해도 사실이 된다. 밀수 경로가 시작되는 먼지 날리는 행성이 떠오르고, 엔진이 윙윙거리다가 쾅쾅 울리며 돌아가는 소리가 들리면서, 지린내 나는 밀수꾼들이 출몰하는 장소의 북적거리고 과격한 분위기가 느껴지는 것이다. 영화 〈블레이드러너〉의 가장 유명한 장면이 그렇다. 복제인간 로이 배티가 죽기 직전에 릭 데커드에게 말한다. "나는 너희 인간들이 믿지 못할 것들을 봤어. 오리온자리의 어깨 위에서 포화를 내뿜는 공격함들, 탄호이저 게이트 근처의 어둠 속에서 번쩍이는 C-광선을 봤지."

C-광선! 탄호이저 게이트! 이름만 언급해도 그 경이로움이 실

재한다. 이야기 속에 등장하는 낯선 것들은 무서운 공포소설의 괴물들처럼 우리의 뇌가 끊임없이 모형을 생성해서 만들어진 상상의 결과일 때 작가의 상상보다 더 실제처럼 느껴진다.

마음 이론의 실수가 극을 만드는 방법

뇌에서 생성된 환각의 세계는 전문화되어 있고 특정 생존 욕구에 맞게 조율된다. 다른 동물들과 마찬가지로 인간도 살아가는 데 필요한 좁은 범위의 현실만 지각할 뿐이다. 개는 주로 냄새의 세계에 살고 두더지는 촉감의 세계에 살며 나이프피시는 전기의 영역에 산다. 인간의 세계는 사람들의 영역이다. 인간은 고도로 사회적인 동물이고, 인간의 뇌는 다른 사람들의 환경을 통제하도록 설계되어 있다.

인간은 타인의 마음을 읽고 이해하는 데 비범한 재능을 타고났다. 인간으로 구성된 환경을 통제하려면 그들이 어떻게 행동할지 예측할 수 있어야 한다. 인간 행동은 중요하고 복잡하다는 점에서 끊임없이 호기심을 가져야 한다. 작가들은 이런 기제와 호기심을 활용하는데, 작가들의 이야기는 한 인물의 행동 뒤에 숨겨진 흥미진진한 이유를 깊이 파고드는 내용이 대부분이다.

사회적 동물인 인간이 수천수만 년에 걸쳐 살아남은 데는 협력이 중요하게 작용했다. 하지만 지난 1000세대에 걸쳐서 사회적 본능이 급격히 조정되고 강화되었다는 주장이 있다.[1] 발달심리학자 브루스 후드Bruce Hood 교수는 사회적 특질에 대한 선택에 '급격한 가속도'가 붙어서 인간의 뇌가 '다른 사람들의 뇌와 소통하도록 정교하게 조정되었다'라고 말했다.

적대적 환경에서 살던 원시 인류에게는 무엇보다 공격성과 신체 능력이 중요했다. 하지만 협력할수록 이런 능력의 효과가 감소했고, 인류가 공동체로 정착해서 살기 시작하면서 공격성과 신체 능력은 오히려 골칫거리가 됐다. 과거에는 신체 능력이 우세한 사람들이 잘 살았지만 공동체를 이루면서부터는 남들과 잘 어울리는 사람들이 더 잘 살았다.

공동체에서 살아남으면 자손을 많이 남길 수 있었다. 따라서 점차 새로운 종류의 인간이 출현했다. 새로운 인간은 조상들보다 뼈가 가늘고 약했고 근육도 크게 줄어서 신체 능력이 절반 수준으로 떨어졌다.[2] 또 공동체에 정착하는 데 적합한 행동을 하도록 만드는 뇌 화학물질과 호르몬을 타고났다. 사람들과의 관계에서 공격성이 줄어든 대신에 협상과 거래와 외교에 필요한 심리 조작에 능숙해졌으며, 타인의 마음이라는 환경을 통제하는 데 뛰어난 능력을 보였다.

이는 늑대와 개의 차이에 비유할 수 있다. 늑대는 협력하면서도 지배하기 위해 싸우고 사냥감을 죽이면서 생존한다. 개는 주인을 위해 **무엇이든** 하겠다는 식으로 인간의 마음을 조작하면서 살아남는다. 내가 아끼는 래브라두들* 종의 파커가 내 뇌에 미치는 영향은 솔직히 당황스러울 정도다. (나는 이 졸저를 파커에게 바쳤다.) 사실 단순한 비유가 아닐 수도 있다. 후드 같은 연구자들은 현대인이 '자기가축화self-domestication'의 과정을 거쳤다고 주장한다. 그 증거로 지난 2만 년에 걸쳐 인류의 뇌가 10~15퍼센트 정도 쪼그라들었고 인간이 가축으로 길들인 다른 동물 30여 종도 비슷한 비율로 뇌의 크기가 작아진 사실을 들 수 있다. 여느 가축과 마찬가지로 인간이 가축화되었다는 것은 우리가 조상들보다 더 길들여지고 사회적 신호를 더 잘 해독하고 남들에게 더 많이 의존하게 됐다는 뜻이다. 그런데 후드는 이렇게 말한다. "어떤 동물도 인간만큼 가축화되지는 않았다." 우리의 뇌가 원래는 "포식자와 한정된 식량과 혹독한 날씨의 위협적인 세계에서 살아남도록 진화했을 수 있지만 지금도 우리는 그 못지않게 예측 불가능한 사회적 환경에서 살아남기 위해 뇌에 의존한다."

예측 불가능한 인간들. 이야기의 소재다.

현대인에게 세계를 통제한다는 의미는 다른 사람들을 통제한다는 뜻이자 이해한다는 뜻이다. 우리는 본능적으로 타인에게 매료되고 타인의 얼굴에서 중요한 정보를 얻는다. 매료되는 순간은 순식간이다. 유인원과 원숭이의 부모가 새끼들의 얼굴을 거의 보지 않는 데 반해, 인간은 본능적으로 자식의 얼굴을 바라본다.[3] 또 갓난아기조차 다른 사물보다 인간의 얼굴에 더 많이 끌리고[4] 태

---

* 래브라도 리트리버와 푸들을 교배한 견종.

어난 지 한 시간 만에 타인의 얼굴을 모방하기 시작한다.[5] 두 시간이면 미소를 지어서 사회적 세계를 통제하는 법을 배운다.[6] 성인이 될 무렵이면 10분의 1초 만에 사람을 능숙하게 판독해서 그 사람의 지위와 성격을 파악한다.[7] 그런데 이렇게 특이하고 극단적으로 타인에게 집착하는 뇌로 진화하면서 기이한 부작용이 생겼다. 얼굴에 대한 집착으로 어디에서나 얼굴을 보는 것이다. 불에서든 구름에서든 으스스한 복도에서든 토스트에서든.

또 우리는 어디에서나 마음을 감지한다. 뇌는 외부 세계의 모형을 구축하듯이 마음의 모형도 만든다. 우리의 사회생활 무기고에 들어 있는 중요한 이 기술을 '마음 이론mind theory'이라고 한다. 우리는 이 기술을 이용해서 사람들이 무슨 생각을 하고 어떻게 느끼며 어떤 모의를 하는지 그들이 앞에 없어도 상상할 수 있다. 다른 사람의 관점에서 세계를 경험할 수도 있다. 심리학자 니컬러스 에플리Nicholas Epley 교수는 스토리텔링의 핵심으로 보이는 이 기술 덕분에 우리에게 놀라운 힘이 주어졌다고 말한다. 에플리는 이렇게 말했다. "인간이 지구를 지배한 것은 타인의 마음을 이해하는 능력 때문이지 엄지손가락이 나머지 손가락들과 마주 볼 수 있거나 도구를 편리하게 이용할 수 있어서가 아니다."[8] 마음 이론은 네 살 즈음부터 발달하는데, 인간은 이때부터 이야기를 들을 준비가 되고 서사의 논리를 이해하는 능력을 갖춘다.

종교는 우리의 마음을 우리가 상상한 타인의 마음으로 채우는 능력에서 출발한다. 수렵채집 시대에 부족의 주술사들은 초월 상태trance state에 들어가서 정령들과 소통하고 그 내용을 무기로 세계를 통제하려고 했다. 초기 종교들은 애니미즘에 가깝다. 스토리텔링 뇌가 나무와 돌, 산, 동물에 마음을 투사하여 세상 만물에는 변화무쌍한 사건을 일으키고 제사나 희생으로 달래야 하는 신이 깃들어 있다고 상상했을 것이다.

아이들 이야기에는 이처럼 적극적으로 마음을 감지하는 인간의 타고난 성향이 반영된다. 동화의 세계에는 무엇에나 인간과 같은 마음이 있다. 거울이 말을 하고 돼지가 아침식사를 하며 개구리가 왕자로 변신한다. 아이들은 자연히 인형이나 테디베어에 자아가 있는 것처럼 대한다. 나는 할머니가 손수 만들어준 분홍색 곰 인형을 장난감 가게에서 산 갈색 곰 인형보다 좋아해서 미안한 마음에 시달린 적이 있다. 둘 다 내가 자기들을 어떻게 생각하는지 아는 줄 알았고 그래서 속상하고 슬펐다.

우리는 본능적으로 애니미즘에서 벗어나지 못한다. 문에 손가락을 찧고는 통증이 훑고 가는 그 혼란의 와중에도 발로 문을 걸어차고 애꿎은 문을 탓하면서 문이 악의로 나를 공격한 거라고 생각한 적이 있지 않은가? 옷장을 조립하다가 다 꺼지라고 소리친 적이 있지 않은가? 스토리텔링 뇌가 나름의 문체로 서투른 오류를 범하면서 해가 나면 낙관적이 되고 구름이 잔뜩 끼면 비관적이 되게 만들지 않는가? 차에 인격을 부여하는 사람들은 차를 파는 데 관심이 적은 것으로 나타난 연구도 있다.[9] 은행가들은 시장의 동향에 인간의 기분을 투사하고 그에 따라 거래한다.[10]

우리는 이야기를 읽거나 듣거나 볼 때는 자동적으로 마음 이론을 활용하여 등장인물의 마음 모형을 만든다. 어떤 작가는 작품 속 인물들이 하는 말을 직접 듣는 것처럼 인물들의 마음 모형을 생생하게 구축하기도 한다. 찰스 디킨스와 윌리엄 블레이크, 조지프 콘래드는 모두 이런 독특한 경험에 관해 언급한 적이 있다.[11] 소설가이자 심리학자인 찰스 퍼니휴Charles Fernyhough 교수는 연구를 통해 독자의 19퍼센트가 책을 다 읽은 후에도 인물들의 목소리를 듣는다고 보고했다.[12] 일부는 이후에도 생각의 분위기와 성격에서 작품 속 인물의 영향을 받는 식으로 일종의 문학적 빙의 현상을 보였다. 어떤 책을 읽고 나서 이튿날 그 책의 화자처럼 글을 쓰는 작가가 나만은 아닐 것이다.

하지만 우리는 마음 이론을 타고난 만큼 이 능력을 극단적으로 과대평가하는 경향도 있다. 인간의 행동을 수치로 정확히 수량화할 수 있다고 주장하는 것이 터무니없기는 하지만, 실제로 일부 연구에서는 모르는 사람들끼리는 상대의 생각과 감정을 20퍼센트만 정확히 판독하는 것으로 나타났다.[13] 친구와 연인 사이라면? 기껏해야 35퍼센트다. 사실 타인의 생각을 읽을 때 발생하는 오류가 인간 드라마의 주된 원인이다. 남들이 무슨 생각을 하는지, 그리고 우리가 그들을 통제하려 할 때 그들이 어떻게 나올지를 잘못 예측하는 순간 불행히도 반목과 싸움과 오해가 싹터서 인간관계에 예기치 못한 변화의 파국적 소용돌이가 일어난다.

윌리엄 셰익스피어가 썼든 배우이자 희극인인 존 클리즈John

Cleese가 연기하든 영화배우 코니 부스Connie Booth가 연기하든, 희극은 주로 이런 오류를 기반으로 구성된다. 하지만 어떤 스토리텔링 양식이든 작가가 정교하게 상상해서 창조한 인물은 항상 다른 인물들에 대한 마음 이론을 가지고 있고, (드라마이므로) 그 이론에는 대개 오류가 있다. 그리고 이런 오류가 예기치 못한 결과로 이어지고 더 많은 드라마를 낳는다. 전후의 주요 감독인 알렉산더 맥켄드릭Alexander Mackendrick은 이렇게 말했다.[14] "나는 우선 이렇게 묻는다. A는 B가 자신을 어떻게 생각한다고 생각할까? 복잡하게 들리지만 (사실이 그렇기도 하지만) 인물에 밀도를 더해주는 중요한 질문이고 결과적으로 장면에 밀도를 더해준다."

작가 리처드 예이츠는 마음 이론의 오류를 이용하여 그의 대표작 『레볼루셔너리 로드』를 관통하는 중요한 드라마를 만든다. 이 소설은 프랭크와 에이프릴 휠러 부부의 결혼이 해체되는 과정을 그리고 있다. 처음 사랑에 빠졌던 젊은 시절에 프랭크와 에이프릴은 파리에서 보헤미안처럼 살기를 꿈꿨었지만 이 소설에서 처음 등장할 때의 두 사람은 이미 중년의 현실에 맞닥뜨린 처지다. 프랭크와 에이프릴은 자녀가 둘이 있고 셋째를 임신했으며 고만고만한 수준의 교외로 이사한 상태였다. 프랭크는 아버지가 다니던 회사에서 안정된 자리를 보장받았고 점심시간에 술을 많이 마실 수 있고 아내가 집을 지켜주는 평온한 일상에 안착했다. 하지만 에이프릴은 행복하지 않았으며 여전히 파리를 꿈꾼다. 두 사람은 격렬하게 싸우고 잠자리는 갖지 않는다. 프랭크는 같은 직장에 다니는 여자와 외도하는데, 그러다 마음 이론의 오류를 범한다.

아내와의 꽉 막힌 관계를 풀기 위해 불륜 사실을 털어놓은 것이다. 프랭크는 솔직히 사실을 말하면 에이프릴이 카타르시스 상태로 내던져졌다가 금방 다시 현실로 돌아올 거라고 그녀의 마음을 짐작한 듯하다. 에이프릴이 한바탕 눈물 바람을 할 테지만 동시에 왜 그를 사랑하는지 다시 깨달을 거라고 예상한 것이다.

하지만 현실은 그렇게 되지 않는다. 프랭크가 고백하자 에이프릴이 묻는다. **왜?** 그 여자와 잔 이유가 아니라 왜 굳이 그 사실을 털어놓느냐고 묻는 것이다. 에이프릴은 프랭크의 일탈에 관심이 없다. 이것은 프랭크가 예상한 전개가 아니다. 그는 아내가 자기한테 관심을 보여주기를 원한다! 그러나 에이프릴은 그에게 말한다. "그러고 다니는 거 알아. 당신을 사랑한다면 신경이 쓰이겠지. 그런데 보다시피 아니야. 당신을 사랑하지 않고 사랑한 적조차 없어. 실은 나도 이번 주까지 내가 그런 줄 몰랐어."

긴장감을 조성하는 특징과 세부 정보

우리가 주위를 두리번거리며 현실의 이야기 세계를 구축하는 사이, 뇌는 우리의 눈에 어디를 보라고 까다롭게 지시한다. 우리는 물론 변화에 끌리지만 다른 두드러진 부분에도 끌린다. 과학자들은 단순히 눈에 띄는 대상에 관심이 간다고 생각했지만 최근 연구에서는 우리가 의미 있다고 생각하는 대상에 더 관심을 갖는 것으로 나타났다.[1] '의미 있다'는 말이 무슨 뜻인지는 아직 명확히 정의되지 않았지만, 시선도약을 추적하는 실험에서는 햇빛이 쨍하게 비추는 벽보다 정돈되지 않은 선반이 더 주의를 끄는 것으로 드러났다. 내게 정돈되지 않은 선반은 인간의 변화를, 삶의 구체적인 풍경을, 질서정연해야 할 장소에 스며든 문제를 암시한다. 실제 실험에서 참가자들의 뇌가 이런 상태에 끌리는 것은 어찌 보면 당연하다. 이런 선반은 이야깃거리가 되지만 단순히 햇빛이 비추는 벽은 부수적인 배경이 될 뿐이다.

작가는 의미 있는 세부 정보를 언제 내놓을지 신중히 선택한다. 『레볼루셔너리 로드』에서 프랭크가 불안정한 마음 이론의 오류를 저지르면서 삶을 예상치 못한 방향으로 몰아간 후, 작가는 하나의 세부 정보로 독자의 관심을 집중시킨다. 그것은 라디오에서 나오는 다급한 목소리다. "자, 들어보세요. 가을 클리어런스 세일에서 로버트홀의 남성 반바지와 스포츠진 **전 품목**을 대폭 할인가에 만나보실 수 있습니다!"

있음직하면서도 결정적인 이 광고 카피는 적절한 순간에 에이프릴의 숨 막힐 듯 음울한 가정주부의 구석진 삶에 대한 우리의 감정을 증폭시킨다. 나아가 적절한 순간에 프랭크가 저지른 행위를 은연중에 규정하고 비난하는 기능도 한다. 프랭크는 자기가 보헤미안(생각하는 사람!)인 줄 알지만 이제는 그저 세일하는 '스포츠진 반바지'를 입는 남자일 뿐이다. 이것이 그를 대변하는 문구다.

　스티븐 스필버그는 중요한 세부 요소를 이용해서 드라마를 창조하는 감독으로 유명하다. 영화 〈쥬라기 공원〉에서 티라노사우루스 렉스의 첫 등장 장면을 발전시키는 과정을 보자. 자동차 계기판 위에 놓인 물잔 두 개가 보이고 땅에서 올라오는 묵직한 진동에 의해 컵 속의 물 표면에서 동그라미가 퍼져나가는 장면이 뒤따른다. 이어서 차에 탄 사람들의 얼굴에 서서히 표정 변화가 번지는 장면이 교차된 다음, 공룡이 쿵쿵 발을 디딜 때마다 백미러가 흔들린다. 이런 세밀하고 지엽적인 장면들은 뇌에서 스트레스가 극에 달하는 과정을 모방해서 긴장감을 쌓아간다. 가령 차가 충돌하려 할 때 뇌는 순간적으로 세계를 통제하는 능력을 끌어내야 한다. 뇌의 처리 능력이 급격히 강화되어 주변 환경의 특징을 더 많이 알아채느라 시간이 느리게 흐르는 것처럼 느껴진다. 작가들은 이런 식으로 시간을 늘리고 시선도약의 순간과 세부 요소를 더해서 긴장감을 쌓는다.

신경 모형과 시, 그리고 은유

　내 고향의 한 공원에는 그 앞으로 지나다니기 싫은 벤치가 하나 있다. 첫사랑과 헤어진 기억이 고스란히 배어있는 자리이기 때문이다. 나는 그 벤치에서 남들에게는 보이지 않는, 어쩌면 첫

사랑 그녀에게는 보일지 모를 망령들을 보고 느낀다. 인간 세계는 마음과 얼굴에 사로잡힌 만큼 기억에도 사로잡혀 있다. 흔히 '보는' 행위를 단지 색과 운동과 형태를 감지하는 과정으로 생각하지만 사실은 과거를 함께 보는 것이다.

우리가 사는 세계를 구축하는 신경계의 환각 모형은 작고 개별적인 모형으로 구성되고(공원 벤치, 공룡, 이스라엘, 아이스크림, 그리고 **모든 것**의 모형), 모형마다 저마다의 과거가 얽혀 있다. 그래서 우리는 하나의 대상만 보는 것이 아니라 그 대상이 연상시키는 모든 것을 함께 본다. 그리고 그 모든 것을 함께 느낀다. 우리가 주목하는 모든 대상이 감각을 깨우고 대개의 감각은 의식 바로 밑에서 미묘하게 경험된다. 이런 감각은 의식 차원에서 생각이 일어나기 전에 깜빡거리다가 금방 사라지면서 생각에 영향을 미치는데, 모든 감각은 두 가지 충동, 곧 나아가기와 물러나기로 수렴된다. 우리는 어떤 장면을 바라보든 감각의 폭풍에 휘말리며, 우리가 보는 대상에서 비롯되는 긍정적이고 부정적인 감각이 작은 빗방울처럼 우리를 적신다. 이런 현상에 대한 이해에서 강렬하고 독창적인 인물을 창조하는 작업이 시작된다. 허구의 인물도 현실의 인물처럼 각자의 고유한 환각의 세계에서 살아간다. 그리고 그 세계에서는 인물이 보고 만지는 모든 것에 고유하고 사적인 의미가 깃들어 있다.

이런 감각의 세계는 뇌에서 환경을 암호화하는 기제의 결과다. 뇌에서 모든 대상에 대해 만드는 모형은 신경망에 저장되는데,

가령 우리가 레드와인 한 잔에 관심을 둘 때 뇌의 여러 영역에 퍼져 있는 수많은 뉴런이 동시에 활성화된다. '와인 잔'이라는 구체적인 영역이 활성화되는 것이 아니라 액체, 빨간색, 투명하게 반짝이는 표면 같은 요소들에 반응하는 영역이 존재한다. 이들 영역이 충분히 자극받으면 뇌는 눈앞의 대상을 이해하고 와인 잔을 구성해서 우리가 '보게' 해준다.

이렇게 신경망이 활성화되는 과정은 단지 사물의 외형에 대한 묘사에서 멈추지 않는다. 와인 잔을 인식할 때 문득 다른 연상 작용도 일어난다. 달콤하고도 쌉싸름한 맛, 포도밭, 포도, 프랑스 문화, 하얀 카펫 위의 짙게 변색된 자국, 바로사밸리로 떠난 장거리 자동차 여행, 만취해서 어리석은 짓을 저질렀던 기억, 나를 비난한 여자의 숨결. 이런 연상은 지각에 강력한 영향을 미친다. 연구에서는 우리가 와인을 마실 때 와인의 품질과 가격에 대한 믿음에 따라 맛 경험이 달라지는 것으로 나타났다.[1] 품질과 가격에 대한 믿음은 음식에 대한 감상에도 비슷한 영향을 미친다.[2]

이런 연상 작용에서 시의 힘이 나온다. 좋은 시는 하프 연주자가 하프를 연주하듯이 연상의 신경망을 연주한다. 단순한 단어 몇 개를 절묘하게 배치해서 깊숙이 파묻힌 기억과 감정과 기쁨과 외상을 조심스럽게 건드리는 것이다. 이런 기억은 신경망에 저장되어 있다가 우리가 시를 읽을 때 열린다. 시인들은 이처럼 심오한 차원에서 풍성한 의미의 화음이 울리게 만들기 때문에 우리는 시인들이 어떻게 큰 감동을 주는지 인식하지 못한다.

시인 앨리스 워커Alice Walker는 「장례식Burial」이라는 시에서 아이를 데리고 몇 세대 위의 조상들이 묻혀 있는 조지아주 이턴튼의 묘지로 장례식에 참석하러 가는 장면을 그린다. 시인은 그곳에 잠든 할머니를 이렇게 묘사한다.

누구의 방해도 받지 않은 채
조지아의 태양 아래
어슬렁거리는
소들의 발굽 아래 잠들어 있다

그리고 "아무런 경고도 없이 턱 벌어지는" 무덤을 보고는 노래한다.

야생 담쟁이와 블랙베리가 휘감고
노박덩굴과 세이지가 뒤덮는다.
이유는 아무도 모른다. 아무도 묻지 않는다.

「장례식」이라는 이 시를 처음 접했을 때 다음 연의 마지막 몇 행이 논리적으로는 이해가 되지 않았지만 이내 아름답고 슬프다고 느꼈고 기억에 남았다.

땅이 갈라지고 무너지는 것도 잊고 새들처럼,

멀리 사는 어린 아이가 남쪽으로 날아와

늙은 죽은 이를 묻는다.

이런 연상을 통해 은유적 사고가 가능하다. 언어를 분석한 연구 결과, 우리는 말로든 글로든 10초마다 한 개 정도의 은유를 사용한다는 사실이 드러났다.[3] 너무 많게 느껴지는가? 아마도 우리가 은유적 사고에 익숙해서일 것이다. 가령 우리는 '착상된' 생각이나 '억수 같이' 쏟아지는 비나 '타오르는' 분노나 '좆' 같은 인간들이라고 말한다. 우리의 모형은 우리 자신만이 아니라 다른 사물의 속성에도 사로잡힌다. 버지니아 울프는 1930년에 쓴 에세이 「런던 거리 헤매기」에서 몇 가지 절묘한 은유로 아름다운 문장을 직조한다.

···저녁 시간의 런던 거리는 참으로 아름답다. 불빛이 섬처럼 떠 있고 어두운 숲이 길게 깔려 있으며 한쪽으로는 나무가 점점이 박혀 있고 풀이 무성한 자리로 밤이 물러나 스르르 잠든다. 철책을 넘어가면 사방이 고요한 들판인 것처럼 나뭇잎이 흔들리고 나뭇가지가 부러지는 미세한 소리와 올빼미의 울음소리와 멀리 골짜기에서 덜커덩거리는 기차 소리가 들린다.

신경과학자들은 은유가 인지 차원에서 생각보다 훨씬 더 중요하다는 가설을 뒷받침해주는 확실한 증거를 축적하고 있다.[4] 연구자들은 우리의 뇌가 기본적인 방식으로 사랑과 기쁨, 사회와 경제와 같은 추상적 개념을 이해한다고 설명한다. 추상적 개념을 물리적 속성이 있는 개념, 가령 생기가 돌고 따뜻하고 늘어나고 줄어드는 개념과 결부시키지 않고서 이해하기란 불가능하다는 것이다.

은유와 은유의 사촌격인 직유는 텍스트에서 한두 가지 방식으로 작동한다. 예를 들어 마이클 커닝햄의 『세상 끝의 사랑』에는 이런 문장이 나온다. "그녀는 낡은 비닐봉지를 씻어서 빨랫줄에 걸어 말린다. 알뜰하고 축 처진 해파리가 햇빛 속에 줄줄이 떠 있다." 이 문장의 은유는 기본적으로 정보의 격차를 벌리는 식으로 작동한다. 우선 우리의 뇌에 이런 질문을 던진다. 비닐봉지가 어떻게 해파리가 될 수 있지? 우리는 이 질문의 답을 찾기 위해 그 장면을 상상한다. 커닝햄은 우리가 그의 이야기에 관해 더 생생한 모형을 만들도록 유도한 것이다.

마거릿 미첼은 『바람과 함께 사라지다』에서 시각적 장면이 아니라 개념을 이해시키기 위해 은유를 사용한다. "그의 수수께끼 같은 면이 자물쇠도 없고 열쇠도 없는 문처럼 그녀의 호기심을 끌어냈다."

레이먼드 챈들러는 『빅슬립』에서 은유를 통해 거창한 의미를 단 여섯 단어에 압축했다. "죽은 남자들이 비통한 심장보다 더 무겁다."

뇌 스캔 연구에서는 더 강력한, 은유의 두 번째 용도가 드러난다. 한 연구에서 참가자들이 "그는 거친 하루를 보냈다"라는 문장을 읽으면 "그는 힘든 하루를 보냈다"라는 문장을 읽을 때보다 촉감과 관련된 신경 영역이 더 많이 활성화되는 것으로 나타났다.[5] 다른 연구에서는 "그녀는 막중한 짐을 짊어졌다"라는 문장을 읽으면 "그녀는 부담을 느꼈다"라는 문장을 읽을 때보다 신체 운동과 연관된 신경 영역이 더 많이 활성화되는 것으로 나타났다.[6] 산문에서 시의 무기를 활용한 셈이다. 신경 모형을 추가로 활성화시켜서 언어에 추가적 의미와 감각을 부여했다. 독자는 이렇게 표현된 문장을 읽을 때 짐을 짊어지는 무게와 긴장을 **느끼고** 거칠고 고단한 하루를 **피부로 느끼는** 것이다.

그레이엄 그린의 『조용한 미국인』에도 이런 효과가 쓰였다. 주인공은 다리가 부러진 채 적에게 원치 않는 도움을 받는다. "나는 그에게서 떨어져서 혼자 서보려 했지만 터널을 지나는 기차처럼 맹렬한 기세로 통증이 돌아왔다." 이렇게 정교하게 쓰인 은유는 우리를 움찔하게 만든다. 뇌의 신경망에 불이 켜지고 서로 다른 영역에서 탐욕스럽게 빌려다 쓰는 과정이 느껴지는 것만 같다. 연약한 다리, 부러진 뼈, 다리라는 터널을 타고 전속력으로 거침없이 무섭게 올라오는 통증.

아룬다티 로이는 『작은 것들의 신』에서 아무와 벨루타의 사랑 장면을 묘사하면서 은유의 언어로 관능미를 전달한다. "그녀는 그를 통해서 자기를 느낄 수 있었다. 자신의 살갗을. 그녀의 육체는 그의 손길이 닿는 자리에만 존재했다. 나머지는 연기였다."

18세기의 프랑스 작가이자 비평가인 드니 디드로Denis Diderot 는 완벽한 대비를 이루는 직유로 정곡을 찌른다. "난봉꾼은 예쁜 나비를 잘 잡는 흉측한 거미와 같다."

은유와 직유로 분위기를 조성할 수도 있다. 칼 오베 크나우스고르Karl Ove Knausgaard의 『가족의 죽음A Death in the Family』에서 화자는 세상을 떠난 아버지의 집을 정리하다가 담배 피우러 나가는 장면을 묘사한다. "빗방울이 점점이 떨어지는 벽돌 바닥에 플라스틱 병들이 나뒹굴었다. 병목을 보자 개의 입마개가 떠올랐다. 사방을 향해 포신을 겨누는 작은 대포들 같았다." 크나우스고르는 언어를 엄선하여 뜬금없이 독자의 머릿속에 든 대포의 모형을 불러와서 죽음을 암시하는 분노의 분위기를 조성한다.

찰스 디킨스 같은 묘사의 대가는 우리의 연상 모형을 연신 건드리면서 풍성한 은유로 의미를 훌륭하게 키워나간다. 디킨스의 이런 능력이 최대로 발휘된 예를 보자. 『크리스마스 캐럴』에서 주인공 에비니저 스크루지를 소개하는 장면이다.

스크루지는 마음속 한기로 늙은 얼굴이 얼어붙어서 뾰족한 코가 더 뾰족해 보이고 뺨이 쭈글쭈글하고 걸음걸이가 뻣뻣하며 눈이 벌겋고 얇은 입술은 퍼렇고 말소리는 귀에 거슬리게 심술궂었다. 머리와 눈썹과 꺼칠한 수염에는 희끗희끗 서리가 내렸다. 그는 늘 한기를 몰고 다녔다. 삼복더위에도 그의 사무실은 냉골이고 크리스마스에도 1도도 녹지 않았다. 밖이 덥든 춥

든 그는 조금도 영향을 받지 않았다. 아무리 더워도 더위를 느끼지 못하고 엄동설한에도 추위에 떨지 않았다. 세찬 바람도 스크루지만큼 혹독하지 않았고, 눈보라가 휘몰아쳐도 스크루지의 목적을 향한 집념만큼 거세지는 않았으며, 비가 억수같이 퍼부어도 스크루지처럼 무자비하지 않았다.

작가이자 저널리스트인 조지 오웰은 강력한 은유의 비법을 알았다. 전체주의를 배경으로 한 소설 『1984』에서 오웰은 주인공 윈스턴과 그의 파트너 줄리아가 정부의 감시를 피해 둘이서만 머물 수 있는 작은 방을 "멸종 동물이 거닐 수 있는 한 세계, 과거의 한 구석"이라고 표현했다.

오웰이 글쓰기에 관해 했던 말은 절대적으로 옳다.[7] "참신한 은유는 시각적 이미지를 환기해서 생각을 지원한다." 그는 1946년에 이렇게 말하고는, "닳고 닳은 은유는 환기의 힘이 다 빠져서 사람들에게 스스로 문구를 떠올리는 수고를 덜어주는 기능만 할 뿐이므로 과도하게 사용하지 않도록" 주의하라고 지적했다.

최근의 연구에서도 진부한 은유를 남용하면 '닳고 닳은' 표현이 되는 현상이 입증됐다.[8] 연구자들은 실험 참가자들에게 행위에 기초한 은유(예를 들어 "그들은 그 개념을 붙잡았다")를 읽히고 뇌를 스캔했다. 이때 사용된 은유의 일부는 진부한 표현이고 일부는 참신한 표현이었다. 신경과학자 벤저민 베르겐 교수는 이 실험에 대해 이렇게 보고했다. "익숙한 표현일수록 운동계가 적게 활성화됐다. 말하자면 은유적 표현을 남용하면, 적어도 은유적 시뮬레이션을 끌어내는 정도를 기준으로 측정할 때는 표현의 강렬함과 선명도가 떨어진다는 뜻이다."

문학적, 대중적 스토리텔링에서의 인과관계

심리학자 프레더릭 바틀릿Frederic Bartlett은 1932년에 중요한 연구에서 북미 원주민들 사이에 전해지는 이야기를 실험 참가자들에게 들려준 후 다양한 간격을 두고 기억나는 대로 구술하게 했다.[1] 「혼령들의 전쟁」이라는 이 이야기는 인디언 부대에 강제로 들어가야 했던 소년에 관한 330단어 분량의 짤막한 이야기였다. 전투가 한창일 때 어느 전사가 소년에게 부상을 입었다고 일러줬다. 소년은 자기 몸을 내려다봤지만 상처를 발견하지 못했다. 그래서 소년은 전사들이 모두 혼령이라고 생각했다. 이튿날 아침 소년의 얼굴이 뒤틀리면서 입에서 시커먼 것이 나왔고 소년은 쓰러져 죽었다.

「혼령들의 전쟁」에는 여러 가지 특이한 요소가 담겨 있었다. 적어도 이 연구에 참가한 영어권 참가자들에게는 특이해 보였다. 바틀릿은 이들이 시간 차이를 두고 이야기를 회상할 때 뇌에서 일어나는 흥미로운 현상을 포착했다. 참가자들이 이야기를 단순화하고 정형화하면서 '놀랍고 갑작스럽고 중요하지 않은' 부분을 크게 수정해서 익숙한 이야기로 만든 것이다. 참가자들의 뇌는 이야기의 일부를 덜어내고 일부를 더하면서 계속 다듬어나갔다. '언뜻 이해가 가지 않는 부분이 나오면 생략하거나 부연하기도 했다.' 편집자가 혼란스러운 이야기를 수정하는 방식과 상당히 유사했다.

난해하고 무질서한 이야기를 이해할 만한 이야기로 바꾸는 작업은 스토리텔링 뇌의 핵심 기능이다. 우리는 자주 혼란스러운 정보의 소용돌이에 휩싸인다. 이럴 때 뇌는 통제력을 얻기 위해 서사를 이용해서 세계를 단순하게 만든다. 연구마다 추정치가 다르지만 대체로 어느 한 순간에 뇌에서 처리하는 정보가 약 1100만 비트인 것으로 알려졌다.[2] 하지만 의식에서는 40비트 이상 인지하지 못한다.[3] 뇌에서 방대한 양의 정보를 검토하고 어느 정보를 의식으로 보낼지 결정하는 것이다.

뇌에서 일어나는 이 과정을 알아챌 기회가 있다. 예를 들어 사람들이 북적이는 방에서 한쪽 구석에 있는 누군가가 당신 이름을 부르는 소리를 들었다고 해보자. 뇌에서 그 방 안의 수많은 대화를 걸러내고 당신의 안녕에 중요할 수 있는 대화를 알리기로 결정한 것이다. 뇌는 우리를 위해 이야기를 만든다. 우리를 둘러싼 혼란스러운 정보를 추려서 중요한 정보만 보여준다. 이처럼 서사를 이용해서 복잡한 내용을 단순하게 만드는 방법은 기억에도 적용된다. 인간의 기억은 '삽화적'(무질서한 과거를 인과관계가 있는 지극히 단순한 순서로 경험하는 경향)이고 '자전적'(이렇게 연결된 삽화에 사적이고 도덕적인 의미가 담기는 경향)이다.

뇌의 어느 한 부위에서 이런 식으로 이야기를 만드는 기능을 전담하는 것이 아니다. 뇌의 거의 모든 영역에는 나름의 특수한 기능이 있지만 실제로 뇌 활동은 과학자들이 추정한 것보다 훨씬 더 분산되어 있다. 그럼에도 뇌에서 비교적 최근에 진화한 신피질이 없었다면 인간은 지금처럼 이야기꾼이 되지 못했을 것이다. 신피질은 셔츠 칼라 두께만큼 얇고 길이가 거의 1미터쯤 되는 막으로, 이마 안쪽에 한 겹으로 접혀 있다. 신피질의 핵심 기능 중 하나가 사회적 세계를 끊임없이 기록하는 것이다. 이 기능은 우리가 사람들의 몸짓과 얼굴 표정을 해석하도록 도움으로써 우리의 마음 이론을 지원해준다.

하지만 신피질은 사람들에 관한 정보를 처리하는 기능만 하는 것이 아니라 계획을 세우고 추론하고 수평적 연결과 같은 복잡한 사고도 담당한다. 심리학자 티모시 윌슨Timothy Wilson 교수는 인간과 다른 동물 사이의 중요한 차이에 대해 이렇게 말했다. "인간에게는 세상에서 일어나는 현상과 이유에 관한 정교한 이론과 설명을 구축하는 능력이 뛰어난 뇌가 있다." 신피질을 두고 한 말이었다.

여기에서 이론과 설명은 주로 이야기 형식을 취한다. 옛날 이야기 중 세 명의 사냥꾼에게 쫓기는 곰 이야기가 있다. 화살에 맞은 곰은 숲속에서 나뭇잎에 피를 흘려서 잎을 붉게 물들이고는 산을 타고 오르다 하늘로 뛰어 올라가 큰곰자리가 된다. 이와 같은 '우주의 사냥' 신화는 고대 그리스와 북유럽, 시베리아, 아메리카 대륙에서 다양한 형태로 발견되고, 방금 소개한 이야기는 이로쿼이 인디언 부족에서 전해 내려오는 이야기다.[4] 유사한 이야기가 퍼져나간 양상에 의해 알래스카와 러시아가 육지로 연결된 시대부터 전해진 이야기로 추정된다. 기원전 1만3000년에서 2만8000년 사이로 거슬러 올라간다.

'우주의 사냥' 신화는 고전적인 거짓말로 읽힌다. 이런 신화는 아마도 꿈이나 주술적 환영에서 시작됐을 것이다. 아니면 어떤 사람이 누군가에게 "이봐, 저 별들이 왜 곰처럼 보일까?"라고 물으면서 시작됐을 수도 있다. 그리고 이 질문을 들은 상대는 현자처럼 한숨을 내쉬고 나무에 기대며 "흠, 그런 걸 묻다니 재밌는데…"라고 말했을지도 모른다. 그리고 2만 년이 지나고도 우리는 여전히 그 이야기를 한다.

현실에 관한 심오한 질문에 대해서도 인간의 뇌는 이야기로 향한다. 정교한 신피질에서 '세상에서 무슨 일이 왜 일어나는지에 대한 이론과 설명'을 내놓지 않았다면 현대의 종교는 의미가 없었을 것이다. 종교는 단지 생명의 기원을 설명하는 것이 아니라 갖가지 심오한 질문에 답해준다. 무엇이 선인가? 무엇이 악인가? 나의 모든 사랑과 죄책감과 증오와 욕망과 질투와 공포와 애도와 분노를 어떻게 해야 할까? 누군가는 나를 사랑해줄까? 내가 죽으면 어떻게 될까? 이런 질문의 답은 당연히 데이터나 방정식으로 나오지 않는다. 주로 시작과 중간과 끝이 있고 의지를 가진 인물이 등장하는 이야기로 나온다. 이 이야기에서 누군가는 영웅이고 누군가는 악당이지만 모두가 의미가 있는 뜻밖의 사건으로 구축된 극적이고 변화무쌍한 플롯의 공동 주연이다.

우리 주위의 넘치는 정보가 뇌에서 단순한 이야기로 변환되는 과정의 기본 원리를 이해하려면 스토리텔링의 주요 원칙을 알아야 한다. 뇌의 이야기는 원인과 결과가 있는 구조를 따른다. 기억이든 종교든 혼령들의 전쟁이든, 뇌는 뒤죽박죽인 현실을 한 가지 사건이 다른 사건을 유발하는 단순한 논리로 재구성한다. 인과관계는 우리가 세계를 이해하는 방식의 근간이며 뇌는 원인과 결과를 연결할 수밖에 없다. 이것은 자동으로 일어나는 현상이다. 이제 실험을 해보자. 바나나. 구토.[5] 심리학자 대니얼 카너먼Daniel Kahneman 교수는 방금 전에 당신의 뇌에서 일어난 현상을 이렇게 설명한다. "특별한 이유는 없지만 당신의 마음은 자동으로 시간의 순서를 전제하고 바나나와 구토라는 단어들 사이의 인과관계를 상정하여 바나나가 구토를 일으키는 대략적인 시나리오를 만든다."

카너먼의 실험에서 알 수 있듯이 뇌는 인과관계가 전혀 없는 상황에서도 원인과 결과를 만들어 연결한다. 이처럼 이야기의 인과관계를 구성하는 능력에 대해 탐색한 인물로는 20세기 초 소련의 영화감독 프세볼로트 푸도프킨Vsevolod Pudovkin과 레프 쿨레쇼프Lev Kuleshov가 있다.[6] 이들은 유명 배우의 무표정한 얼굴을 수프 그릇과 관 속의 죽은 여인과 장난감 곰을 가지고 노는 소녀의 모습이 담긴 화면과 각각 연결했다. 그런 다음 배우의 무표정한 얼굴과 각 화면을 연결한 장면을 관객에게 보여주었다. 푸도프킨은 이렇게 말했다. "결과는 굉장했다. 관객들이 배우의 연기를 극찬했다. 관객들은 수프도 잊은 채 수심에 잠긴 배우의 감정을 언급하면서 그가 죽은 여자를 바라볼 때 보여준 깊은 슬픔에 감동했고 놀고 있는 소녀를 보면서 짓는 경쾌하고 행복한 미소에 감탄했다. 하지만 세 장면에서 배우의 얼굴은 정확히 동일했다."

후속 연구에서도 이들 감독이 포착한 현상이 거듭 확인되었다. 참가자들은 단순히 도형이 움직이는 만화를 보고도 자연히 애니미즘으로 추론하고 앞에 보이는 장면에 관한 인과관계의 서사를 구성했다. 이를테면 이 공이 저 공을 따돌린다거나 이 삼각형이 이 선을 공격한다는 식의 서사를 추론하는 것이다. 화면에서 원반들이 무작위로 움직일 때 사람들은 있지도 않은 추격 상황을 가정하기도 했다.

인과관계야말로 인간의 호기심을 자극한다. 인간의 뇌와 인간의 이야기는 "그 일이 왜 일어났을까? 다음에는 무슨 일이 일어날까?"라고 묻는다. 3세에서 5세 사이의 아기에게 '가짜' 나무 블록을 보여주고 블록의 무게 중심이 숨은 무게에 의해 바뀌어 넘어가는 모습을 보여주자 아기들은 예기치 못한 현상의 원인을 알아내기 위해 호기심을 보이며 블록을 유심히 관찰했다.[7] 동일한 실험에서 침팬지는 단 한 마리도 이런 행동을 보이지 않았다. 교육학자 폴 해리스Paul harris 교수는 말했다.[8] "인간은 사물이나 사건이 어떻게, 왜 생겨났는지에 관해 때로는 집요하게 탐색한다. 실질적 보상이 주어지지 않을 때도 마찬가지다." 흥미로운 이야기의 모든 장면은 그 장면의 잠재적 결과에 대한 어린아이 같은 호기심을 자극한다. 이야기가 새로운 국면으로 접어들 때마다 정보의 격차가 벌어져서 다음에 무슨 일이 벌어질지 궁금하게 만든다. 베스트셀러 소설이나 블록버스터 영화의 시나리오는 이런 식으로 중독성을 끌어낸다. 이런 이야기는 끊임없이 앞으로 달려가고 한 사건이 다른 사건으로 이어지면서 새로운 연료를 갈망하는, 채워지지 않는 호기심을 이용한다.

하지만 인과관계로 이야기를 직조하는 작업은 어려울 수도 있다. 2005년에 퓰리처상을 수상한 극작가 데이비드 마멧David Mamet은 TV 드라마 〈더 유닛The Unit〉을 감독했는데, 그는 작가들이 아무런 인과관계도 없는 장면을 써내는 것을 보고는(단지 설명을 위한 장면을 집어넣는 식이다) 분개하며 대문자로만 쓴 강한 어조의 메모를 전송했고 얼마 뒤 그 내용이 인터넷에 올라왔다(독자의 귀를 보호하기 위해 다음은 내가 순화한 내용이다). "플롯을 진척시키지도 않고 그렇다고 독립적이지도(극적으로 그 자체의 가치를 지니지도) 않은 장면은 불필요하거나 잘못 쓴 것입니다. 항상 다음과 같은 불가침의 원칙에서 시작해야 합니다. '장면은 극적이어야 한다. 장면이 시작할 때는 주인공에게 문제가 있어야 하고, 절정에 이를 때는 주인공이 좌절하거나 다른 방법이 있다는 사실을 깨달아야 한다.'"

인과관계가 없는 장면이 지루해지는 것만이 문제는 아니다. 인 과관계가 느슨한 플롯은 뇌의 언어로 말하지 않기 때문에 혼란을 야기할 수 있다. 〈악마는 프라다를 입는다〉의 시나리오 작가 엘라 인 브로쉬 멕켄나Aline Brosh McKenna의 주장이다. "모든 장면 사 이에 '왜냐면'을 넣고 '그런 다음'은 넣고 싶지 않을 겁니다."⁹ 뇌 는 '그런 다음'을 생각하는 데 애를 먹는다. 한 가지 사건이 이곳에 서 일어나고, 그런 다음 어떤 여자가 주차장에서 누군가가 칼로 사 람을 찌르는 장면을 목격하고, 그런 다음 1977년에 유아용품점 마 더케어에 쥐가 나오고, 그런 다음 한 노인이 유령이 출몰하는 과 수원에서 뱃노래를 부를 때, 작가는 사람들에 관해 지나치게 많 은 질문을 던지는 셈이다.

하지만 때로는 이런 식으로 이야기를 전개하는 데에도 목적이 있을 수 있다. 상업적 스토리텔링과 문학적 스토리텔링의 본질적 인 차이는 인과관계를 어떻게 활용하는지에 있다. 대중적 이야기 에서는 변화가 빠르고 선명하고 이해하기 쉬운 반면, 문학성이 높은 작품에서는 변화가 느리고 모호하며 독자에게 많은 생각을 요구하므로 독자 스스로 사건의 연관성을 고민하고 해독해야 한 다. 마르셀 프루스트의 『잃어버린 시간을 찾아서 : 스완네 집 쪽 으로』 같은 소설은 두서없이 장황하기로 유명하다. 예를 들어 산 사나무 꽃에 대한 묘사가 1000자 넘게 이어진다. ("당신은 산사나무 를 좋아하는군요"라고 중간에 어떤 인물이 화자에게 말한다.) 데이비드 린 치 감독의 예술영화는 '몽환적'이라는 평을 자주 듣는데, 꿈처럼 인과관계의 논리가 부족하기 때문이다.

　이런 이야기를 즐기는 사람들은 유능한 독자일 것이다. 이런 이야기에 적합한 마음을 타고났고, 작가가 남긴 성긴 의미의 단서를 찾아내는 능력을 키우는 학습을 받으며 자랐을 것이다. 이들은 '경험에 대한 개방성'이라는 성격 특질도 평균보다 높아서 시와 예술에, 그리고 '정신과 치료'에도 관심이 많으리라고 짐작할 수 있다.[10] 유능한 독자는 예술영화와 문학, 실험적 소설에 나오는 변화의 양상이 미묘한데다 인과관계도 여러 가지로 해석할 수 있어서 몇 달 혹은 심지어 몇 년이 지나도 수수께끼로 남아 있고, 결국에는 그것이 명상의 소재가 되거나 다시 분석하고 토론할 거리가 된다는 점도 이해한다. "인물들이 왜 그런 행동을 했을까?" "감독이 대체 무슨 말을 하려는 거였을까?"

　하지만 모든 작가는 어떤 독자를 타깃으로 정하든 간에 서사를 지나치게 통제하지 않도록 주의해야 한다. 독자를 혼란에 빠트리고 방치하는 것도 위험하지만 지나치게 설명을 늘어놓는 것도 위험하기 때문이다. 인과관계는 말로 표현하기보다는 **보여줘야** 하고, 설명하기보다는 암시해야 한다. 아니면 이야기에 대한 호기심이 식어버리고 독자나 관객은 지루해진다. 나아가 이들이 이야기에서 소외될 수도 있다. 독자나 관객이 다음에 무슨 일이 벌어질지 자유롭게 예상하고 방금 그 일이 왜 일어났고 무슨 의미가 있는지에 자기만의 감정과 해석을 넣을 수 있어야 한다. 설명에 빈틈을 남겨둬 독자나 관객이 이야기에 끼어들 수 있게 하는 것이

다. 독자의 예상과 가치관, 기억, 연결, 감정을 이야기에 끼워 넣는
데, 이들 요소가 모두 스토리에서 적극적인 역할을 한다. 어떤 작
가도 자기 머릿속 세계를 타인의 마음에 완벽하게 이식할 수는
없다. 그보다는 두 세계가 서로 맞물려야 한다. 독자가 작품에 푹
빠지기만 해도 오직 예술에서만 가능한 힘의 공명이 일어날 수
있다.

변화는 충분하지 않다

이제 수수께끼가 풀렸다. 이야기가 어디에서 시작되는지 밝혀
졌다. 예기치 못한 변화가 일어나거나 정보의 격차가 벌어지거나,
아니면 이 두 가지 모두의 상황에서 이야기는 시작된다. 주인공
에게 이런 상황이 벌어지는 사이 우리도 같은 상황에 처하고 우
리의 집중력에 불이 켜진다. 이제 극적인 변화의 결과가 이야기
의 출발점에서 인과관계의 양상으로 퍼져나가는 과정을 따라가
는 사이, 인과관계의 논리가 모호한 지점에서 계속 호기심이 일
어난다. 그런데 이론적으로는 이렇게 설명할 수 있다고 해도 사
실은 얄팍한 수준의 답일 뿐이다. 스토리텔링에는 이런 기계적인
설명 이상의 무언가가 있다.

허먼 J. 맨키위츠Herman J. Mankiewicz와 오손 웰즈Orson Welles가
1941년에 만든 고전영화 〈시민 케인〉의 도입부에서도 스토리텔

링에 관해 유사한 관점이 나온다. 이 영화는 변화와 정보 격차에서 시작한다. 찰스 포스터 케인이라는 거물이 죽기 전에 눈 덮인 작은 집 모형이 든 스노글로브를 떨어뜨리며 알쏭달쏭한 한 마디를 내뱉는다. "로즈버드." 이어서 그의 70년 생애에 관한 건조한 사실을 열거하는 뉴스영화가 시작된다. 케인은 유명하지만 논란이 많은 인물로 엄청난 부자이고, 한때 《뉴욕 데일리 인콰이어러 New York Daily Inquirer》의 소유자이자 발행인이었다. 하숙집을 운영하던 어머니가 하숙비를 내지 못한 세입자로부터 별가치 없어 보이는 콜로라도 광산을 넘겨받으면서 집안의 재산을 축적하기 시작했다. 케인은 두 번 결혼하고 두 번 이혼했으며, 아들 하나를 잃은 뒤 정계에 입문하려다 실패했다. 그 이후 미완의 거대하고 쇠락해가는 궁전에서, '피라미드 이후 인간이 자기를 위해 지은 가장 비싼 기념물'로 일컬어지는 곳에서 쓸쓸히 죽음을 맞았다.

영화가 끝나고 영상을 만든 사람들이 등장한다. 기자들로 이루어진 한 무리가 담배를 피우고 있다. 막 편집을 마친 후 책임자인 로울스턴에게 영상을 보여주고 편집에 관한 의견을 듣는 자리다. 로울스턴은 영상에 만족하지 않는다. 그가 기자들에게 말한다. "한 남자가 무슨 일을 했는지 제대로 보여주지 않아. 그가 어떤 사람인지 말해줘야 해. (…) 포드하고는 어떻게 다르지? 허스트하고는? 존 도우하고는?"

편집장의 말이 맞다(편집자들은 하나같이 사람을 성가시게 만드는 구석이 있긴 하다). 인간은 가축화된 뇌를 가진 고도로 사회화된 동물이다. 우리의 뇌는 특히 인간의 환경을 통제하도록 진화했다. 만족할 줄 모르는 호기심을 가지고 어릴 때부터 수천수만 가지의 질문을 던지며 하나의 사건이 어떻게 다른 사건을 유발하는지 캐묻는다. 가축화된 우리는 무엇보다도 사람들의 인과관계에 관심이 많고 끊임없이 사람들에게 호기심을 갖는다. 그들이 무슨 생각을 할까? 무슨 일을 모의할까? 누구를 사랑할까? 누구를 미워할까? 그들에게는 어떤 비밀이 있을까? 그들에게는 무엇이 중요할까? 왜 중요할까? 그들은 동지일까? 위협적인 인물일까? 그들은 왜 비이성적이거나 예측 불가능하거나 위험하거나 황당한 행동을 했을까? 무슨 이유에서 '노아의 방주 이후' 최대 규모의 동물원과 '분류할 수 없을 만큼 방대한 수집품'을 보유한 인공의 '사유지인 산' 위에 '세계 최대의 공원'을 조성하게 되었을까? 이 인물은 대체 어떤 사람일까? 어쩌다 그런 사람이 되었을까?

좋은 이야기는 인간 조건을 탐구한다. 극의 표면에서 벌어지는 사건보다 인물에 더 집중한다. 낯선 마음으로 떠나게 되는 흥미진진한 여행이다. 첫 페이지에 등장하는 인물은 결코 완벽하지 않다. 우리가 그 인물에게 호기심을 느끼고 극적인 싸움을 제공하는 이유는 그가 성공하고 매력적인 미소를 가졌기 때문이 아니라 그가 가진 결함 때문이다.

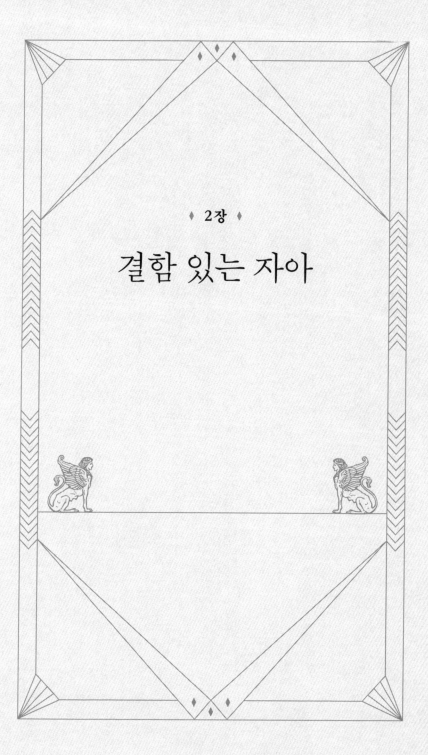

2장

결함 있는 자아

결함 있는 자아 : 통제 이론

미스터 B에 관해 알아야 할 것이 있다. 그는 FBI의 감시를 받고 있다. FBI가 몰래 그를 계속 촬영해서 그 영상을 편집한 다음 〈미스터 B 쇼〉라는 제목으로 수많은 시청자들이 볼 수 있도록 방송 중이다. 그러니 미스터 B에게는 일상이 다소 불편하다. 샤워할 때 수영 팬티를 입고 옷도 침대 시트 속에서 갈아입는다. 그는 남들과 얘기하는 것을 싫어하는데 모두가 이 쇼를 위해 FBI에 고용된 배우들이기 때문이다. 어떻게 그런 사람들을 믿을 수 있겠는가? 아무도 믿을 수 없다. 사람들이 아무리 그가 잘못 생각하는 거라고 설명해줘도 그는 수긍하지 않는다. 사람들의 주장을 하나하나 깨트릴 방법만 찾을 뿐이다. 그는 진실을 **알고 있고 느끼고 있다. 어디에서나** 증거가 눈에 띄기 때문이다.

미스터 B에 관해 알아야 할 것이 또 하나 있다. 그가 정신질환을 앓고 있는 환자라는 사실이다. 신경과학자 마이클 가자니가 Michael Gazzaniga 교수는 미스터 B의 뇌에서 "건강한 영역이 다른 영역에서 일어나는 기이한 상황을 이해하려고 애쓴다"라고 설명한다.[1] 그에 따르면 "잘못 작동하는 뇌의 영역에서 정상적인 현실에 존재할 법한 경험과 전혀 다른 경험을 만들어내고, 이런 잘못된 정보가 미스터 B의 현실과 경험을 구성한다."

미스터 B의 경우, 뇌의 건강하지 못한 영역에서 비롯된 잘못된 신호가 현실을 왜곡시키고 있기 때문에 그가 세계에 관해서 하는 이야기와 실제 세계에서 그가 위치하는 자리 간에는 심각한 오류가 생긴다. 이런 오류로 인해 그는 더 이상 자신의 환경을 적절히 통제할 수 없으므로 정신과 의사와 의료진이 대신 통제해줘야만 한다.

미스터 B가 정신적으로 병든 사람이기는 하지만 사실 누구나 어느 정도는 그와 비슷한 경험을 한다. 우리 머릿속에도 어두운 부분이 있고 그곳에서 현실로 경험하는 통제된 환각의 세계는 거짓 정보에 의해 왜곡되기도 한다. 그러나 왜곡된 현실이 우리가 아는 유일한 현실이므로 우리는 어디에서부터 잘못됐는지 알 길이 없다. 남들이 우리가 실수했거나 잔인하고 비이성적으로 행동한다고 알려줄 때 우리는 그들의 주장에 반박할 방법을 찾으려고 한다. 우리 자신이 옳다는 것을 **알기** 때문이다. 우리가 옳다고 **느끼고** 그 증거가 **어디에서나** 보인다.

이런 인지적 왜곡으로부터 누구나 저마다의 흥미롭고 개인적인 방식으로 결함이 생긴다. 이같이 불완전하고 부족한 부분이 우리의 성격을 정의한다. 우리가 어떤 사람인지는 곧 우리에게 어떤 결함이 있는지와 같다. 하지만 이런 결함에 의해 세계를 통제하는 능력이 손상되기도 하는데, 그 결함이 우리에게 해를 입히는 셈이다.

이야기가 시작될 때 결함이 구체적으로 정의된 주인공이 등장한다. 주인공이 세계에 관해 갖는 오류를 보면서 우리는 그에게 공감하고, 오류의 원인에 대한 암시나 단서가 나오는 동안 주인공의 약점에 흥미를 느끼며 그가 벌이는 싸움에 감정적으로 몰입한다. 주인공이 플롯의 극적 사건을 거치면서 변화하는 동안 우리는 그를 응원하게 된다.

문제는 사람이 변하기란 쉽지 않다는 데 있다. 신경과학과 심리학에서 그 **이유**를 정확히 통찰하기 시작했다. 결함은, 특히 우리가 인간 세계에 관해서 그리고 그 세계에서 살아가는 방식에 대해서 범하는 실수는 단지 우리가 이런저런 일들에 관해 생각하고 간단히 공감하거나 무시하기로 선택하는 정도의 문제가 아니다. 결함은 우리의 환각 모형에 스며들고 지각의 일부와 현실에 대한 경험을 이루므로 우리 자신에게는 거의 보이지 않는다.

결함을 수정하려면 우선 그것이 있다는 사실을 인정하고 그것이 무엇인지를 알아야 한다. 우리는 난관에 처하면 대개 우리에게 결함이 있다는 사실 자체를 인정하지 못하는데, 그럴 때 사람들은 우리에게 '부정否定'한다고 말한다. 사실이 그렇다. 그야말로 자기 자신의 결함을 보지 못하는 것이다. 설사 **볼 수 있다고 해도** 대개는 그것을 흉이 아니라 미덕으로 여긴다. 신화학자 조지프 캠벨은 플롯에서 주인공이 이야기의 '부름을 거부하는' 공통의 순간을 찾아냈다. 그래서 주인공이 자기 자신의 결함을 보지 못하는 것일 수 있다.

스스로 결함을 인지하고 받아들인 후 변화하는 것은 **현실의 구조 자체**를 분해해서 새롭고 더 나은 양식으로 재구성한다는 뜻이다. 결코 간단한 일이 아니다. 고통스럽고 혼란스러운 일이다. 우리는 이런 깊은 차원의 변화를 거부하는 마음과 싸우면서 안간힘을 쓴다. 그래서 이런 싸움에 뛰어든 사람들을 '영웅'이라고 부른다.

이야기의 인물과 현실의 자아는 저마다의 방식으로 고유한 존재가 되고 나름의 특별한 결함을 갖는다. 작가는 이런 다채로운 방식을 이해해야 한다. 한 가지 중요한 방식으로는 변화의 순간을 거치는 방법이 있다. 뇌는 수백만 가지 사례의 인과관계를 관찰하고 하나의 상황이 다른 상황을 일으키는 방식에 관한 나름의 이론과 가정을 세워서 세계에 대한 환각 모형을 구축한다.[2] 특히 우리가 흔히 '신념belief'이라고 부르는 인과관계에 대한 미세서사는 신경 영역을 이루는 기본 요소다. 신념이 사적인 것으로 느껴지는 이유는, 그것이 우리가 사는 세계와 우리가 어떤 사람인지에 대한 이해의 토대가 되기 때문이며, **우리 자신**이기 때문이다.

하지만 많은 신념이 잘못됐다. 물론 보통의 우리가 사는 통제된 환각의 세계는 미스터 B가 사는 환각의 세계만큼 왜곡되지 않았다. 누구도 모든 것에 대해 옳을 수는 없지만 그럼에도 우리의 스토리텔링 뇌는 우리가 모든 면에서 옳다는 착각을 일으킨다. 가장 가까운 사람들을 떠올려보라. 그중에서 당신이 절대로 반박하지 못할 사람은 단 한 명도 없을 것이다. 당신은 **그녀**가 그 문제에 대해서 조금 잘못 생각하고 있고, **그**가 그 점을 오해한다고 생각한다. 그래서 그녀가 그 문제를 밖으로 꺼내지 않게 애쓴다. 당신 기준에서 당신이 존경하는 사람들로부터 멀어질수록 잘못됐다고 생각되는 사람이 늘어나고, 결국 모든 인간이 어리석거나 사악하거나 미쳤다는 결론에 이른다. 따라서 모든 사안에서 올바른 단 하나의 인간이 남는다. 완벽한 광원과 명료성과 천재성으로 우주의 중심에서 신처럼 빛을 내는 사람.

잠깐, 그럴 리가 없지 않은가? 분명 **무언가**가 잘못됐다. 그래서 우리는 사냥에 나선다. 가장 소중한 믿음, 실제로 자기에게 중요한 믿음을 하나씩 확인한다. **그것**에 대해 틀리지 않았고, **그것**에 대해 틀리지 않았고, **그것**이나 **그것**이나 **그것**이나 **그것**에 대해 결코 틀리지 않았다. 우리의 편향과 오류와 편견에 관한 불길한 사실이 있다. 바로 미스터 B에게 그의 망상이 보이듯이 우리에게도 우리의 편향과 오류와 편견이 진실처럼 보인다는 점이다. 남들은 다 '편견'에 치우치고 우리만 현실을 있는 그대로 보는 것처럼 느낀다. 심리학에서는 이것을 '순진한 사실주의'라고 부른다. 우리에게는 우리의 현실이 선명하고 명백하고 자명해 보이기 때문에 우리에게 현실을 다르게 보라고 요구하는 사람들이 어리석 거나 거짓말을 하거나 도덕적으로 무책임한 사람들이 된다. 어떤 이야기가 시작될 때 등장인물들은 대다수의 우리처럼 살아간다. 현실에 대한 환각 모형이 어떻게 불완전하거나 왜곡되는지에 관해 순진한 사실주의에 빠진다. 하지만 그들은 틀렸고 동시에 자신이 틀린 줄 모른다. 그러나 곧 알게 될 것이다.

누구나 미스터 B와 조금씩 비슷하고, 미스터 B는 앤드류 니콜 Andrew Niccol의 시나리오 〈트루먼쇼〉의 주인공과 닮았다. 이 영화는 서른 살의 트루먼 버뱅크가 자신의 삶 전체가 연출되고 통제됐다고 생각하게 되는 이야기다. 하지만 미스터 B와 달리 트루먼은 착각한 것이 아니다. 영화 속의 〈트루먼쇼〉는 실제로 매일 24시간씩 수많은 시청자에게 방송됐다. 이 프로그램의 제작자는 트루먼이 세계의 진실을 의심하기까지 왜 그렇게 오래 걸린 것 같은가 하는 질문에 이렇게 답한다. "사람들은 주어진 세계의 현실을 그냥 받아들입니다. 그렇게 단순합니다."

그렇다. 우리의 환각 모형이 틀렸다고 해도 우리는 뇌에서 우리를 위해 만든 현실에 거의 의문을 품지 않는다. 어쨌든 그것이 우리가 인식하는 '현실'이기 때문이다. 그뿐 아니라 환각에는 나름의 기능이 있다. 우리의 신경 모형을 구성하는 작은 신념 하나하나는 우리의 뇌에 외부 세계가 어떻게 작동하는지 알려주는 작은 지침과 같다. "꽉 잠긴 잼 뚜껑은 이렇게 따라. 경찰한테는 이렇게 거짓말을 하라. 상사에게 유능하고 분별력 있고 정직한 직원으로 보이고 싶으면 이렇게 처신하라." 이런 지침이 우리의 환경을 예측 가능하게 만들고, 통제가 가능하도록 만들어준다. 이 같은 방대하고 복잡한 신념의 그물망은 뇌의 '통제 이론'으로 볼 수 있는데 대개 이야기가 시작할 때 이런 통제 이론이 나온다.

노벨상 수상 작가 가즈오 이시구로는 『남아 있는 나날』이라는 소설에서 대저택의 자부심 강한 집사, 그냥 스티븐스라고만 언급된 주인공의 왜곡되고 결함 있는 신경 영역으로 독자를 인도한다. 우리는 세계에 대한 스티븐스의 핵심 신념과 세계를 통제하는 방식이 그의 아버지이자 유능한 집사였던 스티븐스 시니어에게 물려받은 것을 알게 된다. 스티븐스는 자신의 일에 열성을 다하고 아버지나 자신과 같은 집사들을 훌륭하게 만들어주는 '특별한 자질'에 대해 고민한다. 그리고 '품위'가 그 답이고, 품위의 핵심은 '감정 절제'라는 결론에 이른다. 그의 결론에 따르면 영국의 풍경이 아름다운 이유는 '절경이나 장관이 없어서'이듯이 위대한 집사는 '바깥의 사건이 아무리 놀랍거나 염려스럽거나 성가시더라도 조금도 흔들리지 않아야' 한다.

스티븐스는 감정 절제의 미덕 덕분에 영국인이 최고의 집사가 될 수 있었다고 믿는다. "유럽인들은 집사가 될 수 없다. 그들은 오직 영국인들만의 미덕인 감정 절제가 애초에 불가능한 족속이기 때문이다." 켈트족에 대해서도 "조금만 건드려도 정장과 셔츠를 찢어발기고 악을 쓰며 뛰어다니는 사내들이다"라고 평가한다. 감정 절제는 세계에 대해 스티븐스가 구축한 신경 모형의 주축이

자 그의 통제 이론인 셈이다. 그가 이 이론을 고수한다면 원하는 것을 얻을 수 있다. 곧 유능한 집사라는 평판을 얻도록 환경을 조작할 수 있을 것이다. 결함 있는 신념이 스티븐스를 정의하며 이 신념은 곧 **그 자신**과 같다. 스티븐스처럼 고도의 집중력으로 자신의 결함을 신중히 감추는 인물이 가장 인상적이고 친밀하면서도 강렬하다.

이시구로는 이 작품에서 결함 있는 현실 지각이 스티븐스 자신에게 어떻게 해를 입히는지 조심스러우면서도 가차 없이 폭로한다. 결정적인 장면은 어느 날 저녁에 스티븐스가 그 저택의 중요한 행사를 총괄하는 부분이다. 2층에서는 평생 그 저택에서 일한 늙은 아버지가 쓰러졌다가 막 의식을 되찾았다. 아래층 상황에 정신이 팔린 스티븐스는 아버지를 보러 올라가라는 말을 듣는다. 스티븐스 시니어는 자신의 상태가 심상치 않은 것을 체감한 듯, 철갑을 두른 것처럼 감정을 노출하지 않던 평소의 습관을 무너뜨리고 자기가 좋은 아버지였기를 바라는 마음을 조심스럽게 내비친다. 그러나 아들은 그저 어색하게 웃을 뿐이다. "좀 나아지셔서 기쁩니다." 아버지는 아들에게 그가 자랑스럽다고 말하고 거기에서 한 발 더 나아간다. "내가 좋은 아버지였으면 좋았을 걸. 그러지 못한 것 같구나." 아들이 답한다. "지금 많이 바쁜 것 같습니다. 아침에 다시 이야기 나눌 수 있을 것 같아요."

그러나 그날 밤 스티븐스 시니어는 뇌졸중을 일으켰고 죽음이 임박했다. 스티븐스는 주변으로부터 계속해서 아버지를 보러 올라가 보라는 말을 듣지만 번번이 자신은 집사의 의무를 다하러 돌아가봐야 한다고 고집을 부린다. 아래층에서 그의 주인인 달링턴 경이 무슨 문제가 있는 것을 직감하고 말한다. "자네 지금 우는 것 같군." 이에 스티븐스는 얼른 눈꼬리를 누르고는 웃으며 대꾸한다. "정말 죄송합니다. 무척 힘든 하루였습니다." 잠시 후 아버지가 결국 세상을 떠난 순간에도 스티븐스는 바빠서 올라가 보지 못한 채 하녀에게 이렇게 말한다. "아버지는 내가 꼭 지금처럼 일하기를 바라셨을 겁니다." 아마도 맞는 말이었을 것이다.

이 장면(그 심리적 진실)이 훌륭한 이유는 스티븐스에게는 이 일이 수치와 회한의 기억이 아니라 승리의 기억으로 남아 있다는 사실 때문이다. 영국에서 가장 훌륭하고 품위 있는 집사의 반열에 오르는 것이 그에게는 최고의 영광이다. "온갖 슬픈 기억이 같이 떠오르긴 하지만 지금도 그날 저녁을 생각하면 큰 승리감이 듭니다." 스티븐스의 현실에 대한 환각 모형은 감정 절제라는 가치를 중심으로 구축된다. 감정 절제는 그의 뇌에서 한 개인이 세계를 통제하는 방식에 관해 세운 이론의 핵심이다. 그러므로 그의 관점에서 그는 완벽히 승리한 셈이다.

스티븐스의 신경 세계가 비뚤어지고 뒤틀리긴 했지만 그 역시 미스터 B처럼 완벽히 정확한 증거를 발견했다. 어쨌든 그의 현실에 대한 모형과 통제 이론이 제대로 작동하지 않았는가? 감정 절제라는 신성한 가치에 대한 신념 덕분에 집사로서 경력을 쌓고 지위를 얻고 아버지를 잃은 고통에서 보호받지 않았는가? 이 작품은 스티븐스의 이런 결함과 그 파장을 진실하게 탐색한다. 작가 살만 루슈디의 말처럼 스티븐스가 "그의 삶을 쌓아 올린 토대가 되는 신념으로 인해 어떻게 스스로 무너지는지"를 깊이 들여다보고 있다.

조지프 캠벨은 "한 인간을 진실로 전달하는 유일한 방법은 그 사람의 결함을 기술하는 것"이라고 말했다.[3] 우리가 이야기와 현실에서 만나는 인간은 이처럼 불완전한 존재다. 하지만 현실의 삶과 달리 이야기에서는 그 인물의 마음속으로 들어가 그를 이해할 수 있다. 인간처럼 고도로 사회화되고 가축화된 존재에게는 타인의 인과관계, 곧 남들이 하는 행동의 '이유'를 아는 것만큼 매력적인 경험도 드물다. 하지만 이야기는 그 이상을 제공한다. 이야기는 우리가 머릿속의 저장고 안에 갇힌 채로, 영원히 고독한 환각의 우주에 갇힌 채로 우리와 가장 가까이 있지만 끝내 도망칠 수 없는 그 세계로 들어갈 수 있게 해주는 문이다. 이야기는 환각 속의 환각인 셈이다.

인물의 성격과 플롯

인물을 구상할 때는 그 인물이 가지고 있는 통제 이론을 중심으로 하면 도움이 된다. 인물이 어떻게 세계를 통제하는 법을 배웠을까? 예기치 못한 변화가 발생할 때 인물이 혼란스러운 상황에 대처하기 위해 자동으로 보이는 행동 방침은 무엇일까? 기본적으로 나오는 결함 있는 반응은 무엇일까? 앞서 보았듯이 답은 현실에 대한 인물의 핵심 신념, 말하자면 그 인물이 자아 감각을 형성할 때 소중히 간직하고 적극적으로 고수해온 생각에 있다.

하지만 우리가 어떤 사람인지를 말해주는 온갖 편견과 특이성은 어느 정도 유전으로 결정된다. 유전자는 우리가 자궁에 들어 있을 때부터 뇌와 호르몬계의 구성을 통제하기 시작한다. 우리는 반가공 상태로 세상에 나오고 생애 초기에 겪는 사건과 영향이 유전자와 함께 작용해서 우리의 핵심 성격을 이룬다. 심리적으로 무너뜨리는 심각한 사건이 일어나지만 않는다면 이런 핵심 성격은 평생에 걸쳐 비교적 안정적으로 유지되고 나이가 들어도 예측 가능한 수준에서 변화한다.[1]

심리학에서는 다섯 가지 영역에서 성격을 측정하는데 인물을 구상하는 작가들이 알아두면 도움이 될 내용이다. 외향성이 높은 사람은 사교적이고 자기주장이 강하며 관심과 감각을 추구한다. 신경성이 높으면 불안하고 자의식이 강하며 우울과 분노 수준이 높고 자존감이 낮은 편이다. 개방성이 높은 사람은 호기심이 강하고 예술적이고 감정적이며 새로운 경험을 쉽게 받아들인다. 친화성이 높은 사람은 겸손하고 호의적이며 남을 잘 믿는 데 반해, 친화성이 낮은 사람들은 경쟁심이 강하고 공격적인 편이다. 성실성이 높은 사람은 질서와 규율을 선호하고 고된 일과 의무와 위계질서에 가치를 둔다. 심리학 연구자들이 소설이나 영화 속 인물에게 이와 같은 성격 영역을 적용해서 분석한 적이 있다.[2] 한 학술 논문에서 다음의 사례를 제시했다.

- 신경성(높음) : 미스 해비샴 (『위대한 유산』, 찰스 디킨스)
- 신경성(낮음) : 제임스 본드 (〈카지노 로열〉, 이언 플레밍)

- 외향성(높음) : 배스의 여인 (『캔터베리 이야기』, 제프리 초서)
- 외향성(낮음) : 부 래들리 (『앵무새 죽이기』, 하퍼 리)

- 개방성(높음) : 리사 심슨 (〈심슨 가족〉, 맷 그레이닝)
- 개방성(낮음) : 톰 뷰캐넌 (『위대한 개츠비』, F. 스콧 피츠제럴드)

- 친화성(높음) : 알렉세이 카라마조프 (『카라마조프가의 형제들』, 표도르 도스토예프스키)
- 친화성(낮음) : 히스클리프 (『폭풍의 언덕』, 에밀리 브론테)

- 성실성(높음) : 안티고네 (『안티고네』, 소포클레스)
- 성실성(낮음) : 이그네이셔스 J. 레일리 (『바보들의 결탁』, 존 케네디 툴)

이 '다섯 가지' 성격 특질은 스위치가 아니다. 이쪽이거나 저쪽이 아니라는 뜻이다. 그보다는 다이얼과 같아서 누구나 각 특질을 어느 정도는 가지고 있고, 높고 낮은 특질이 결합해서 각자의 독특한 자아를 형성한다고 이해해야 한다. 성격은 우리의 통제 이론에 강력한 영향을 미치며, 성격마다 환경을 통제하기 위한 실행 전략이 다르다.[3] 예기치 못한 변화가 일어나 위협을 느끼는 순간에 누군가는 공격성과 폭력성을 드러내고 누군가는 매력을 발산하며, 누군가는 추파를 던지고 또 누군가는 주장하거나 물러서거나 어린아이처럼 굴 수도 있다. 혹은 협상을 통해 합의를 끌어내거나 권모술수를 부리거나 부정을 저지르거나 협박하거나 뇌물을 주거나 사기를 칠 수도 있다.

성격 특질은 특이하고 남다른 인물이 독특하고 흥미로운 플롯을 만들어내는 방식을 반영한다. 심리학자 키스 오틀리Keith Oatley 교수는 이렇게 말했다. "성격에서 목표와 계획과 행위가 끊임없이 생성된다."[4] 우리가 각자 독특한 방식으로 세계와 소통하면 세계는 그것을 반영하는 방식으로 반발하면서 우리가 각자 독특한 인과관계의 여정(우리에게 고유한 플롯)을 시작하게 만든다. 친화성이 낮고 신경성이 높은 사람은 짜증스럽고 불안해하는 반응을 밖으로 드러내고(원인) 부정적인 영향이 되돌아오는 상황(결과)을 감당해야 한다. 그러면 짜증스러움의 피드백 회로가 작동해서 신경증적인 사람은 결국 자신이 이성적이고 합리적으로 생각한다고 확신하고 다시 적대감과 반감을 가지고 반응한다. 이렇게 편집증과 분노의 사건을 하나씩 추가하면서 남들에게 부정적 성질을 끌어내므로 결국에는 자신이 평범한 수준의 다정하고 친화력 높은 사람들과는 전혀 다른 신경 영역에 산다고 생각하게 된다. 이처럼 뇌 구조의 사소한 차이로 인해 인생과 플롯이 크게 달라질 수 있다.

성격은 그 사람에게 어떤 미래가 펼쳐질지 예상할 수 있게 해주기도 한다. 성실한 사람들은 평균적인 고용 수준과 삶의 만족도보다 더 높은 수준을 누리는 경향이 있고[5] 외향적인 사람들은 불륜을 저지르거나[6] 자동차 사고를 낼 가능성이 크다.[7] 친화성이 낮은 사람들은 기업에서 최고의 보수를 받는 자리까지 올라갈 가능성이 크다.[8] 개방성이 높은 사람들은 몸에 문신을 새기고[9] 건강하지 않은 생활습관을 가지고[10] 좌파 정당에 투표할 가능성이 크며,[11] 성실성이 낮은 사람들은 교도소에 들어갈 확률과[12] 어느 해든 사망할 위험이 평균보다 약 30퍼센트 높다.[13] 남녀 사이에는 비슷한 면이 많지만 성별에 따른 차이도 분명히 존재한다. 가장 신뢰성 있는 연구 결과 중 하나는 남자가 여자보다 친화력이 부족한 편으로, 보통의 남자가 친화성 영역에서 여자들에 비해 약 60퍼센트(일부 연구에서는 70퍼센트) 미만의 점수를 받는다.[14] 신경성 영역에서도 이와 비슷한 성별의 차이가 나타나서 평균적인 남자의 점수가 여자에 비해 약 65퍼센트 미만으로 나온다.[15]

나는 외향성이 낮고 신경성이 높은 성격으로, 켄트의 외딴 시골의 허물어져 가는 길 끝에 있는 어두컴컴한 방구석에서 이 글을 쓰면서 성격이 팔자라는 말을 스스로 증명하고 있다. 집사 스티븐스는 성실성이 유난히 높고 개방성과 외향성이 낮아 보이는 성격이므로 평생 남의 집에서 시중드는 일에 끌렸을 것이다. 그리고 성격은 유전될 가능성이 크기 때문에 그는 이런 성격을 아버지에게서 물려받았을 확률이 높다. 한편 〈시민 케인〉의 찰스 포스터 케인은 친화성이 낮고 신경성이 높으며 외향성이 높은 인물이다. 그는 대단한 야심가로 자기를 회의하는 능력이 부족하고 남들의 인정을 갈구했다. 무엇보다도 이 세 가지 성격 특질이 그의 성격을 결정하고 삶의 플롯을 구성하는 여러 가지 결정을 이끌어냈다.

인물의 성격이 드러나는 설정

작가는 인물의 거의 모든 행위에서, 가령 생각이나 대화, 사회적 행동, 기억, 욕구, 슬픔에서 그 인물의 성격을 보여줄 수 있다. 예를 들어 차가 막힐 때의 행동이나 크리스마스에 대한 생각, 벌에 보이는 반응 등으로 인물의 성격을 드러내는 식이다. 심리학자 대니얼 네틀Daniel Nettle 교수는 이렇게 말한다. "인간의 성격은 프랙털fractal*에 가깝다. 이것은 단지 사랑, 우정, 직장생활 등과 같은 폭넓은 삶의 서사에서 우리가 하게 되는 행위는 시간이 지나

---

* 임의의 한 부분이 전체의 형태와 닮은 도형. 미국의 수학자 망델브로가 제시한 것으로, 컴퓨터 그래픽 분야에 널리 응용되고 있으며 자연계에서는 구름 모양이나 해안선 따위에서 볼 수 있다.

도 일관되게 나타나서 대체로 유사한 성공이나 실수를 되풀이한다는 뜻만이 아니다. 그보다는 쇼핑하거나 옷을 입거나 기차에서 낯선 사람과 담소를 나누는 등의 자잘한 상호작용에서 하는 행동이 우리의 인생 전체에도 같은 양상으로 나타난다는 뜻이다."[1]

인간을 둘러싼 환경에는 그 안에 사는 사람들에 관한 단서가 풍부하다. 사람들은 자신의 '정체성을 드러내려고' 하고[2] 이는 자격증이나 책, 문신이나 의미 있는 물건을 통해 드러낼 수 있다. 동기부여가 되는 포스터나 향초, 혹은 그리움을 불러 일으키거나 흥분시키거나 사랑받는다고 느끼게 해주는 물건처럼 일종의 '감정 조절' 기능을 하는 것들을 이용한다. 외향적인 사람들은 집도 밝은 컬러로 꾸미고 옷도 화사하게 입는 데 반해, 내향적인 사람들은 차분한 색조를 선호한다. 심리학에서 사용하는 '행동의 잔재'라는 개념은 우리가 우연히 뒤에 남기는 것, 가령 숨겨둔 와인병이나 찢어버린 원고, 벽을 주먹으로 친 자국 따위를 의미한다. 심리학자 샘 고슬링Sam Gosling 교수는 호기심이 많은 사람에게 "사람들이 스스로에게나 다른 사람들에게 보내는 신호의 차이에 주목하라"고 말한다.[3] 사적인 공간에서 드러나는 자아와 복도나 주방이나 사무실에서 드러내는 자아를 보면 우리가 그것을 얼마나 고통스럽게 '구분하려' 하는지 엿볼 수 있다.

조 헬러Zoë Heller는 자신의 두 번째 소설 『스캔들에 관한 노트 Notes on a Scandal』에서 집 안의 분위기를 절묘하게 활용하여 두 주인공에 대한 독자의 신경 모형을 구축한다. 화자인 바브라 코벳(개방성과 친화성이 낮고, 성실성이 높은 인물)이 쉬바 하트(화자와 성격이 정반대인 인물)의 집을 찾아가는 장면에서 두 사람의 상반된 성격이 여실히 드러난다. 바브라는 어쩌다 한 번 집에 손님이 왔을 때 '구석구석' 청소하고 고양이털까지 빗겨준 일을 떠올린다. 그러다 "심각하게 노출된 느낌 (…) 특별할 것 없는 거실이 아니라 더러운 침대보를 전시하는 것 같은 기분"을 새삼 다시 느낀다. 그런 바브라가 쉬바 집의 거실에 들어서면서 느끼는 감정은 "부르주아의 자신감"과 "나로서는 용납할 수 없는 수준의 (…) 무질서"다. 그곳에는 "닳고 닳은 거대한 가구"와 "아무렇게나 널브러진 아이들 속옷"과 "고약한 냄새가 날 것만 같은, 아프리카에서 왔을 법한 원시적인 나무 악기"가 있다. 벽난로 선반은 "온갖 잡동사니와 아이들이 그린 그림과 분홍색 점토와 여권과 시든 바나나가 모인 자리"였다.

이런 분위기는 바브라에게서 스스로도 놀랄 만한 반응을 이끌어낸다. 어수선한 그 집에 질투심을 느낀 것이다. 그러자 다시 우울한 생각이 들어 바브라는 자신에 관해 더 많은 것을 드러내고, 작가는 여기에서 나아가 인물의 성격이 어떻게 그 인물이 사는 공간으로 흘러나오는지 보여준다.

혼자 살면 집 안의 가구나 물건을 보면서 늘 존재의 얄팍함에 직면한다. 손대는 모든 물건의 유래와 어떤 물건에 마지막으로 손을 댄 순간이 언제인지 고통스러우리만치 정확하게 알 수 있다. 소파 위의 작은 쿠션 다섯 개는 일부러 흐트러뜨리지 않는 한 불룩하게 부풀려지고 경쾌한 각도로 잡힌 그대로 몇 달이고 놓여 있다. 식탁 위 소금 용기는 날마다 똑같이 맹렬한 기세로 줄어든다. 쉬바의 집에 앉아서 (그 집에 사는 여러 사람의 것이 뒤엉킨 쓰레기 더미를 보면서) 자신의 빈약한 물건이 타인의 물건과 뒤섞이게 놔둘 때 얼마나 안도감이 드는지 알 것 같았다.

이 대목에 등장하는 다섯 개의 불룩한 쿠션과 식탁 위의 소금통에서 외로운 인물의 흐느낌이 들리는 것만 같다.

이렇듯 인간이 환경에 단서를 흘리는 습성 때문에 기자들은 인터뷰이의 집에서 인터뷰를 진행하고 싶어 한다. 일례로 영국의 저널리스트 린 바버Lynn Barber는 건축가 자하 하디드Zaha Hadid를 만날 때 홍보 담당자를 통해 하디드가 도착하기 전에 '아무것도 없는 흰 벽의 펜트하우스'에 들어갈 수 있었다.[4] 바버는 하디드가 2년 반 동안 산 그 아파트가 "자동차 전시장 같았다"고 적었다.

극단적으로, 위압적으로 딱딱하다. 커튼도 없고 카펫도 없고 쿠션도 없고 천으로 씌운 것은 아무것도 없다. 가구는, 가구라고 해도 될지 모르겠지만, 강화 섬유유리 재질에 자동차 페인트로 칠한 미끈한 무정형으로 되어 있다. (…) 침실은 조금이나마 호의적이어서 그나마 침대처럼 보이는 침대와 작은 오리엔탈 러그가 있고 테이블에는 보석과 향수병이 놓여 있었지만 그게 전부였다.

바버는 방이란 "개인에 대한 단서를 제공하는 공간이어야 하지만 이 방은 비개인성을 선언하는 것처럼 보인다"라고 했다. 물론 바버의 생생하고 강렬한 묘사는 하디드의 마음에 관해 우리가 구축하는 모형에 풍부한 정보를 제공했다. 우리는 하디드가 등장하기도 전에 이미 그녀가 어떤 인물인지 알아채기 시작한다.

인물의 관점, 성격과 단서를 보여주는 방법

성격의 힘이 강력한 만큼 우리는 단순히 내향적이거나 외향적인 사람 혹은 그 외의 어떤 사람이 아니다. 우리의 성격 특질은 문화적, 사회적, 경제적 환경만이 아니라 우리의 경험과도 작용해서 내면의 고유한 신경 세계를 구축한다.

이야기에서 우리의 마음과 전혀 다른 마음, 인물과 줄거리를 통해 드러나는 마음을 접하는 것만큼 흥미진진한 경험도 드물다. 우리에게 방향을 제시하는 주인공의 관점은 주인공의 결함과 그가 이끌어가는 플롯에 관한 암시로 가득한, 이야기 속 문제의 실마리를 풀어가는 지도와 같다. 나는 소설 작법에서 이 부분이 가장 과소평가되고 있다고 생각한다. 지나치게 많은 책이나 영화에서 처음에 인물을 단순한 개요로 묘사한다. 이를테면 완벽하고 순수한 인간의 형상을 한, 텅 빈 존재가 독특한 성격 한두 가지만 더해진 채 플롯에서 일어나는 사건에 의해 채색되기를 기다리는 식이다. 하지만 독자의 입장에서는 작품의 첫 페이지부터 매력적이면서도 결함이 있고, 구체적이고 현실적으로 느껴지는 인물의 마음과 삶을 들여다보는 편이 훨씬 흥미롭고 이야기에 집중할 수 있다.

찰스 부코스키Charles Bukowski는 『우체국』이라는 소설의 첫 단락을 다음과 같이 훌륭하게 구성한다.

처음엔 실수였다.

크리스마스 언저리였다. 언덕배기의 주정뱅이한테서 크리스마스마다 그가 써먹는 수법이라면서 그리로 가면 아무나 써준다는 말을 들었다. 그래서 나는 그리로 가봤고 바로 이 가죽 배낭을 울러 메고 설렁설렁 돌아다니고 있었다. 이런 일이 또 어디 있나. 만만하잖아! 한두 구역만 받았다가 다 돌면 정식 집배원이 한 구역 더 주기도 하고, 아니면 다시 우체국으로 돌아가면 정신없이 바쁜 와중에 한 구역 더 받기도 하지만 어차피 그냥 슬슬 걸으면서 우편함에 크리스마스카드를 집어넣기만 하면 되었다.

로스앤젤레스의 노동계급과 동떨어진 세계를 그리는, 제이디 스미스Zadie Smith의 『하얀 이빨』은 크리클우드 브로드웨이에서

47세의 아치 존스가 자살을 시도하는 장면으로 시작한다. 아치 존스는 "코듀로이로 만들어진 옷을 입고 연기 자욱한 카발리에 머스킷티어 에스테이트에 앉아서 (…) 한 손에는 육군 훈장(왼손)을 들고 한 손에는 결혼증명서(오른손)를 구겨 쥐었다. 살면서 저지른 실수도 함께 가져가려 한 것이다. (…) 그는 철저히 계획(유서와 장례식 절차)을 세우는 부류도, 호사스러운 의식을 원하는 부류도 아니었다. 그가 원한 건 그저 잠시의 침묵, 그가 집중할 수 있는 잠시의 '쉼'이었다. (…) 그는 가게들이 문을 열기 전에 해치우고 싶었다."

좋은 현대 소설에서는 대상과 사건이 신과 같은 관점이 아니라 인물의 고유한 관점에서 서술된다. 현실과 마찬가지로 작품에서도 모든 대상과 사건은 외부의 객관적 현실이 아니라 인물 내면의 신경 영역에서 일어나는 현상이다. 말하자면 인물의 통제된 환각으로서, 현실처럼 보여도 사실은 머릿속에만 존재하고 그 나름의 오류가 포함된 영역이다. 소설에서는 **모든** 묘사가 인물 묘사라고 해도 과언이 아니다.

제임스 볼드윈James Baldwin은 소설 『또 하나의 나라Another Country』의 강렬한 한 문단에서 루프스 스콧(1950년대 미국에서 살아남으려고 싸우는 불운한 아프리카계 미국인)이 할렘의 한 재즈클럽에 들어가는 장면을 묘사한다. 무대의 색소폰 연주자에 대한 묘사에는 스콧과 그의 세계 그리고 그 세계를 통제하려다 좌절된 시도에 관해 풍부한 정보가 담겨 있고, 스콧이 아래와 같이 지각하는 연주자에 관해서도 많은 정보를 담겨 있다.

두 다리를 넓게 벌리고 등을 젖혀 공기를 들이마시며 떡 벌어진 가슴에 가득 채우고 20년은 된 누더기 속에서 부르르 떨면서 색소폰으로 비명을 내질렀다. 날 사랑해? 날 사랑해? 날 사랑해? 그리고 다시 날 사랑해? 날 사랑해? 날 사랑해? 어쨌든 루프스에게 들린 물음이었다. 글자 그대로 똑같이 지겹도록 끝도 없이 모든 청년에게 변주되어 반복해서 들리는 그 물음. (…) 그 물음은 무섭도록 사실적이었다. 그 청년은 그의 짧은 과거에서 온 힘을 쥐어짜내며 색소폰을 불었다. 과거의 어딘가에서, 시궁창이든 패싸움이든 난교든, 매캐한 냄새가 진동하는 방에서든, 정액이 달라붙은 이불 위에서든, 마리화나나 주삿바늘 너머에서든, 지하실의 오줌 냄새 속에서든, 그는 끝내 회복하지 못하고 누구도 믿지 못할 한 방을 얻어맞았다. 날 사랑해? 날 사랑해? 날 사랑해?

문화, 인물이 형성되는 또 하나의 경로

문화는 현실과 허구의 인물들이 결함이 있고 특별한 사람이 되어가는 또 하나의 경로다. 흔히 '문화'라고 하면 오페라나 문학 혹은 패션처럼 눈에 보이는 것을 떠올리지만 사실 문화는 세

계에 대한 우리의 신경 모형에 깊숙이 녹아있다. 문화는 현실에 대한 환각을 구축하는 신경 기제의 일부를 형성하며 우리가 삶을 경험하는 렌즈를 왜곡하거나 좁히는 식으로 우리에게 강력한 영향을 미친다. 이를테면 도덕 원칙을 목숨 걸고 준수하게 하거나 어떤 음식을 맛있다고 지각하는지 결정하는 식이다. 일본인들은 벌의 유충으로 만든 별미 하치노코蜂の子를 먹고 파푸아뉴기니의 코로와이 부족민들은 사람을 먹는다. 미국인들은 소고기를 1년에 100억 킬로그램 가까이 먹는 데 반해 인도에서는 소가 신성한 동물이므로 스테이크 샌드위치를 먹으면 자경단에 살해당할 수도 있다. 정통파 유대인 부인들은 머리를 밀고 가발을 쓰는데, 머리카락 한 올이라도 불순한 사람의 눈에 띄지 않도록 막기 위함이다. 에콰도르의 와오라니족은 몸에 거의 아무것도 걸치지 않는다.

이와 같은 문화 규범은 유년기의 신경 모형으로 통합된다. 유년기는 뇌가 특정 환경을 가장 잘 통제하려면 어떤 사람이 되어야 할지 신속하게 찾아가는 시기다. 0세에서 2세 사이에는 뇌에서 1초에 약 180만 개의 뉴런 연결이 생성된다.[1] 이런 높은 유연성(혹은 '가소성', 115쪽 각주 참조)의 상태는 청소년기 후기나 성인기 초기까지 이어지며 어느 정도 놀이를 통해 자신이 속한 환경의 규범을 습득한다. 이처럼 규칙을 중심으로 탐구하면서 서로 소통하는 동물은 많다. 돌고래와 캥거루와 쥐가 그렇다. 하지만 인간은 가축화되어 고도로 복잡한 사회를 통제하는 법을 배워야 하므

로 놀이의 중요성이 더욱 커졌고, 이런 이유에서 인간의 유년기는 훨씬 길어졌다.[2]

인간은 게임부터 교육과 스토리텔링까지 다양한 형태의 놀이를 개발했다. 스토리텔링을 비롯한 여러 가지 놀이는 대개 어른들의 감독을 받는다.[3] 어른들은 아이들에게 무엇이 공정하고 공정하지 않은지, 무엇이 가치 있고 가치 없는지, 어떻게 행동해야 하는지 이야기해주면서 문화의 모형에 맞게 행동하면 상을 주고 그렇지 않으면 벌을 주는 방식으로 규범을 가르쳤다. 부모는 단지 자식들에게 도덕적인 이야기를 읽어주는 것만이 아니라 자신의 의견을 덧붙여 화자의 메시지를 강조한다. 놀이는 사회적 마음이 발달하는 과정에서 결정적인 역할을 한다. 반사회적 살인자들의 성장 배경을 조사한 한 연구에서는 그들 사이에 다른 연관성을 거의 발견하지 못했다.[4] 다만 어린 시절에 놀이가 극단적으로 부족했거나 그들의 90퍼센트가 아동기에 가학증이나 약자 괴롭히기와 같은 비정상적 놀이를 경험했다는 결과를 얻었다.

문화는 생애 초기 7년에 걸쳐 아이의 신경 모형에 통합되어 신경 영역을 조정하고 특수화한다.[5] 서양의 아이들은 약 2500년 전 고대 그리스에서 탄생한 개인주의 문화에서 성장한다. 개인주의자는 개인의 자유에 집착하고 세계가 개체와 부분으로 구성된다고 지각하므로 서양의 이야기에 강력한 영향을 미치는 특정 가치관이 형성되었다. 일부 심리학자는 고대 그리스의 물리적 환경에서 형성된 생각의 형태가 있다고 지적한다.[6] 그리스는 바위투성이에 언덕이 많은 해안 지대라서 농사와 같은 대규모 집단 활동에는 열악한 환경이었다. 따라서 사람들이 요령껏 살아가야 했으므로 가죽을 무두질하거나 말이나 소를 기르거나 올리브유를 짜거나 고기를 잡는 식의 소규모 사업을 했다. 고대 그리스에서 이런 세계를 통제하는 최선의 길은 자립이었다.

자립이 성공의 열쇠였기 때문에 그들 문화에서는 전능한 개인이 이상적인 존재가 되었다.[7] 그리스인들은 개인의 영광과 완벽과 명성을 추구했다. 자기 자신과 싸우는 시합인 올림픽을 만들고 50년에 걸쳐 민주주의를 구현하면서 스스로에게 과도하게 몰두한 나머지, 나르키소스의 이야기를 통해 방종한 자기애의 위험을 경고해야 했다. 이처럼 개인을 힘의 중심으로 보고, 폭군과 운명과 신의 변덕에 휘둘리기보다는 스스로 삶을 선택할 수 있다는 생각은 가히 혁명적이었다. 심리학자 빅터 스트레처Victor Stretcher 교수는 이렇게 말했다. "이런 개인관은 사람들이 인과관계를 생각하는 방식을 바꿈으로써 서양 문명을 예고했다."[8]

그러면 진취적이고 자유를 사랑하는 서양의 자아와 동양의 자아가 어떻게 다른지 살펴보자. 고대 중국의 풍요로운 평야는 대규모 집단 활동에 완벽한 환경이었다. 개인이 살아남으려면 대규모로 밀이나 쌀을 재배하는 공동체의 일원이 되거나 거대한 관개사업을 일으켜야 한다는 뜻일 수 있다. 세계를 통제하는 최선의 길은 개인보다 집단의 성공을 보장하는 데 있고, 따라서 남의 이목을 끄는 행동은 피하고 집단의 구성원이 되어야 한다. 이런 집단적 통제 이론은 스스로에 대한 집단의 이상으로 이어졌다. 공자는 『논어』에서 "군자君子란 자기를 내세우지 않고 자신의 미덕을 숨기는 사람"이라고 말한다. 군자는 "인화人和를 기르고 평정과 조화가 완벽하게 남아 있도록" 한다. 동양에서 이상적으로 여기는 개인은 7000킬로미터 떨어진 곳에서 출현한 진취적인 서양의 개인과는 전혀 달랐다.

그리스인들에게 주된 통제의 주체는 개인이었지만 중국인들에게는 집단이었다. 그리스인들에게 현실은 개체와 부분으로 이루어졌지만 중국인들에게 현실은 서로 연결된 힘의 장이었다. 이런 현실 경험의 차이에서 각기 다른 이야기 양식이 출현했다. 그리스 신화는 주로 3막으로 구성된다. 아리스토텔레스는 '시작과 중간과 끝'이라고 표현했는데 좀 더 유용하게 말하자면 위기, 갈등, 해결로 말할 수 있다. 주로 걸출한 영웅이 무시무시한 괴물들과 싸우고 보물을 가지고 집으로 돌아가는 이야기다.

이것은 개인주의의 선전으로, 용감한 한 개인이 실제로 세상을 바꿀 수 있다는 메시지를 전달한다. 이런 이야기는 서양 아이들의 자아 발달에 일찍부터 영향을 미치기 시작한다. 연구자들이 미국의 3세 아이에게 즉흥적으로 이야기를 만들어보게 하자 아이는 완벽한 위기-갈등-해결 구조의 이야기를 들려줬다.[9] "배트맨이 엄마를 떠났어요. 엄마가 '돌아와, 돌아와'라고 말했어요. 배트맨은 길을 잃고 엄마는 아들을 찾지 못해요. 배트맨이 이렇게 달려서 집으로 와요. 머핀을 먹고 엄마의 무릎에 앉았어요. 그리고 쉬어요"라는 식이다.

고대 중국의 이야기는 다르다. 중국은 타인 중심의 문화로 2000년 동안 그 누구의 자서전도 나오지 않았다.[10] 그러다 결국 자서전이라는 게 나왔을 때에도 주인공의 목소리와 의견은 빠져 있고 주인공이 자기 삶의 중심이 아니라 방관자의 입장에서 바라보는 식의 이야기였다. 동양의 소설은 직접적인 인과관계의 양상을 따르기보다 아쿠타가와 류노스케의 단편 「덤불 속」의 양식을 취한다. 이 소설은 살인을 둘러싼 사건이 여러 증인의 관점에서 구술되는 방식으로 전개되는데, 나무꾼, 스님, 포졸, 노파, 용의자, 희생자의 아내, 마지막으로 희생자의 말을 전하는 영매의 관점에서 사건이 구술된다. 모든 관점 사이에는 조금씩 모순이 있고 독자는 스스로 의미를 밝혀내야 한다.

심리학자 김의철 교수는 이렇게 말한다.[11] "이런 이야기에서는 끝내 답이 나오지 않는다. 종결이 없다. 행복하게 오래오래 살았다고 끝나지 않는다. 질문이 남고 독자가 스스로 답을 찾아야 한다. 이것이 바로 이런 이야기가 주는 즐거움이다." 동양에서는 개인에게 집중하는 이야기에서도 영웅의 지위는 집단 우선으로 주어진다. "서양에서는 악에 맞서 싸우고 진실이 승리하고 사랑이 모든 것을 이긴다. 동양에서는 자기를 희생해서 가족과 공동체와 국가를 지키는 사람이 영웅이 된다."

기쇼텐케츠Kishōtenketsu, 起承転結, 곧 기승전결이라는 일본의 서사 양식은 4막으로 구성된다. 기起, 1막에서는 인물을 소개하고,

쇼承, 2막에서는 행위가 일어나며, 텐轉, 3막에서는 놀랍거나 아무런 연관성도 없어 보이는 반전이 일어나고, 케츠結, 4막에서는 열린 결말의 형태로 독자가 모든 것 사이의 조화를 찾아야 한다. 김의철 교수는 이렇게 설명한다. "동양의 이야기에서 혼란스러운 부분 중 하나는 결말이 없다는 점이다. 사실 현실에서도 단순하고 명쾌한 답이 없다. 우리가 스스로 답을 찾아야 한다."

서양인들은 개인의 투쟁과 승리에 관한 이야기를 즐기는 데 반해 동양인들은 화합을 추구하는 서사에서 즐거움을 얻는다.

동양과 서양의 서사 양식에는 두 문화에서 변화를 보는 각기 다른 관점이 반영된다. 서양인에게는 현실이 개체와 부분으로 이루어진다. 위협적이고 예기치 못한 변화가 발생할 때 서양인은 이런 개체와 부분을 싸워서 길들이려고 애쓰면서 통제력을 되찾으려고 한다. 반면, 동양인에게 현실은 서로 연결된 힘의 장이므로 위협적이고 예기치 못한 변화가 일어날 때 동양인은 요동치는 힘을 다시 조화롭게 다스려서 모든 힘이 공존할 방법을 찾아내는 식으로 통제력을 되찾으려고 한다. 두 문화의 공통점은 이야기의 가장 심오한 목적에 있다. 둘 다 통제에 관한 교훈을 준다는 점이다.

발화점은 무엇인가?

온갖 결함과 특성을 가진 자아가 우주에서 스스로를 찾아가는 데는 시간이 걸린다. 우선 거울 속에서 자신의 이미지를 알아보는 데서 시작한다. 그 다음 보호자가 과거와 현재에, 그리고 주위에서 무슨 일이 일어나고 있는지, 우리가 그 상황에서 어떻게 해야 하는지에 관한 이야기를 들려준다. 우리도 스스로에 관해 이런저런 자잘한 이야기를 덧붙이기 시작하고, 우리 자신이 뭔가를 원하고 그것을 얻기 위해 노력하는 존재라는 사실을 깨닫는다. 또한 우리처럼 목표지향적인 마음이 여럿이며 그것들에 둘러싸여 있다는 사실도 깨닫게 된다. 소녀, 소년, 노동계급 등 인간의 특정 범주에 속한다는 것을 알고 남들이 그 범주에 구체적으로 기대하는 바가 있다는 점도 이해하게 된다. 우리에게는 힘이 있고 여러 가지 일들을 해왔다. 이런 이야기 기억의 조각들이 서서히 연결되고 일관성을 갖추면서 인물과 주제가 있는 플롯을 형성한다. 끝으로 청소년기에는 심리학자 댄 맥애덤스Dan McAdams 교수의 말처럼 삶을 "거대한 서사로 이해하면서 목적과 통일성과 의미를 부여하는 식으로 과거를 재구성하고 미래를 상상하려고" 노력한다.[1]

뇌는 청소년기의 서사 만들기 과정을 거치면서 우리가 누구이고 무엇이 중요하며 원하는 것을 얻으려면 어떻게 해야 할지 알아낸다. 태어난 후부터 뇌는 가소성*이 높은 상태에서 모형을 구

---

* 뇌 가소성은 뇌의 신경경로가 외부로부터의 자극이나 경험, 학습 등을 통해 구조적, 기능적으로 변화하고 재조직화 하는 현상을 말한다. 뇌 가소성이 높다는 것은 변화 가능성이 높다는 말이고, 낮다는 것은 변화가 잘 일어나지 않는다는 의미다.

축할 수 있었지만 나이가 들면 가소성이 줄어들어 변하기 어려워진다. 우리가 누구인지를 형성하는 대부분의 특성과 실수가 우리의 신경 모형에 통합되며 그것이 곧 우리 자신이 된다. 그렇게 마음이 만들어진다.

뇌는 이제 인간의 갈등과 드라마에 관심이 있는 사람이라면 누구나 알아두면 좋을 상태로 들어간다. 이제부터 모형을 만드는 사람에서 모형을 방어하는 사람이 되는 것이다. 결함이 있는 세계 모형을 가진 결함 있는 자아가 만들어졌기 때문에 뇌는 자아를 보호하려 든다. 남들도 나와 같은 방식으로 세계를 지각하는 것이 아니므로 자신의 자아가 오류를 범할 수도 있다는 증거를 접할 때마다 몹시 불안해질 수 있다. 이때 뇌는 다른 사람들의 관점을 알아채서 우리의 신경 모형을 변형하기보다 남들의 관점을 부정할 방법을 찾는다.

신경생리학자 브루스 웩슬러Bruce Wexler 교수는 이렇게 설명한다.[2] "(뇌의) 내부 구조가 형성된 다음에는 내부와 외부의 관계가 역전된다. 내부 구조가 환경에 의해 형성되는 것이 아니라 이제는 개인이 환경의 도전 앞에서 이미 형성된 구조를 보존하려고 하고 구조를 바꾸기가 어렵다는 것을 깨닫는다." 우리는 환경의 도전에 우리 나름의 왜곡된 생각과 주장과 공격성으로 대응한다. 웩슬러는 이렇게 말했다. "우리는 이미 형성된 구조에 맞지 않는 정보를 무시하거나 망각하거나 적극적으로 의심하려고 한다."[3]

뇌는 교묘한 편견을 무기로 결함 있는 세계 모형을 방어한다.

새로운 사실이나 의견을 접하면 즉시 판단을 내린다. 현실에 대한 내부 모형과 일치하면 잠재의식에서 '예스'의 감정을 전달하고 일치하지 않으면 '노'의 감정을 전달한다. 이런 정서 반응은 의식의 추론을 거치기 전에 일어나며 우리에게 강력한 영향을 미친다. 무언가를 믿을지 말지 결정할 때는 대개 공명정대하게 증거를 찾아보는 대신 우리의 신경 모형이 순간적으로 판단한 결론을 지지해줄 근거를 찾으려고 한다. 자신의 '직감'을 뒷받침해주는 그럭저럭 괜찮은 증거가 발견되는 순간, '그래, 이거 말이 되는군' 하고 생각하는 것이다. 그러고는 생각을 멈춘다. 이것을 '말이되면 중단하기 규칙'이라고 한다.[4]

우리가 이런 식으로 스스로를 속이면 신경계의 보상 체계가 유쾌하게 활성화될 뿐만 아니라 자신의 가치관과 신념, 판단에 부합하는 정보만 찾으려는 태도가 고상하고 철저한 태도라고 우리 자신을 속인다.[5] 매우 교묘한 과정이다. 단지 우리의 내부 모형에서 말해주는 내용과 어긋나는 정보를 무시하거나 망각하는 것만이 아니다(실제로 그렇게 하기는 한다).[6] 반대 의견을 가진 전문가의 권위를 부정할 방법을 찾고 우리 마음대로 그들이 제시하는 증거 중 일부는 받아들이고 나머지는 부정하면서 그들의 주장에서 사소한 결함까지 찾아내 주장 자체를 일축하려고 한다. 지능은 이처럼 스스로 공정하다고 믿는 착각을 깨트리는 데 효과적이지 않다. 똑똑한 사람들은 자기가 옳다고 증명할 방법은 잘 찾지만 자신의 오류를 찾는 데는 서툴다.[7]

인간이 이처럼 비합리적으로 진화한 것이 이상해 보일 수 있다. 한 가지 그럴듯한 가설은 인간이 집단으로 진화한 탓에 변호사처럼 끝까지 논쟁해서 성공으로 가는 최적의 방법을 찾도록 설계되어 있다는 것이다.[8] 그러면 진실은 집단 활동의 결과이며 언론 자유는 핵심 요소가 된다. 시나리오 작가 러셀 T. 데이비스 Russell T. Davies의 논평을 입증해주는 말이다.[9] "좋은 대화는 두 독백의 충돌이다. 현실에서도 그렇고 드라마에서도 물론이다. 누구나 언제나 항상 자기만 생각한다."

신경 모형이 현실에 대한 경험을 구축하므로 우리는 자신의 신경 모형이 틀렸다는 증거를 만나면 당연히 불안해진다. 웩슬러는 이렇게 말한다. "어떤 상황이 유쾌한 경험이 되는 이유는 익숙하기 때문이다. 반면에 익숙함이 사라지면 스트레스가 생기고 불행해지고 역기능이 생긴다."[10] 우리는 (생존을 위한 정상적인 반응으로) 우리의 신경 모형을 적극적으로 방어하는 뇌의 반응에 익숙해진 나머지 신경 모형의 이상한 부분에도 익숙해졌다. 왜 우리는 우리에게 동의하지 않는 사람들을 싫어할까? 왜 그런 사람들에게 혐오감을 느낄까?

합리적인 사람이라면 낯선 생각을 가진 타인을 만날 때 그 사람을 이해하려고 하거나 반박하려고 할 것이다. 동시에 괴로워할 것이다. 신경 모형이 위협을 받으면 압도적으로 부정적인 감정의 파도가 일어나기 때문이다. 놀랍게도 우리의 뇌는 신경 모형에 대한 위협을 신체 공격처럼 취급해서 우리를 긴장시키고 스트레스가 심한 싸움-도주 상태로 몰아넣는다. 생각이 다를 뿐인데도 상대를 위험한 적, 곧 우리에게 적극적으로 해를 입히려는 세력으로 보는 것이다. 신경과학자 새러 김블Sarah Gimbel 교수는 뇌 스캐너로 참가자들의 뇌를 관찰하면서 그들의 확고한 정치 신념이 틀렸다고 입증해주는 증거를 접할 때 뇌에서 어떤 현상이 일어나는지 알아보았다.[11] "뇌에서 일어나는 반응은 숲속을 거닐다 곰을 만날 때 일어날 법한 반응과 상당히 유사했다."

그래서 우리는 맞서 싸운다. 상대가 틀리고 우리가 옳다고 설득하면서 싸운다. 늘 그렇듯 설득에 실패하면 괴로울 수 있다. 갈등 상황을 곱씹으면서 공황 상태에 빠진 채 상대가 어리석거나 정직하지 못하거나 도덕적으로 타락한 이유를 찾으려 한다. 실제로 마음 모형에서는 우리와 생각이 다른 사람에 대한 고약한 말의 향연이 펼쳐진다. 멍청이, 바보, 천치, 얼간이, 모지리, 재수 없는 놈, 멍텅구리, 어리석은 놈, 놈팽이, 찌질이, 거지발싸개, 엿 같은 놈, 구역질 나는 인간, 비열한 놈. 이런 상대를 만나면 우리는 혼란에서 벗어나게 해줄 동지를 찾는다. 몇 시간이고 신경계의 적에 대해 성토하면서 그 사람이 형편없는 갖가지 이유를 늘어놓는다. 그 사이 혐오감이 들면서도 기분이 좋아지고 엄청난 안도감을 느낀다.

우리는 머릿속 환각 모형이 정확하다고 우리 자신을 설득하면서 삶을 체계화한다. 우리의 신경 모형과 일맥상통하는 예술과 미디어와 이야기에서 즐거움을 찾고, 어긋나는 대상에 대해서는 거슬리게 받아들이거나 거리감을 느낀다. 우리의 신경 모형의 정당성을 대변하는 문화 지도자에게 갈채를 보내며 우리와 입장이 반대인 사람을 만나면 일단 부정하고 본다. 불안을 느끼고 화를 내고 복수심을 느끼면서 그 사람이 실패하고 수모당하기를 바랄 수도 있다. 우리는 '비슷한 생각'을 가진 사람들을 옆에 두려고 한다. 사람들과의 소통에서 가장 즐거운 시간은 논쟁거리에 대해 함께 같은 생각을 나누면서 '유대'를 형성하는 시간이다. 우리와 유독 비슷한 모형을 가진 사람들을 만나면 대화를 끊임없이 이어갈 수 있다. 더없이 행복하고 안심이 되어 시간이 순식간에 사라져버린 것처럼 느낄 수도 있다. 우리는 그런 사람이 곁에 있기를 갈망하고 그 사람과 함께한 사진을 냉장고에 붙여두거나 소셜미디어에 올리기도 한다. 그 사람과 평생 친구가 되기도 하고 때로는 사랑에 빠지기도 한다.

물론 우리가 모든 신념에 이런 식으로 방어하는 것은 아니다. 만약 누가 내게 와서 파워레인저가 트랜스포머랑 싸워서 이길 수 있다거나 꼭짓점마다 모서리가 세 개 있는 모든 상호 다면체 그래프에는 그래프의 모든 정점을 단 한 번만 지나가는 '해밀턴 사이클Hamiltonian cycle'이 존재한다고 주장한다면 나는 크게 개의치 않을 것이다. 우리가 지키려고 싸우는 신념은 어디까지나 우리의 정체성과 가치관과 통제 이론을 이루는 믿음이고, 따라서이 신념에 대한 공격은 우리가 경험하는 현실 자체를 공격하는셈이 된다. 이야기에서는 이런 신념과 이런 공격이 가장 중요한 스토리를 이끌어낸다.

우리가 현실과 이야기에서 접하는 갈등은 주로 이런 신경 모형과 세계 모형을 방어하는 행동과 연관된다. 세계에 대한 지각이 충돌해서 서로 자기가 옳다고 우기면서 상대의 세계 모형을 자신의 모형에 맞추려고 한다. 이런 갈등은 뿌리가 깊고 격렬하며 끝이 나지 않을 수 있는데, 여기에는 소박한 실재론naive realism*의 힘이 작용한다. 우리에게는 현실에 대한 우리의 환각이 당연하기 때문에 그 현실이 다르게 보인다고 주장하는 사람은 제정신이 아니거나 거짓말을 하고 있거나 사악하다는 결론에 이를 수밖에 없다. 그러나 상대가 생각하는 우리의 모습도 마찬가지다.

한편으로 바로 이런 갈등을 통해 주인공은 배우고 변화한다. 플롯의 사건들을 헤쳐 나가면서 일련의 장애물과 돌파구를 마주하는데, 이는 대개 조연들을 통해 나타나고 조연들은 이야기에 필요한 구체적인 방식으로 세계를 주인공과 다르게 경험한다. 조연들은 주인공에게 세계를 그들의 눈으로 보도록 강요하며, 주인공의 신경 모형은 조연들과의 만남으로 미세하게 변화하면서 적대자에 의해 잘못된 방향으로 이끌려 간다. 적대자는 주인공의 결함이 더 음침하고 더 극단적으로 증폭된 인물이다. 한편 주인공은 조력자들에게서 소중한 교훈을 얻는다. 조력자는 대개 주인

---

* 자신이 세상을 있는 그대로 바라보고 주관적 경험과 객관적 현실 사이에는 어떤 왜곡도 없다고 믿는 경향.

공이 선택해야 하는 새로운 방식을 구현한 인물이다.

하지만 극적인 변화의 여정이 시작되기 전까지는 주인공의 신경 모형이 아직 확신을 버리지 않는다. 가장자리가 붕괴하기 시작하고 세계를 통제하는 능력이 더는 유효하지 않다는 신호가 감지되지만 뇌는 그 신호를 적극적으로 무시한다. 그러다 주인공 주위에서 전조가 되는 문제와 갈등이 발생하고 결국 결정적인 문제가 터진다.

좋은 이야기에는 발화점이 있다. 독자는 이야기를 읽다가 발화점이 오면 퍼뜩 정신을 차리고 집중한다. 감정이 증폭되고 호기심과 긴장감이 살아난다. 발화점은 결국 주인공이 자신의 확고한 신념에 의문을 품기 시작하는 사건들 중 첫 번째 사건이다. 이 사건은 주인공의 결함 있는 통제 이론의 중심부에 진동을 일으키고, 이 진동이 결함의 핵심을 건드리므로 주인공은 예기치 못한 방식으로 행동한다. 과잉 반응을 보이거나 이상해 보이는 행동을 할 수도 있다. 인물과 플롯 사이에 격렬한 불꽃이 튄다는 무의식적 신호다. 이야기가 시작된 것이다.

주인공은 자신의 통제 이론이 검증받고 결함이 있는 것으로 밝혀지자 이야기 사건에 대한 통제력을 잃는다. 그리고 사건에 의해 촉발된 드라마는 주인공에게 결정을 요구한다. 결함을 수정할 것인가 말 것인가? **어떤 사람이 될 것인가?**

『남아 있는 나날』에서 집사 스티븐스의 문화적 모형은 19세기 영국이었다. 여기에는 품위와 감정 절제라는 가치에 대한 핵심 신념이 포함되어 있다. 스티븐스의 모형은 그에게 이런 신념이 환경을 통제하는 최선의 방법이라고, 즉 품위 있게 행동하고 감정을 절제하면 안전할 것이고 결국에는 보상을 받을 수 있을 거라고 말했으며 이런 통제 이론이 스티븐스를 규정했다.

그의 이론이 한 장소와 시대에는 통했지만 스티븐스가 소설에서 처음 등장한 시점에는 세상이 이미 변화하고 있었다. 그와 그의 아버지가 평생 봉사하고 가치관을 형성한 영국 귀족 사회는 서서히 권위를 잃어가고 영국이란 국가 자체의 권세도 약해지던 시기였다. 스티븐스에게 시대적 변화의 가장 실질적인 결과는 그가 일하는 달링턴 홀의 새 주인인 패러데이가 영국 귀족이 아니라 미국인 사업가라는 점이었다. 이것은 스티븐스라는 존재의 근간을 흔드는 예기치 못한 변화로, 전형적인 발화점이다.

본격적인 이야기가 시작되면서 스티븐스는 패러데이가 집에 하인 14명을 모두 둘 형편이 되지 않는다는 문제에 봉착한다. 4명만으로 집안을 건사하려고 애쓰지만 '집사의 의무를 다하려다가 자잘한 실수를 연발하면서' 쩔쩔매는데, 동시에 다른 문제도 생긴다. 스티븐스가 자기 신념에 더 집착하는 듯 보이게 된 것이 문제였다. 새 주인 패러데이는 영국에서 일상적으로 하는 것과 하지 않는 것에 익숙하지 않았다. 특히 그는 '가벼운 농담조의 대화'를 좋아하고 스티븐스와도 '일상적으로 농담을 주고받으려' 했다. 하지만 스티븐스에게는 이런 농담이 무척 불편했다. 그런 농담은 그의 정체성과 신념과 통제 이론에 대한 직접적인 공격과도 같았다. 농담은 점잖은 사람들의 대화가 아니고 이곳의 삶의 방식이 아니며 품위 있는 태도가 아니었다. 감정 절제가 아니라 따뜻한 감정을 불러내고 그 사이에 우리를 혼돈에 빠뜨릴 가능성이 숨어 있었다.

한번은 스티븐스가 농담을 시도하다가 실패하고 창피를 당한다. 핵심 신념을 바꾸기 싫어하는 그의 마음이 드러난 셈이고, 우리의 뇌가 그렇듯 스티븐스의 뇌에서는 그에게 변화하지 않아도 되는 확실한 핑계를 제공한다.

어르신은 농담을 던지면서 나도 비슷한 농담으로 대꾸해주기를 기대한다. 그러니 내가 그렇게 해주지 못하는 것을 직무 태만으로 생각할 수 있다. 말했듯이 큰 고민거리다. 하지만 농담으로 응수하는 건 아무리 생각해도 내가 열심히 한다고 해서 할 수 있는 일이 아니다. 지금 같은 변화의 시대에 원래 내 영역에 없던 일을 받아들이는 데 적응하는 것은 물론 바람직하다. 하지만 농담을 주고받는 일은 차원이 다른 문제다. 우선 농담으로 응수할 순간이라는 것은 어떻게 확신할까? 어쩌다 농담으로 받아쳤다가 완전히 엇나간 반응이란 걸 깨달을 수도 있는데 굳이 그런 파국적인 가능성을 진지하게 고민할 필요는 없다.

영웅 만들기 서사

우리는 모두 허구의 인물이다. 우리의 마음이 만든 불완전하고 편향되고 고집스러운 창작의 산물이다. 뇌는 우리가 외부 세계를 통제한다고 느끼도록, 진실이 아닌 것을 믿도록 유도한다. 그중에서 가장 강력한 믿음은 우리의 도덕적 우월성을 강화해주는 믿음이다.[1] 뇌는 우리에게 유혹적인 거짓말을 속삭임으로써 삶이라는 이야기에서 우리가 결단력 있고 용감한 주인공이 된 것처럼 느끼게 해주는 영웅 만들기 장치에 가깝다.

뇌는 이를 위해 우리의 과거를 교묘히 조작한다. 우리가 기억하기로 '선택'한 내용을 쓰고, 그것을 우리의 뇌가 들려주고 싶어 하는 영웅적인 이야기에 맞게 왜곡하고 변형한다. 한 연구에서는 참가자들이 부당하다고 여기는 방식으로 익명의 사람들과 돈을 나눠 가진 후에 나중에 진실을 말하면 돈을 받는데도 일관되게 자신의 이기적인 행동을 틀리게 기억하는 것으로 나타났다.[2] 연구자들은 이렇게 결론지었다. "사람들은 자신의 행동이 이기적이라는 생각이 들 때 더 공정하게 행동한 것으로 기억하는 방식으로 죄책감을 최소로 줄이고 자아상을 보존할 수 있다."

내가 누구인지에 대한 감각은 주로 기억에 의존하지만 사실 기억은 신뢰할 만하지 않다. 심리학자이자 신경과학자인 줄리아나 마초니Giuliana Mazzoni 교수는 이렇게 말한다. "개인의 기억으로 선택된 내용은 현재의 자기 개념에 적합해야 한다."[3] 단순히 전략적 망각의 문제가 아니다. 우리는 과거를 다시 쓰고 창작하기까지 한다. 마초니와 연구자들의 연구에서 기억은 구체적이고 생생하며 감정을 담고 있으면서도 완전한 창작이 가능한 것으로 나타났다.[4] "사람들은 종종 실제로 일어나지도 않은 사건에 대한 기억을 구성한다. 우리 실험실의 여러 연구에서 나타나듯이 기억은 가변적이고 왜곡과 변형에 취약할 수 있다."

심리학자 캐럴 태브리스Carol Tavris와 엘리엇 애런슨Elliot Aronson 교수에 의하면 '단연코' 가장 중요한 기억 왜곡은 '자신의 삶을 정당화해주고 설명해주는' 왜곡이다.[5] "우리는 오랜 세월 우리의 이야기를 들려주면서 영웅과 악당으로 완성된 삶의 서사, 그러니까 우리가 어떻게 현재의 우리가 되었는지에 관한 이야기를 써나간다."

그런데 영웅을 만드는 거짓말은 기억의 한계를 한참 넘어서는데, 심리학자 니콜라스 에플리 교수는 이런 현상을 포착했다.[6] 에플리는 경영학을 전공하는 학생들에게 직업을 선택할 때 영웅적이고 '내재적' 이유로(가치 있는 일이고 성취감이 들고 배우는 즐거움이 있는 일이라서) 선택하는지, 사실 이보다 더 혐의가 짙은 '외재적' 이유로(임금, 직업 안정성, 부가 혜택을 이유로) 선택하는지, 그리고 동기들도 그들과 같은 이유에서 선택할 거라고 생각하는지 물었다. 해마다 일관된 결과가 나왔다. 에플리는 이렇게 적었다. "실험 결과는 다른 학생들을 미묘하게 비인간화하는 것으로 나타난다. 학생들은 모든 혜택이 물론 중요하지만 내재적 동기가 자신한테 주는 의미가 다른 학생들에게 주는 의미보다 훨씬 더 크다고 생각한다. 그들의 결과에는 이런 의미가 담겨 있다. '나는 가치 있는 일에 관심이 있지만 남들은 단지 돈을 벌려고 일한다.'"

뇌의 영웅 만들기 장치는 자동적이고, 대개는 잠재의식 차원의 직감으로 작동하기 시작한다. 우리의 세계 모형에는 인종차별적이거나 성차별적 신념이 들어 있다. 그래서 흑인이나 백인, 여자나 남자를 만날 때 미묘하게 부정적인 감각이 일어나는 것이다. 그런데 우리는 스스로 좋은 사람이라는 확신에서 출발하기 때문에 이런 부정적인 감정이 드는 데는 정당한 이유가 필요하다. 따라서 영웅 만들기 장치는 그 이유를 찾아내야 하고 주어진 임무를 잘 해낸다. 설득력 있는 이유를 찾아내는 것이다. 사실 우리의 마음보다 우리를 더 잘 속일 수 있는 존재가 어디 있겠는가? 가장 선동적이고 편파적인 본능이 도덕적으로 정당하다고 믿을 수 있으려면 어떤 말로 구슬려야 할지 누가 더 잘 알겠는가? 우리가 좋은 사람이라면 상사에게 훔친 돈은 반드시 상사가 우리를 착취하기 때문이어야 한다. 우리가 배려심이 많은 사람이라면 NHS(국가의료서비스)를 비하하려는 정치적 시도는 효율성이나 환자의 선택을 개선하려는 이타적인 욕망에서 출발한 것이어야 한다. 적어도 우리는 주어진 상황에 대해 이렇게 믿는다. 이런 도덕적 진실이 우리에게는 바위나 나무, 이층버스만큼이나 명백한 현실로 보인다. 다른 합리적 주장은 우리가 지각할 수 없으므로 알지 못한다.

심리적으로 정상적인 사람이라면 누구나 자기 자신을 영웅으로 생각한다. 도덕적 우월성은 사실 '유난히 강력하고 보편적인 긍정적 착각의 한 형태'다.[7] '긍정적이고 도덕적인 자아상'을 보존하면 심리적으로나 사회적으로 혜택이 주어질 뿐 아니라 신체 건강도 좋아지는 것으로도 알려졌다.[8] 살인자와 가정폭력범조차 스스로 도덕적으로 정당하다고 믿고 피해자들이 먼저 참을 수 없을 정도로 자신을 도발했다고 생각하는 경향을 보인다.[9] 연구자들이 재소자의 영웅 만들기 편향을 연구하자 대체로 건전한 상태로 나타났다.[10] 재소자들은 다정함과 도덕성을 비롯한 친사회적 성향 면에서 스스로를 평균 이상으로 보았다. 다만 준법정신은 예외였다. 법을 심각하게 위반한 이유로 감방에 들어앉아서 형을 사는 터라 준법정신 영역에는 평균 수준의 점수를 매겼다.

영웅 만들기 망상은 상상 이상으로 엄청난 고통과 분노, 죽음을 유발하기도 한다. 마오쩌둥과 스탈린과 폴포트Pol Pot*도 스스로 정당하다고 믿었고, 히틀러는 자살하기 전에 마지막으로 이런 말을 남겼다.[11] "세상은 영원히 국가사회주의에 감사할 것이다. 내가 독일과 중유럽에서 유대인들을 멸종시켰으므로." 실제로 나치의 말단에서 일하던 사람의 뇌도 자동으로 그들의 행위가 도덕적으로 올바른 이유를 생각해냈다. 홀로코스트 초기 단계에서는 평범한 중년 독일인들이 유대인 절멸 사업에 채용되었는데, 35세

---

* 캄보디아의 독재자, 동남아시아 역사상 최악의 학살자로 유명하다. 1998년에 사망했다.

의 한 금속 노동자는 이렇게 회상했다.[12] "공교롭게도 유대인 엄마들이 아이들 손을 잡고 왔다. 내 이웃이 엄마를 쏘고 나는 그 엄마가 데려온 아이를 쏘았다. 나는 어차피 아이들은 엄마가 없으면 더 이상 살 수 없을 거라고 자위했다."

연구자들은 폭력과 잔혹성의 네 가지 일반적 원인을 찾아냈다.[13] 탐욕(야망), 가학증, 높은 자존감, 도덕적 이상주의다. 대중적인 신념과 진부한 이야기에서는 탐욕과 가학증을 주된 원인으로 꼽는다. 그런데 이들 원인은 극히 사소하다. 알고 보면 높은 자존감과 도덕적 이상주의**가 대다수 악행의 원인이다.

길리언 플린의 『나를 찾아줘』에서 악역인 에이미 엘리엇 던은 병리적으로 높은 자존감에서 동기를 얻는다. 에이미가 남편에게 자기를 살해한 누명을 뒤집어씌우려고 한 이유는 사실 남편이 불륜을 저질러서가 아니라 남편의 외도가 자신의 명예를 실추시킬 것을 우려해서였다. 에이미는 남편의 불륜을 알아채고 일기에 이렇게 적는다.

소문이 들리는 것 같다. 다들 얼마나 신나서 떠들어댈지 들리는 것만 같다. 그 잘난 에이미가, 평생 잘못한 적 없는 여자가, 돈 한 푼 없이 촌구석으로 들어갔는데 그 남편이란 작자는 젊은 여자랑 바람이 났다고. 얼마나 뻔하고 얼마나 완벽하게 평범하

** 개인적이고 도덕적인 우월성에 대한 확신.

고 얼마나 재미있는가. 그 여자의 남편은? 그는 행복하게 오래오래 살았다. 안 돼. 용납할 수 없어. (…) 이따위 걸 위해 난 이름을 바꿨다. 내 과거도 바꿨어. 에이미 엘리엇에서 에이미 던으로, 아무렇지 않게. 안 돼, 그 인간이 이겨서는 안 돼. 그래서 나는 다른 이야기를, 더 괜찮은 이야기를, 나한테 이런 짓거리를 한 닉을 파멸시킬 이야기를 생각해내기 시작했다. 완벽한 나를 복원해줄 이야기를. 이 이야기는 나를 흠결 하나 없이 사랑받는 주인공으로 만들어줄 것이다. 모두가 죽은 그 여자를 사랑하니까.

한편 도덕적 우월성에 기초한 영웅 만들기 서사는 멕시코를 배경으로 가톨릭교회의 박해를 그린 그레이엄 그린의 『권력과 영광』에서 설득력 있게 다뤄진다. 잔혹한 경위가 수배 중인 사제의 사진을 보자 이런 감정이 먼저 올라온다. "공포라고 부를 수 있는 무언가가 그를 엄습했다." 이어서 그 자신을 정당화해주는 기억이 떠오르고 곧바로 영웅 만들기 서사가 작동하여 모든 요소를 엮어서 살인자가 자기 자신을 도덕적 행위자로 확신하게 만든다.

그는 어린 시절 교회의 향냄새, 초와 레이스와 자부심, 그리고 희생의 의미를 모르는 자들이 제단에 올라서서 쏟아내던 거창한 요구를 떠올렸다. 늙은 농부들이 두 팔을 십자가처럼 벌리고 성화 앞에 무릎을 꿇었다. 하루의 고된 노동으로 피로에 지친 채 (…) 사제가 성금 자루를 들고 돌면서 센타보를 걷으며 그들이 사소한 위안을 위해 저지른 작은 죄에 대해 욕을 퍼붓고 그러면서도 그 대가로 자기는 아무것도 희생하지 않았다 (…) 그는 말했다. '우리가 놈을 잡을 것이다.'

인물이 스스로 정당하고 우월하다고 확신하는 마음이 그에게 막강한 힘을 준다. 훌륭한 극은 경쟁적인 영웅 만들기 서사가 충돌하는 이야기를 중심으로 전개되는데, 하나는 주인공의 서사이고 다른 하나는 적대자의 서사다. 현실에 대한 도덕적 지각은 각 서사의 주인에게 지극히 진실로 느껴지지만 양쪽이 파국적으로 대립하고 두 가지 신경 세계가 사력을 다해 싸운다.

다윗과 골리앗이 대립하는 세계

우리가 비합리적일 수는 있지만 매사에 올바르게 생각하지 못할 거라고 단정해서는 안 된다. 물론 이성에는 힘이 있다. 누구나 분별력 있게 사고할 수 있고 마음은 변할 수 있다. 드문 예이기는 해도 이시구로의 소설에서 집사 스티븐스가 결국 감정 절제에 대한 확신을 허물듯이 사람들은 자신의 정체성이 구축된 근간의 신념을 바꿀 수 있다. 우리는 이런 용감한 사람들의 이야기를 신화화한다.

현실의 영웅으로 전직 '환경 테러리스트' 마크 라이너스Mark Lynas가 있다.[1] 그는 무정부주의 환경단체 '어스 퍼스트Earth First'의 '과격 조직'에 소속되어 실험 중인 유전자 조작 작물을 한밤중에 몰래 파헤치기로 했다. 어스 퍼스트는 세계에 관한 다윗과 골리앗의 이야기를 들려줬다. 위압적인 산업화의 세력들이 '환경의 종말'을 불러오는 세계의 이야기다. "대기업과 자본주의가 지구를 파괴하고 있다." 마크가 싸우던 상대는 괴물 같은 이윤의 기계였다. 그는 이렇게 말했다. "우리는 땅을 지키고 자연의 힘을 계승하는 사람들이었다. 이를테면 우리는 픽시pixie*였다."

하지만 마크 라이너스는 유전자 조작 식품의 과학적인 부분에서 자신의 신경 모형이 써 내려간 이야기가 증명되지 않는다는 사실을 알고 어려운 공개 대화의 과정을 거쳤다. 그 사이 그의 뇌에서는 세계에 대한 새로운 이야기, 그가 여전히 스스로를 영웅이라고 느낄 수 있는 이야기를 새로 썼다. 한때 그는 녹색운동을 용감하지만 지리멸렬한 약자로 생각했는데 이제는 보면 볼수록 조그만 다윗이 거대한 골리앗의 탈을 쓴 경우가 많았다. "숫자만 보자고요. 그린피스Greenpeace는 1억 5000만 달러 규모의 국제조직입니다. 세계무역기구WTO보다도 규모가 크고, 사람들의 생각에 영향을 미치는 측면에서 그 영향력이 훨씬 더 큽니다. 게다가 돈과 권력과 영향력이 긴밀하게 연결되어 있습니다."

---

* 귀가 뾰족한 조그만 사람 형상의 도깨비 혹은 요정.

세계를 용감한 다윗과 전능한 골리앗의 대립으로 보는 태도는 영웅 만들기 뇌의 전형적인 조작으로 보인다. 뇌가 세계에 관해 들려주는 거대한 서사에서 우리는 우리의 삶과 세계의 이익을 위해 골리앗에 비유되는 거대한 역경에 맞서 싸우는 도덕적 행위자인 셈이다. 삶에 의미를 부여하는 이야기로써 머리 위의 가혹한 텅 빈 구멍을 외면하고 당장 눈앞의 일을 보게 해준다.

〈시민 케인〉의 주인공은 적대자에게 도전받자 가장 영웅적인 서사를 들려준다. 영화는 비록 찰스 포스터 케인의 죽음에서 시작하지만, 케인의 드라마에서 발화점은 집안의 재산을 물려받은 시점으로, 그 이후 케인의 세계 모형은 타인의 인정과 관심을 절실히 갈구하면서 무너진다. 이런 결함, 그가 담보권 행사 소송에서 얻어낸 부동산을 다 망해가는 신문사에 투자하기로 결정한 순간이 발화점이다. 그리고 그가 신문업에 발을 들이면서 이제 막 드러나기 시작한 결함 있는 모형이 위력을 발휘하기 시작한다. 처음에는 아무런 흠이 없는 것처럼 보이지만 사실은 정반대다. 그는 사명을 다하면서("당신은 산문시를 써내라. 나는 전쟁을 치르겠다!") 호방하게 진실을 추구하는 듯 하지만 사실은 자신이 나서서 자본주의 앞잡이들에게 착취당하는 사회적 약자들을 위해 일하겠다고 선전하는 셈이었다.

그러다 부유하고 자본에 친화적인 전 후견인(그 이름도 적절한 '대처'다)이 케인에게 맞서면서 그의 신문이 "모든 대상을, 그리고 주머니에 돈이 10센트만 든 사람이라도 모두를 무차별적으로 공격한다"고 화를 낸다. 대처가 케인에게 그가 공격하는 기업의 대주주가 케인 자신이기도 하다는 점을 지적하자, 케인의 영웅 만들기 서사가 고개를 든다. "나는 《뉴욕 데일리 인콰이어러》의 발행인입니다! 우리 사회의 정직하고 근면한 사람들이 돈에 미친 도둑놈들한테 갈취당하지 않도록 똑똑히 지켜보는 일이야말로 내 의무입니다(비밀을 말하자면 내 즐거움이기도 합니다). 그들에게는 그들의 이익을 지켜줄 사람이 아무도 없으니까요."

모든 이야기는 결국 인물에 관한 것이다

한 남자의 새로운 상사는 그 남자와 농담을 주고받고 싶어 하지만 그 남자는 그런 걸 좋아하지 않는다. 훌륭한 소설의 소재로 보이지는 않는다. 하지만 그 남자에게는 결정적인 문제다. 집사 스티븐스에게는 세상이 제대로 돌아가고 그 안에서 자신이 어떤 존재여야 하는지에 대한 신념을 뿌리부터 흔드는 문제인 것이다. 스티븐스의 머릿속에 자리 잡은 현실에 대한 모형은 이런 상황에 위협받는다. 예기치 못한 변화에 그는 외부 환경에 대한 통제력을 되찾으려고 하는데, 바로 농담을 시도한 것이다. 새 주인이 오면서 발생한 하인 채용 문제를 해결하기 위해 스티븐스는 예전에 그 집에서 일하던 유능한 가정부 켄턴 양에게 다시 함께 일하자고 설득할 요량으로 차를 몰고 콘월로 향한다.

이내 켄턴에게는 스티븐스에게 없는 온기가 있고 스티븐스가 감정 절제라는 이상에 몰두한 나머지 켄턴과 연인으로 발전할 가능성이 무산됐던 사실이 밝혀진다. 『남아 있는 나날』의 표면적인 드라마는 스티븐스의 자동차 여행과 켄턴과의 관계에 대한 우리의 생각이 달라지는 과정을 중심으로 전개된다. 하지만 깊이 들여다보면 이것은 이 소설이 전하려는 이야기가 아니다. 표면 아래에서는 플롯의 인과관계, 더 깊은 차원의 이야기가 전개된다. 스티븐스가 변화하는 이야기, 세계에 대한 그의 모형이 서서히 고통스럽게 무너지는 이야기다.

이야기의 표면적 사건(전환, 추적, 폭발)이 핵심이라고 생각할 수 있다. 우리는 작품 속 인물의 시선으로 사건을 경험하기 때문에 우리도 인물처럼 흥미진진하고 변화무쌍한 극에 주의를 빼앗긴다. 하지만 사건이 일어나게 만드는 인물이 없다면 사건은 아무런 의미도 없는 현상일 뿐이다. 상어 수조에 007이 빠지지 않는다면 아무런 의미가 없다. 제임스 본드처럼 대중을 즐겁게 해주는 이야기에서도 인물을 중심으로 극이 전개된다. 이런 이야기가 흥미를 끄는 이유는, 총알이 날아다니고 스키를 타고 추격전을 벌이는 장면 때문만이 아니라 **이런** 배경을 가지고 **이런** 강점과 **이런** 결함을 가진 **이런** 구체적인 인물이 어떻게 상황을 모면해나갈지 궁금하기 때문이다. 인물들은 자신의 존재를 확장하고 새로운 일을 도모하고 전례 없는 노력을 기울여서, 한마디로 변화해 나가며 문제 상황에서 벗어난다. 마찬가지로 경찰 수사극은 직접적인 정보의 격차가 있는 살인 사건에 대한 추리물로 보일 수 있지만 대개는 다양한 용의자를 두고 '왜 죽었는가'라는 동기에 관한 질문, 곧 인간 행동의 이유를 중심으로 전개된다.

물론 이야기 유형마다 강점과 심리적 복잡성이 다르지만 인물이 없는 플롯은 그저 빛과 소리에 불과할 뿐이다. 바로 그 순간에, 바로 그 사람에게, 바로 그 변화 사건이 일어나면서 의미가 발생한다. 만일 『보바리 부인』에서 앙데르빌리에 후작의 화려한 대저택에서 열린 호화로운 무도회가 중산층이면서 지위에 집착하고 만족할 줄 모르는 보바리 부인에게 벌어진 사건이 아니라면 그것은 그저 스쳐가는 흥밋거리에 지나지 않을 것이다. 보바리 부인은 파티에서 부유한 손님들의 안색을 보고 "돈에서 나오고" "하얀 도자기에 비해서도 좋아 보이며" "진귀한 음식으로 구성된 절제된 식단으로만 유지되는" 얼굴이라고 감탄하면서 따분한 남편의 바지가 "허리가 꽉 끼는" 꼴을 씁쓸하게 알아챈다. 이 무도회는 보바리 부인에게 미치는 영향으로서만 의미가 있다. 플롯에서 일어나는 사건이 얼마나 화려하든 모든 이야기는 결국 인물에 관한 것이다.

앞에서 보았듯이 인물의 갈등은 그 자신과 외부 세계 사이에서 일어난다. 인물은 머릿속에 든 세계 모형 속에서 살면서 그 모형을 현실이라고 경험하는데, 모형 자체에 결함이 있으므로 실제 외부 세계를 통제하는 능력이 손상된다. 혼돈이 일어나고 인물의 세계 모형이 깨지기 시작한다. 인물은 서서히 통제력을 잃고 그 결과로 그를 둘러싼 사람들이나 사건들과 더 극적 갈등을 일으키게 된다.

하지만 이야기의 인물이 외부 세계와만 전쟁을 치르는 것이 아니므로 상황은 더 복잡해진다. 인물은 자기 자신과도 전쟁을 치른다. 주인공은 자신의 잠재의식에서 벌어지는 전투에 가담한다. 결국 모든 드라마를 이끌어가는 근본적인 질문, 곧 "나는 누구인가?"에 대한 답이 핵심이다.

조지프 캠벨은 "한 인간을 진실로 전달하는 유일한 방법은
그 사람의 결함을 기술하는 것"이라고 말했다.
우리가 이야기와 현실에서 만나는 인간은 이처럼 불완전한 존재다.
하지만 현실의 삶과 달리 이야기에서는
그 인물의 마음속으로 들어가 그를 이해할 수 있다.

◆ 3장 ◆

극적 질문

"그는 누구인가?"라는 극적 질문

찰스 포스터 케인은 보통 사람들을 잘 이해하는 사람이었다. 큰 재산을 물려받기는 했지만 돈에만 혈안이 된 부자의 삶을 거부하고 자신의 이익에 반하더라도 핍박받는 사람들의 편에 서기로 했다. 《뉴욕 데일리 인콰이어러》의 발행인으로서 보통 사람들의 권익을 위해 부단히 싸웠고 보통 사람들을 위해 더 열심히 일하기 위해 뉴욕 주지사에 입후보했다. 이처럼 이타적이고 고결한 사람을 어느 누가 비난할 수 있겠는가?

사실 그의 가장 오랜 친구는 그럴 수 있었다. 영화 〈시민 케인〉의 한 장면을 보자. 주지사 선거운동이 끝난 직후 케인은 아직 색테이프와 포스터 그리고 피할 수 없는 공허감으로 어지러운 선거운동 사무실에서 혼자 슬픔에 빠져 있다. 선거에서 진 것이다. 그의 가까운 친구인 제드니얼 르랜드가 비틀거리며 사무실에 들어와서 거나하게 걸친 술기운을 빌어 슬픔을 표출한다. 케인이 비통하게 "사람들이 스스로 선택한 것"이라고 말하자 르랜드가 대뜸 "자네는 사람들을 들먹이면서 마치 자네가 그들을 소유한 것처럼, 그들이 자네 소유인 것처럼 말하는군"이라고 말하고는 혀가 풀린 채 말을 잇는다. "내 기억에 자네는 사람들에게 권리를 찾아준다면서 마치 자네가 그들에게 자유를 선물할 수 있는 사람인 양 말하지. 그들에게 봉사한 대가로 보상을 받아야 할 것처럼 말이야. 그 직공 기억나나? 자네가 그 직공에 관해 엄청나게 기사를 써줬잖아. 그런데 그 친구는 노동조합이란 델 들어갔단 말이지. 그 직공이 자네가 하사하는 선물이 아니라 자기 권리로 뭔가를 기대한다는 뜻이란 걸 알면 자네 마음에 들지 않겠지. 자네가 그렇게 끔찍이 아끼는 소외된 사람들이 뭉치면… 자네가 어떻게 나올지 모르겠군. 무인도로 들어가서 원숭이들한테 왕 노릇을 할지도." 케인이 그에게 취했다고 말하자 르랜드가 대꾸한다. "취해? 자네가 무슨 상관이야? 자네는 자네 자신 말고는 아무한테도 관심이 없잖아. 그저 사람들에게 자네가 끔찍이 사랑해주고 있으니 그 사랑을 갚으라고 말하고 싶은 거 아닌가."

찰스 포스터 케인은 과연 어떤 사람이었을까? 영화 〈시민 케인〉이 시작할 때 로울스턴 편집장이 다른 기자들에게 던진 질문이다. 케인은 그의 오랜 친구가 생각하듯이 이기적이고 착각에 빠져 있고 인정과 관심에 목마른 사람이었을까? 아니면 그의 영웅 만들기 뇌가 그에게 말해주듯이 용감하고 관대하고 이타적인 사람이었을까?

이 사람은 누구인가? 모든 이야기가 던지는 질문이다. 우선 발화점에서 이 질문이 떠오른다. 첫 번째 변화가 발생할 때 주인공은 과잉 반응을 보이거나 예상치 못한 행동을 한다. 그러면 우리는 자세를 바로 하고 새삼 집중한다. **이렇게 행동하는 이 사람은 누구인가?** 그러다 주인공이 플롯에서 난관에 봉착하거나 선택의 기로에 놓일 때 이 질문이 다시 나온다.

이야기의 어느 지점에서든 이 질문이 떠오르면 독자나 관객은 관심을 기울인다. 이 질문이 없는 대목에서나 극의 사건들이 서사의 줄기에서 벗어날 때 이야기는 산만해지고 심지어 지루해질 수 있다. 스토리텔링의 비밀이 하나 있다면 이 질문에 있다. **이 사람은 누구인가?** 혹은 인물의 관점에서 **나는 누구인가?** 이것이 극을 정의한다. 이 질문이 극에 강렬한 감정을 불러일으키고 심장을 뛰게 하며 타오르는 불길이 된다.

극적 질문의 에너지를 이용한다는 것은 질문의 답이 쉽게 주어지지 않는다는 점을 이해한다는 뜻이다. 사람들은 가장 좋을 때조차 자기 자신이 누구인지 잘 모른다. 케인에게 당신은 누구인가 하고 묻는다면 그는 분명 오랜 친구가 술김에 퍼붓는 비난과 달리 자신은 고상하고 이타적인 사람이라고 말할 것이다. 그 말은 진심이겠지만 앞으로 플롯에서 점차 밝혀지듯이 그의 대답은 사실과 다르다.

케인이 스스로를 고상하고 이타적인 사람이라고 말한다면 그의 머릿속 목소리, 모든 면에서 자신은 도덕적으로 올바르다고 말해주는 목소리를 듣기 때문일 것이다. 미스터 B와 같은 심각한 정신질환 환자만 이 목소리를 듣는 것이 아니다. 누구나 듣는다. 지금도 당신은 머릿속 목소리를 들을 수 있다. 그 목소리가 당신에게 이 책을 읽어주면서 여기저기에 주석을 달 것이다. 현실에서든 이야기에서든 결함이 있는 인물은 대체로 내면의 목소리에 크게 현혹된다. 이 목소리는 주로 뇌의 좌반구에 위치한, 단어와 말을 만드는 회로에서 나오는데 신뢰가 가지 않는 목소리다.

이 목소리가 믿을 만하지 않은 이유는 우리에게 아첨하면서 영웅을 만드는 반쪽짜리 진실을 들려주기 때문만은 아니다. 그보다는 우리가 실제로 누구인지에 관한 진실에 닿지 못하게 하기 때문이다. 그 목소리가 마치 우리를 통제하는 것처럼, **우리 자신인** 것처럼 **느껴진다.** 그러나 사실이 아니다. '우리'는 우리의 신경 모형 속에 있다. 우리의 화자는 단지 우리의 행동을 비롯해 머릿속의 통제된 환각에 의해 일어나는 현상을 관찰하고 설명할 뿐이다. 모든 현상을 연결해서 우리가 누구이고 왜 그렇게 행동하고 왜 그런 느낌을 받는지에 관해 하나의 일관된 이야기로 엮는다. 우리가 흥미진진한 신경계의 쇼를 통제한다고 느끼게 해준다. 엄밀히 말하면 거짓말은 아니다. 이를 작화증作話症이라고 하는데, 심리학자이자 철학자인 리사 보르톨로티Lisa Bortolotti 교수는 우리가 작화할 때는 "허구인 이야기를 진실이라고 믿고 전달한다"고 설명한다.[1] 즉 우리는 항상 작화하고 있다는 뜻이다.

이런 놀라운 사실은 신경과학자 로저 스페리Roger Sperry와 마이클 가자니가 교수의 유명한 실험에서 드러났다.[2] 이들은 연구에서 한 가지 질문을 제기했다. 뇌에 어떤 지시사항을 하나 심어놓고 뇌에서 이야기를 하는 화자에게 교묘히 숨긴다면 어떻게 될까? 예를 들어 어떤 사람의 마음에 '걷기'라는 지시사항을 끼워넣는다고 해보자. 그러면 그 사람은 걷기 시작한다. 이때 화자가 뇌의 주인에게 **왜** 걷고 있는지 설명하지 않는다면 그 사람은 자기가 뭘 하는지 어떻게 설명할 수 있을까? 좀비처럼 될까? 그저 어깨를 으쓱할까? 아니면 어떤 반응을 보일까?

화자가 의존하는 신경 회로는 주로 뇌의 좌반구에 있으므로 정보를 우반구로 보내 거기에 보관하면서 화자에게 숨겨야 했다. 실험 대상으로 이른바 '분리뇌' 환자를 찾아야 한다는 뜻이다. 분리뇌 환자란 뇌전증 치료를 위해 좌우 반구를 잇는 뇌량을 끊는 수술을 받았지만 다른 면에서는 정상적으로 살아가는 환자다.

연구자들은 분리뇌 환자들을 찾아서 그들에게 '걷기'라고 적힌 카드를 보여주고 왼쪽 눈으로만 보게 했다. 뇌의 연결 방식에 의해 이 정보는 우반구로 전달되었다. 양쪽 반구의 연결하는 뇌량이 끊겨 있으므로 정보는 우반구에만 머물러 화자에게는 감춰졌다.

그래서 어떻게 됐을까? 환자가 일어나서 걸었다. 실험자가 환자에게 이유를 묻자 환자는 "콜라 사러 가요."라고 대답했다. 환자의 뇌가 신경 영역에서 벌어지는 현상을 관찰하고 인과관계가 있는 이야기를 만들어서 설명한 것으로, 즉 작화한 것이다. 환자는 실제로 자기가 왜 일어섰는지 전혀 몰랐다. 하지만 즉흥적으로 완벽하게 신빙성 있는 이야기를 지어내서 자신의 행동을 설명했고 뇌의 주인은 이 이야기를 의심 없이 믿어버렸다.

여러 번의 실험에서 같은 결과가 반복해서 나왔다. 한 피험자의 침묵하는 뇌반구에 핀업걸 사진을 보여주자 피험자는 키득거리면서 "웃기게 생긴 기계" 때문이라고 말했다. 다른 피험자의 침묵하는 뇌반구에 불 속으로 떠밀려 들어가는 남자의 영상을 보여주자 그는 이렇게 말했다. "솔직히 왜 이러는지는 모르겠지만 그냥 무서운 것 같아요. 조마조마한 기분이 들어요. 이 방이 왠지 마음에 들지 않아요. 어쩌면 당신 때문인지도 몰라요. 당신 때문에 긴장되는 거예요. 저는 가자니가 박사님을 좋아하는데 지금은 무서워요."

가자니가는 뇌에서 화자의 역할은 "사건을 설명하거나 사건의 원인을 찾는 것"이라고 말했다.[3] 한마디로 뇌의 화자는 작가다. 그리고 아무리 그럴듯한 사실이라고 해도 중요하지 않다. "말이 되는 첫 번째 설명이면 된다." 뇌의 화자는 우리가 느끼는 감정과 우리가 하는 행동을 (혹은 누구에게 묻는지에 따라 전적으로) 통제하는 신경 구조에 거의 접근하지 못한다. 화자는 우리의 감정과 행동의 진정한 원인인 회로와 동떨어져 있어서 우리가 어떤 상황에 있고 왜 그런 상황에 있는지에 관해 들려줄 만한 그럴듯한(대개는 영웅적인) 이야기를 급조해야 한다.

니콜라스 에플리 교수는 이런 결과로 인해 "심리학자가 딱히 스토리텔링에 관심이 있는 경우가 아니라면 실험 참가자들에게 그들의 생각과 행동의 원인을 설명하라고 요구하지 않는다"라고 말한다.[4] 같은 이유에서 레너드 믈로디노프Leonard Mlodinow 교수는 동료 신경과학자가 수년간 심리치료를 받고 나서 자신의 감정과 동기와 행동에 관한 유용한 이야기를 구성할 수 있었다고 하면서도 "그것이 진실일까? 아마 아닐 것이다. 진실은 시상과 시상하부와 편도체 같은 뇌 구조물에 있는데 우리가 우리의 내면을 아무리 성찰해도 의식 차원에서는 이런 영역에 접근하지 못한다"라고 말한다.[5]

인간 조건에 관한 무섭고도 흥미로운 진실은 누구도 극적 질문의 답을 모른다는 점이다. 질문 자체가 우리 자신에게 속해 있기 때문이다. 우리는 우리가 왜 그런 행동을 하고 왜 그렇게 느끼는지 알 수 없다. 왜 우울한지 가설을 세우면서, 도덕적 신념을 정당화하면서, 음악이 감동을 주는 이유를 설명하면서 이야기를 만든다. 우리의 자아 감각은 신뢰할 수 없는 화자에 의해 형성된다. 우리는 우리 자신을 완전히 통제한다고 믿지만 실제로 그렇지 않다. 우리가 누구인지 안다고 믿지만 실제로는 아니다.

그래서 인생이 그렇게 골치 아픈 싸움이 될 수 있고 우리가 수수께끼 같고 자기 파괴적인 행동으로 스스로를 실망하게 만드는 것이다. 그래서 생각지도 못한 말을 내뱉으면서 스스로도 충격받는다. 스스로를 질책하면서 "도대체 내가 무슨 생각을 한 거지?"

라고 자문하고 체념하면서 언젠가는 나도 깨달을 날이 오기는 올지 의아해한다.

이야기에서 극적 질문이 그렇게 예기치 못한 방향으로 끊임없이 나오는 이유는 주인공이 답을 모르기 때문이다. 주인공이 시시각각 자기 자신이 누구인지 발견하는 사이에 극에 압력이 생기고, 플롯이 전환되는 사이에 주인공은 대개 의도치 않게 드러난 자신의 모습에 놀란다. "그녀는 그렇게 말하는 자신의 목소리를 들었다"라거나 "그는 그렇게 하는 자기를 발견했다"라는 문장이 나오면 압력이 작용했을 것으로 짐작할 수 있다. 그리고 인물(그리고 독자와 관객)에게 극적 질문에 대한 흥미로운 새로운 답이 주어진다.

인물은 자신의 감정과 동기의 실체를 모르는 것처럼 보이는 만큼 그 자신에게도 수수께끼 같은 존재다. 작가 케이트 그렌빌Kate Grenville은『완벽이라는 개념The Idea of Perfection』에서 유부녀인 펠리시티 포셀린과 동네 정육점의 알프레드 창의 대화를 통해 인물의 작화와 현실 사이의 격차를 훌륭하게 포착해낸다. 펠리시티는 알프레드가 자기를 사랑한다고 믿는데, 그 상황이 어색해서 그의 가게 앞에서 어정거리다가 다른 손님이 오면 같이 들어간다. 어느 날 저녁 펠리시티는 정육점이 문을 닫은 뒤에 뭔가를 부탁하러 가서 알프레드와 단둘이 있다. 이 장면에서 우리는 누가 누구를 원하는지에 대한 펠리시티의 작화를 의심하게 된다.

펠리시티는 처음 알프레드를 보고 "뭔가가 살짝 고동치는 느낌 (…) 불안이나 무대 공포랑 비슷하지만 딱히 그런 건 아닌" 느낌을 받는다. 펠리시티의 머릿속 화자는 이런 갑작스러운 감각을 설명하기 위해 즉흥적으로 이야기를 만들어낸다. "그가 그녀와 사랑에 빠진 것을 다 안다고 생각한다." 펠리시티의 시선이 알프레드의 얼굴과 몸에서 배회하다가 벌어진 셔츠 앞섶에 머문다. "길게 패인 꿀 빛깔의 복부와 단정한 모양의 조그만 배꼽이 보였다." 둘이 대화를 나누면서 그녀는 자신이 그의 성을 빼고 이름만 부르는 것을 알았다. "전에도 그런 적이 없고 지금도 왜 그랬는지 몰랐다. 그를 자극하기만 할 뿐이다." 그가 바지를 걷어 올리자 "바로 거기가 불룩한 것이 보인다. 지퍼 옆에 바로 그 자리가 해지기도 했다. 그녀는 자신도 모르게 눈을 돌렸지만 보지 않을 수 없었다. 아닌 게 아니라 심하게 해졌다. 그녀는 자기도 모르게 키득거렸다." 그녀는 "살짝 미소를 짓는다. 얼굴의 피부가 보기 좋게 펴지는 정도의 미소였다." 그리고 그녀는 그의 가족사진을 보고 소감을 말하면서 스스로도 놀란다. "사랑스러운 사진이네요. 그녀는 감상을 쏟아냈다. 아주 친밀해 보여요. 딱히 이 단어를 쓰려고 한 건 아니었다. 친밀하다. 꼭 맞는 단어가 아니다. 그녀는 그 말이 침묵 속에서 더 커지기 전에 얼른 말을 이었다."

이 단계에서 펠리시티가 결국 자신이 알프레드와 자게 된다는 사실을 알면 엄청난 충격을 받겠지만 당신이나 내게는 놀랍지 않다. 그녀가 알프레드를 보고 느끼던 "뭔가가 살짝 고동치는 느낌"은 그녀 자신의 욕정이었기 때문이다. 제드리얼 르랜드가 오랜 친구 케인에 관해 번득이는 견해를 말한 것처럼 우리는 펠리시티 자신은 모르는 극적 질문에 대한 답을 명확히 알 수 있다. 이 장면이 훌륭한 이유는 그 답이 문단마다, 문장마다 계속 바뀌면서 눈을 떼지 못하게 만들기 때문이다.

여러 개의 자아, 3차원적 인물

나는 오랜 세월 욕망과 중독에 시달렸다. 중년에 들어서는 음식과 싸운다. 우리 문화가 완벽한 몸과 젊음에 집착하고 그 문화가 내 안에 스며있기 때문에 나 역시 열여덟 살 때의 복근으로 돌아가기 위해 가망 없는 여정에 오른다. 내가 이렇게 나 자신과 지루한 싸움을 벌이면서 발견한 사실이 있는데, 나라는 존재가 끊임없이 변화하는 것 같다는 점이다.

일요일에 저녁을 푸짐하게 먹은 후 월요일 아침이 되면 나는 금욕 대장이 된다. 내 가치관으로부터 단호하고 엄격하고 철저한 빅토리아인의 면모를 끌어낸다. 찬장을 정리하고 내 생활도 정리한다. 하지만 수요일 오후 5시가 되면 기세등등하던 금욕 대장은 자취를 감추고, 그 자리에는 마흔 줄에 들어서 뱃살이 조금 나왔다고 걱정하는 꼴을 한심해하는 한 남자가 있다. 한 주 열심히 일했으니 조금은 제대로 차려 먹을 만큼은 벌었는데도 로크포르 치즈 한 입을 놓고 자책하는 사람이라면 대체 어떻게 생겨 먹은 인간이란 말인가? 즐길 줄도 모르고 허영만 가득한 빅토리아인! 사실 자제력은 의지의 문제가 아니라는 생각이 든다. 우리의 마음속에 목표와 가치관이 제각각인 여러 인물이 사는 것이 문제다. 그중에는 건강해지기로 마음먹은 사람도 있고 행복해지기로 마음먹은 사람도 있다.

우리 머릿속에는 세상 모든 것에 대한 모형뿐만 아니라 우리 자신에 대한 다양한 모형도 들어 있어서 각각의 모형은 주도권을 차지하려고 끊임없이 싸운다. 시기와 상황에 따라 각기 다른 모형이 전면에 나서고, 그 모형은 화자 역할을 맡아서 열정적이고 설득력 있게 주장을 펼치고 대개는 논쟁에서 이긴다. 신경과학자 데이비드 이글먼 교수는 우리의 의식 아래 차원에서는 지배권을 두고 "끊임없이 싸우는 작은 자아들의 시끌벅적한 민주주의가 구현된다"고 말했다.[1] 그에 따르면 우리의 행동은 '그 싸움의 최종 결과일 뿐'이다. 그사이 작화를 담당하는 화자는 밤낮으로 일하면서 일상에 논리를 짜 넣는다. 이를테면 "방금 무슨 일이 일어났고 여기서 내 역할은 무엇인가?"라고 질문을 던지며 이야기를 만드는 것이다. 이 같은 작업은 "뇌의 주요 역할 중 하나다. 뇌는 민주주의의 다채로운 행동에 타당성을 부여한다는 확고한 목표에 따라 이야기를 만든다."[2]

우리 안에 다면성이 있다는 사실은 '외계인 손 증후군'이라는 증상에서 확인된다. 이 증후군 환자의 경우에는 팔다리가 제멋대로 움직이면서 평소에는 억압된 행동을 한다. 독일의 신경학자

쿠르트 골드슈타인Kurt Goldstein 박사는 어느 여자 환자가 왼손으로 '자기 목을 잡고 조르려고 해서 강제로 떼어내야 했던' 사례를 소개했다.[3] 토드 파인버그 박사는 한 손으로 '전화를 받고 수화기를 다른 손에 넘기지 않으려고 하는' 환자를 보았다.[4] BBC에 소개된 어떤 환자는 의사에게서 왜 옷을 벗느냐는 질문을 받자 이렇게 답했다.[5] "선생님이 그렇게 묻기 전에는 제가 왼손으로 셔츠 단추를 푸는지 몰랐어요. 그래서 오른손으로 다시 단추를 채우는데 다 채우자마자 왼손이 다시 단추를 풀었어요." 이 환자는 일명 외계인 손이 핸드백에서 소지품을 다 꺼내는데도 알아채지 못했고 이렇게 말했다. "지금까지 영문도 모른 채 물건을 많이 잃어버렸어요." 한편 마이클 가자니가 교수는 "왼손으로 아내를 잡아채서 거칠게 흔들면서 오른손으로는 아내를 도와주려고 했던" 한 환자의 사례를 소개했다.[6] 어느 날 가자니가는 그 환자가 왼손으로 도끼를 드는 걸 보았고, 그 당시에 대해 이렇게 말했다. "나는 몰래 그 자리를 빠져나왔다."

우리의 다면성은 감정에 휩싸일 때마다 드러난다. 우리는 화가 나면 향수에 젖을 때나 우울하거나 흥분할 때와는 다른 현실에서 다른 가치관과 다른 목표를 가진 다른 사람이 된다. 성인들은 자아의 이런 기이한 변화에 익숙해진 터라 이를 자연스럽고 유연하고 체계적으로 받아들이는 법을 배운다. 하지만 아이는 자유의지에 대한 감각을 키우지 못한 상태에서 다른 사람으로 변하는 경험에 노출되면 혼란에 빠질 수 있다. 사악한 마녀가 우리에게 마법을 걸어서 공주를 마녀로 바꾸는 것처럼 느낄지도 모른다.

정신분석가 브루노 베텔하임Bruno Bettelhiem 교수는 『옛이야기의 매력』이라는 책을 통해 이런 무서운 변형을 이해하게 해주는 것이 동화의 핵심 기능이라고 말한다. 아이는 분노라는 압도적인 정서로 인해 "자기가 존재하기 위해 의존하는 대상을 파괴하고 싶을 수 있는" 마음을 의식 차원에서 이해하지 못한다.[7] "이것을 이해한다면 자신의 감정에 압도당해서 감정을 조절하지 못할 수도 있다는 사실도 받아들여야 한다는 뜻이다. 아이에게는 아주 무서운 일이다."

동화는 이런 내면의 무서운 자아를 허구의 인물로 바꾼다. 일단 이렇게 정의하고 객관화하면 감당할 만한 존재가 된다. 이런 인물들이 나오는 이야기는 아이에게 용기를 내서 싸우면 선한 자아가 내면의 사악한 자아를 통제하고 지배할 수 있다는 교훈을 준다. 베텔하임은 이렇게 말한다. "아이가 소망하는 모든 생각이 선한 요정으로 구현되고 파괴적인 모든 소망이 사악한 마녀로 구현되며 모든 두려움이 탐욕스러운 늑대로 구현되고 양심의 요구가 모험에서 만나는 현자로 구현되고 질투 어린 분노가 숙적의 눈을 쪼아 먹는 짐승으로 구현될 때, 아이는 마침내 내면의 모순된 성향을 구분하기 시작한다. 일단 이런 과정이 시작되면 아이는 감당하기 힘든 혼란에서 점점 벗어난다."[8]

물론 다면성의 개념에는 한계가 있다. 우리가 지킬과 하이드처럼 탈바꿈하는 것은 아니다. 우리에게는 중심 성격이 있고 이 성격은 문화와 생애 초기 경험에 의해 조정되며 비교적 안정적이다. 하지만 우리는 중심 성격을 토대로 끊임없이 탄력적으로 움직인다. 어느 순간에 드러나는 우리의 행동은 타고난 성격과 주어진 상황의 조합이라고 볼 수 있다.

좋은 이야기에서 인물은 이런 특징을 반영하며 그의 성격은 '3차원'이 넘는다. 기본적으로 어떤 사람인지 드러내는 동시에 상황이 변하는 동안 그 인물은 끊임없이 달라진다. 존 팬트John Fante의 『애스크 더 더스트Ask the Dust』의 한 장면에 이런 성향이 잘 드러난다. 이 책은 웨이트리스 카밀리아 로페즈를 향한 청년 아르투로 반디니의 짝사랑을 그린 소설인데, 반디니가 카밀리아가 일하는 콜롬비아 뷔페에 들어서는 장면에서 반디니라는 인물의 모든 다면성이 설득력 있게 살아난다.

반디니는 카밀리아가 남자 손님들과 시시덕거리는 모습을 보자 질투심에 불탄다. 그는 정중히 손짓으로 그녀를 부르며 혼잣말을 한다. "다정하게 대해, 아르투로. 잘 속이란 말이야." 그는 그녀에게 이따 잠깐 보자고 청하지만 그녀는 바쁘다고 거절한다. 그는 다시 "다정하게" 다른 약속을 미뤄달라고 요청한다. "아주 중요한 일이에요." 하지만 그녀가 다시 거절하자 그의 분노한 자아가 튀어나온다. 반디니는 의자를 밀치고 벌떡 일어나 소리를 지른다. "만나는 거야! 이런 막돼먹은 술집 여자야! 만나!" 그는 성큼성큼 걸어 나가서 그녀의 차 옆에서 기다리며 혼잣말로 "저 여자는 아르투로 반디니와의 데이트를 마다할 만큼 괜찮지 않아!

저런 망할 배짱이 참 엿 같아"라고 말한다.

　카밀리아가 식당 밖으로 나오자 반디니는 강압적으로 같이 가자고 그녀와 실랑이를 벌이고, 카밀리아는 곧 한 바텐더와 함께 도망치고 혼자 남은 반디니는 자기혐오에 빠진다.

　　반디니, 이 한심한 자식, 병신새끼, 역겨운 놈, 멍청이. 나도 어쩔 수 없었다. 자동차 면허증을 보고 그 여자의 주소를 알아냈다. 24번가 앨러미다 근처였다. 어쩔 수가 없었다. 힐스트리트로 가서 앨러미다 전차에 올라탔다. 그러자 흥미가 생겼다. 내 성격의 새로운 면, 짐승 같은 면, 음침한 면, 속을 알 수 없는 새로운 반디니가 나왔다. 그런데 몇 블록 지나자 이런 감정이 증발했다. 화물조차장 옆에서 내렸다. 벙커힐은 3킬로미터쯤 떨어져 있었지만 그냥 걸어서 집으로 돌아갔다. 집에 도착해서 나는 카밀리아 로페즈와는 영영 끝이라고 말했다.

　작가는 이 문단에서 반디니의 모순성과 다면성을 모두 보여준다. 반디니는 카밀리아를 사랑했다가 곧바로 미워하고, 한순간 오만에 부풀었다가 다음 순간 스스로 역겹고 한심한 인간이라고 생각한다. 그녀를 스토킹하기로 한 결정은 잠재의식에서 비롯된 충동이다. 이 충동이 갑자기 사라졌지만 반디니는 광풍처럼 갑작스럽게 일어난 반전에 의문을 품지 않는다.

　이것은 한 남자가 뇌의 잘 드러나지 않는 큰 힘에 의해 오르내리는 과정을 보여준다. 그는 자제력에 대한 착각을 제대로 유지하지 못한다. 이 장면을 읽으면 자제심이 무너져서 단추를 풀고 목을 조르고 도끼를 집는 외계인 손 증후군이 자연스럽게 떠오른다. 이런 기법이 구조적으로 효과적인 이유는 인과관계가 유지되어 한 사건이 다른 사건을 낳고 그 사건이 또 다른 사건으로 이어지기 때문이다. 그리고 의미적으로도 효과적인 이유는 본질적인 극적 질문, 곧 "반디니는 누구인가?"라는 질문을 끊임없이 던지고 답하기 때문이다.

플롯이 형성되는 두 의식 차원의 갈등

세계에서 가장 많이 사진 찍히는 나무가 어떤 나무인지에 대해서는 의견이 분분할 것이다. 누구는 캘리포니아주 몬터레이의 사이프러스라고 하고, 누구는 요세미티 근처의 제프리 소나무라고 하고, 또 누구는 뉴질랜드의 와나카 호수에 있는 버드나무라고 한다. 이 나무들을 실제로 본 적이 없다고 해도 어떻게 생겼을지는 짐작할 수 있다. 물이나 하늘, 바위의 광활한 풍경 속에 홀로 서 있는 나무일 가능성이 높다.

많은 사람의 뇌가 이런 고독한 나무가 발산하는, 숨겨졌거나 반쯤 숨겨진 진실에 이끌린다. 이런 나무들은 사진작가의 잠재의식에서 긍정적인 **감정**을 자아내는 무언가를 건드린다. 쓸쓸하고

156

대범하고 끈질기고 아름다운 감정. 멈춰 서서 셔터를 누르는 사람들은 나무가 아니라 그들 자신을 카메라에 담는 셈이다.

이런 사진에서는 인간의 의식이 두 차원으로 작동한다는 사실이 잘 드러나는데, 우선 일상의 드라마가 펼쳐지는 상위 차원이 있다. 영웅을 만드는 목소리가 들려주는 장면과 소리와 촉감과 맛과 냄새가 모여드는 차원이다. 다음으로 그 아래에는 잠재의식 차원, 곧 여러 가지 충동이 서로 경쟁하면서 끊임없이 통제력을 차지하려고 싸우는 차원, 감정과 충동과 깨진 기억이 뭉근히 끓는 밤바다가 자리한다.

우리가 들려주는 이야기도 이 두 가지 차원으로 작용한다. 심리학자 제롬 브루너Jerome Bruner 교수는 이야기가 "두 영역에서 작동한다"고 말하면서 "하나는 바깥 세계에서 벌어지는 행위의 풍경"이고 다른 하나는 "주인공의 생각과 감정과 비밀이 펼쳐지는 마음의 풍경"이라고 했다.[1] 플롯에서 상위의 의식 차원에는 극의 가시적인 인과관계가 담겨 있고, 가시적인 경험 아래에는 이야기의 잠재의식 차원이 자리한다. 인물이 그 자신에게조차 다면적이고 모순되고 의외의 모습으로 보이는 상징과 분할의 차원이다.

이야기에서 가장 인상적인 순간은 두 번째 영역인 잠재의식 차원이 첫 번째 의식 차원으로 분출되는 순간이다. 질 솔로웨이Jill Soloway의 TV 드라마 〈트랜스페어런트Transparent〉를 보다가 눈물을 흘린 장면이 있다. 조시 페퍼먼이라는 인물이 갑자기 스스로도 놀라운 방식으로 자기를 드러낸 순간이었다. 이 드라마는 한 가정의 가장이던 남자가 여자가 되기로, '모트'라는 이름에서 '모라'가 되기로 결심하면서 벌어지는 파문을 따라간다. 모라(모트)의 아들 조시는 유쾌하고 다소 뻐딱하고 기본적으로 점잖은 사람이다. 음반회사 중역이자 매우 모던한 인물로, 항상 모라가 가는 길을 지지하고 싶어 한다.

그런데 이런 조시가 흔들리기 시작한다. 두 번째 시즌의 마지막에서 그는 밴드 멤버들과 차를 타고 가다가 평소답지 않게 분통을 터트린다. "차 막히는 거 좀 봐! 아무 데도 못 가게 일부러 시간을 맞춰서 저러는 거야. 빌어먹을 음모야." 그는 자제력을 잃고 다른 차들을 향해 경적을 울려댄다. "망할, 어서 가, 개자식들아! 다들 나를 막으려고 저러는 거라고!" 그의 옆자리에 앉은 여자가 차를 세우라고 요구하고 그는 가쁜 숨을 몰아쉰다.

얼마 후 그는 어머니 셸리를 만나려고 집에 가지만 그녀는 외출하고 없고 그녀의 새 남자친구 버즈가 그를 맞는다. "아무것도 모르겠어요." 조시가 버즈에게 고백하듯 말한다. "지금쯤이면 알 것 같았는데 모든 게 그냥 빠져나가요." 은발의 머리칼을 하나로 묶고 히피 셔츠를 입은 버즈는 조시와는 세대가 다르다. 세계에 대한 버즈의 모형은 이전 세대의 것이다. 그는 조시에게 아버지를 "잃어서" "충격"에 빠진 것이라고 말한다. 조시는 모르는 소리라고, 누가 죽은 게 아니라고 반발하며 짜증스럽게 묻는다. "내가 '모트'를 그리워할 거 같아요?"

"자네는 어떤 것 같나?" 버즈가 되묻는다.

"글쎄요, 성전환한 분을 그리워한다고 하면 정치적으로 올바르지 않은 말인 것 같아서…."

"옳고 그르고의 문제가 아니야, 조시. 이건… 이건 슬픔의 문제야. 애도의 문제지. 자네는 아버지를 잃은 걸 슬퍼하고 애도했나?"

"그분을요? 그분을 잃은 거요? 아뇨, 전… 그런 건 어떻게 하는지 모르겠어요."

잠시 침묵이 흐른 뒤에 조시는 버즈의 품에 무너져 흐느낀다.

좋은 이야기에서는 극의 표면 세계와 인물의 잠재의식 세계 사이에서 끊임없이 상호작용이 일어난다. 상위 차원에서 벌어지는 요란한 사건이 하위 차원의 잠재의식에 거대한 파문을 일으킨다. 심리학자 브라이언 리틀Brian Little 교수는 이렇게 말했다. "모든 개인은 세계에 대한 가설을 세우고 검증하며 자신의 경험에 비춰 수정해나가는 과학자다."[2] 이처럼 자신이 누구인지를 세심하게 수정하는 과정이 잠재의식 차원에서 일어나는 동안 극적 질문의 답도 끊임없이 변화한다. 그리고 인물이 대답을 바꾸면 이어서 극의 표면에 드러나는 행동도 달라지고, 두 차원 사이에 계속 상호작용이 일어난다.

이것은 플롯이 발전하는 과정이기도 하다. 이야기는 인물에서 출발해야 한다. 극이 인물에 집중하기 시작하는 시점인 발화점에서 잠재의식 차원의 세계 모형이 처음으로 균열을 일으킨다. 인물은 통제력을 되찾으려 하고 실패하며, 상황이 더 나빠질 수도 있다. 세계에 대한 신경 모형이 점점 더 무너질 때 인물은 잠재의식 차원에서 극도의 공포와 무질서에 빠진다.

세계에 대한 모형에 균열이 생기고 깨지는 사이, 이전에는 억압됐던 의지와 생각과 자아가 표면으로 올라와서 인물의 모든 것을 지배하게 된다. 뇌에서 환경을 통제하기 위한 새로운 방법을 실험하는 것으로 볼 수도 있다. 인물은 아르투로 반디니가 돌연 스토커가 된 것처럼 스스로 생각지도 못한 행동을 할 수도 있고, 조시 페퍼먼이 울음을 터트릴 때처럼 예상치 못한 행동을 통해 자기에 관한 무언가를 배우기도 한다.

우리는 극에서 가장 인상적인 장면을 통해 인물의 마음속에서 극적 질문이 싸우는 것을 알 수 있다. 이런 장면에서 인물은 분열되어 내적 갈등에 빠진 것처럼 보인다. 가령 인물이 하는 말과 행동에 모순이 드러날 수 있는데, 한 번에 두 가지 자기가 표출되는 것이다. 그 같은 상황이 되면 눈앞에서도 그가 어떤 사람인지가 달라지기 때문에 우리는 인물이 다음에 어떻게 행동할지 예측할 수 없다.

따라서 플롯이 진행되고 깊이와 진실성, 예측 불가능성이 달라지는 사이에 인물도 새롭게 발전한다. 조금씩, 장면마다, 인물과 플롯이 상호작용하면서 서로를 변형한다. 인물은 플롯에서 자기가 세계를 통제하지 못한다는 사실과 마주하고 세상이 돌아가는 이치에 대한 자신의 신념을 다시 평가한다. 소중히 간직해온 통제 이론에 의문을 제기하며, 의식 아래에서는 스스로에 대한 근본적인 극적 질문이 거듭된다. 나는 누구인가? 이 상황을 바로잡으려면 나는 어떤 사람이 되어야 하는가?

영국의 극작가 로버트 볼트Robert Bolt와 시나리오 작가 마이클 윌슨Michael Wilsom의 영화 〈아라비아의 로렌스〉는 바로 이런 과정을 거친다. 주인공 로렌스는 결함 있는 인물이고, 그의 결함에 대한 거의 정확한 정의는 '반항으로 표출되는 자만심'일 것이다. 그는 건방지고 자만심이 강한 편인데, 그것이 주변 사람들의 세계를 통제하는 그의 방식이기도 하다. 로렌스는 자신이 남들보다 우월하다고 믿는다. 예를 들어 그는 제1차 세계대전 중에 영국군 중위이고, 영화 초반에 보란 듯이 맨손으로 성냥불을 끈다. 그가 상관인 머레이 장군에게 거수경례를 올리지 않자 장군이 이렇게 꾸짖는다. "자네가 예의를 모르는 작자인지 그냥 좀 모자란 작자인지 모르겠군."

"저도 같은 생각입니다, 장군님." 로렌스는 건방지게 말한다.

로렌스는 정보국에서 임무를 받아 중동지역으로 파견되는데, 그가 사막을 뚫고 들어가 임무를 시작한 지 얼마 지나지 않아 그의 현지 안내인이 아랍 지도자인 족장 알리의 우물물을 마셨다는 이유로 총살당하는 사건이 벌어진다. 바로 이 신scene이 이 영화의 발화점이다. 그는 이 사건에 예상 밖의 반응을 보이는데, 이는 반항기와 자만심을 주축으로 하는 그의 결함 있는 통제 이론과 연결 지을 수 있다. 그의 통제 이론은 그를 도망치거나 목숨을 구걸하지 않고 대범하게 족장을 질책하게 만든다. "족장 알리, 아랍은 자기네 부족끼리 싸우는 한 힘없는 백성, 어리석은 백성, 탐욕스럽고 야만적이고 잔혹한 백성이 될 겁니다. 당신처럼." 이전 장면의 건방진 인물은 사라지고 극적 질문이 제기된다. "로렌스는 어떤 사람인가?"

그러다 아랍이 터키군에게 처참하게 공격당하는 장면을 본 후 로렌스의 반항적인 자만심이 다시 올라온다. 그는 아랍의 전투에 뛰어들고, 지옥 같은 네푸드 사막을 뚫고 들어가 터키군의 근거지를 기습공격 하자고 제안한다. 그리고 사막에서 행군하던 중 낙오한 아랍인을 구하겠다며 모두의 만류에도 불구하고 고집스럽게 위험한 사막으로 다시 들어간다. 그의 반항적 자만심이 다시 불쑥 튀어나온 것이다. 어쨌든 로렌스가 그 낙오한 아랍인을 찾아서 돌아오자 모든 사람들이 그에게 열광하며 갈채를 보낸다. 다시 한 번 극의 첫 번째 층위인 현실 사건이 두 번째 잠재의식 층위에 영향을 미친다. 그의 통제 이론, 곧 반항적 자만심으로 원하는 것을 얻어내는 방식이 통했고 이제 그의 반항기와 자만심과 허영이 강해진다. 어쨌든 그는 아랍 부족에 진심으로 받아들여지는데, 이런 상징적인 순간에 로렌스의 안내인을 총살한 족장 알리가 로렌스의 서양식 복장을 불태우고 '족장의 의복'을 걸쳐준다. 이후 로렌스가 아랍인들을 이끌고 터키군의 근거지를 기습공격 했을 때 그의 자만심은 더 치솟는다.

하지만 표면의 극 아래에서는 균열이 생기기 시작한다. 공격에 성공하기 직전에 로렌스는 아랍인들이 자기들끼리 서로 공격하지 못하도록 한 남자를 처형해야만 했다. 그 후에는 부하들을 위험에 빠트릴 뻔하고, 결국 부하 한 명이 전사하는 등의 경험들로 그는 혼란에 빠진다. 사막에서 간신히 빠져나와 수에즈 운하 기슭에 도착했을 때 반대편 강둑에서 오토바이를 탄 남자가 그를 발견하는데, 그 남자는 아랍 복장으로 사막에서 등장한 이 이상한 백인 남자에게 호기심을 느끼고 큰 소리로 묻는다. "당신은 누구십니까? 당신은 누구인가요?" 극적 질문이 뜨거운 대기를 메우는 사이 카메라가 혼란에 빠진 로렌스의 얼굴에 고정된다.

그는 누구인가? 반항적인 자만심이라는 결함을 가진 모형이 말해주는 그 사람일까? 혹은 비범한 사람일까? 아니면 그냥 평범한 사람일까? 이런 단순한 질문이 영화의 모든 인상적인 장면 뒤편에 깔린다. 지금까지 로렌스는 대체로 비범해 보였다. 그의 통제 이론은 대부분 잘 통했고 무모한 반항심으로 성공에 성공을 거듭해왔다. 우리는 그가 안내인을 살해한 족장 알리를 질책할 때 박수를 보낸다! 그가 낙오한 병사를 구조할 때 갈채를 보낸다! 그가 전투에서 이길 때 함성을 지른다! 그런데 이것이 이야기의 전부라면 이 영화는 아카데미 시상식에서 7개나 되는 트로피를 거머쥐지 못했을 것이다.

극의 압력이 로렌스의 세계 모형에 균열을 일으키기 시작한다. 로렌스가 자신의 통제 이론을 고수하면서 대단한 승리를 거둘 수 있었을지는 모르지만, 잠재의식 차원에서는 깊은 불안이 일어난 것이다. 그가 부정적인 방향으로 변하게 된 첫 번째 계기는 사막을 빠져나온 뒤, 머레이 장군이 그를 승진시켜주고 다시 돌아가라고 말한 순간이다. 로렌스는 이렇게 말하며 그 명령을 거부한다. "두 사람을 죽였습니다. 아랍인 둘이요. 하나는 소년이었습니다. 바로 어제요. 제가 그 소년을 위험에 빠트렸어요. 다른 한 사람은 남자인데… 그 사람을 제 총으로 처형해야 했습니다. 뭔가가 마음에 걸립니다."

"당연한 거야." 머레이가 말한다.

"아뇨, 그게 아닙니다." 로렌스가 답한다. "제가 그걸 즐겼습니다." ˙

극적인 이 장면에서 우리는 로렌스가 분열되는 모습을 볼 수 있다. 그는 반항적으로 드러나는 자만심을 고수하면서 세계를 통제하는 법을 익혔고, 이 통제 이론은 그에게 큰 성공을 안겨줬으며, 덕분에 그는 비범한 사람이 될 수 있었다. 하지만 예상치 못한 효과가 발생했다. 그는 자신의 변한 모습을 엿보고 '성공'이 어떤 의미인지를 알아챘고, 그래서 두려워졌다.

하지만 장교들은 로렌스의 간청을 묵살한다. 그들은 로렌스처럼 오만한 사내를 어떻게 설득해야 하는지 잘 안다. 그의 허술한 통제 이론을 보강해주기만 하면 된다. 그들은 로렌스에게 사막에서 초인적인 공을 세웠다고 치하하면서 그가 훈장을 받도록 추천하며 그를 뛰어난 군인이라고 추켜세운다. 그는 **비범하다.** 그리고 로렌스의 특유의 결함으로 인해 그들의 조종이 먹혀든다. 로렌스는 더 자만심 강하고 더 반항적인 사람이 되어 사막으로 돌아가 터키군 열차를 공격하는 작전을 이끌고, 아랍군은 결국 열차를 성공적으로 약탈하고 로렌스를 살아 있는 신으로 추앙한다. "로렌스! 로렌스! 로렌스!"

그 결과 로렌스의 결함은 더 심각해지고 그는 갈수록 부하들에게 불가능한 일을 요구하는데, 심지어 "전우들이여, 누가 나와 함께 물 위를 걷겠는가?"라고 묻는다. 족장 알리가 그에게 터무니없는 짓이라고 항의하자 그가 이렇게 받아친다. "내가 저들에게 요구한 일은 모두 이루어졌습니다. (…) 내가 그냥 아무나인 것 같습니까, 알리? 그래요?"

이제 로렌스는 자만심과 반항심을 넘어서 마술적 힘을 가진 사람처럼 행동하고, 족장 알리가 긴장한 채로 옆에서 지켜보는 동안 터키군 속으로 유유히 걸어 들어간다. 심지어 물웅덩이를 철벅거리며 눈부시게 하얀 피부에도 자기가 보이지 않을 거라고 확신하기까지 한다. 알리는 씩씩거리며 그에게 말한다. "저들이 당신을 어떻게 보고 있는지 안 보여요?"

"진정해요, 알리. 난 보이지 않아요."

하지만 그는 보이지 않는 인간이 아니다. 결국 적에게 붙잡혀 끔찍한 고문을 당하고 심각한 패배를 거치고서야 결국 자신의 통제 이론이 틀렸다는 사실을 깨닫는다. 그는 자기 자신이 누구인지에 대한 가장 근본적인 신념을 착각했고 결국 파국에 이른 것이다. 기지로 돌아온 그는 다친 부위에서 피를 흘리면서 머레이 장군에게 아라비아를 떠나게 해달라는 요청을 편지에 담아 건넨다.

"무슨 이유로?" 머레이가 묻는다.

"사실 전 그냥 평범한 사람입니다."

하지만 머레이는 그를 설득할 방법을 알고 있다. "자네는 내가 아는 가장 비범한 사람이야."

"절 그냥 놔주세요." 로렌스가 간청한다. "그냥 놔주세요."

"거 참 약한 소리를 하는군."

"제가 평범하지 않은 거 압니다."

"그런 뜻이 아니잖아."

"좋습니다! 전 비범합니다. 그래서요?"

잠시 후 이 영화의 가장 상징적인 장면이 나온다. 로렌스가 아랍군을 이끌고 퇴각하는 터키군에게 가공할 만한 공격을 퍼부으며 이렇게 외친다. "몰살시켜라! 몰살시켜라!" 총알이 다 떨어지자 그는 단도를 꺼내 들고 미친 듯이 병사들을 도륙한다. 영화가 시작할 때 로렌스에게 "야만적인 살인자"라는 비난을 들었던 족장 알리가 오히려 그에게 그만하라고 간청하고, 피에 젖은 채 시체들에 둘러싸인 로렌스는 피로 물든 칼을 들고 칼날에 비친 자신의 모습을 섬뜩하게 응시한다.

이런 이야기는 우리의 인생과 같아서 의식과 무의식, 텍스트와 서브텍스트 사이에 끊임없이 대화가 오가고 두 차원 사이에 인과관계가 만들어진다. 믿기지 않고 과장된 이야기도 많지만 인간 조건에 관한 진실을 드러낸다. 우리는 우리 자신을 통제한다고 믿지만 주변 세계와 사람들에 의해 끊임없이 변형된다. 차이가 있다면 이야기와 달리 인생에서는 우리가 누구인가에 관한 극적 질문이 끝내 만족스러운 답을 얻지 못한다는 점이다.

현대적인 이야기의 특징

〈아라비아의 로렌스〉 같은 비극은 특히 분석하기 좋은 작품이다. 인물 변화의 인과관계가 서사에서 중요하게 다뤄지고 선명하게 드러나기 때문이다. 일부 이야기에서는 덜 뚜렷하게 나타날 뿐 모든 전형적인 이야기에서 크게 다르지 않게 나타난다. 이야기는 결국 결함 있는 자아가 치유의 기회를 얻는 과정에 관한 것이다. 행복한 결말인지 아닌지는 인물이 그 기회를 받아들일지 말지에 달려 있다. 인물이 치유를 선택한다면, 예를 들어 찰스 디킨스의 〈크리스마스 캐럴〉의 에비니저 스크루지나 보 골드먼Bo Goldman의 아카데미 수상작 〈여인의 향기〉의 두 주인공 찰리 심스와 프랭크 슬레이드 중령 같은 인물이라면 독자나 관객은 진심으로 그들의 선택을 응원할 것이다. 인물이 어떤 선택을 하든 작가가 우리에게 원하는 결론에는 이견이 없을 것이고 마지막 장면에 이르면 극적 질문의 답이 나온다. 그리고 우리는 이야기에서 빠져나오면서 의식 차원으로 이해 가능한 수준을 약간 넘어선 정도에서 무언가가 완성되었다는 기분 좋은 느낌을 받는다.

그러나 현대적인 이야기는 다르다. 표면의 극과 잠재의식의 변화 사이에서 같은 춤을 추면서 이야기가 구축되기는 해도 인과관계가 대개 모호하다. 인물 변화가 일어나지만 변화가 극에서 어떻게 야기되고 우리가 어떤 메시지를 얻어야 하는지가 명확하지 않다. 독자가 텍스트에 각자의 해석을 끼워 넣을 여지가 커졌다는 말이다.

프란츠 카프카의 단편 「승객The Passenger」을 보자. 이 소설에서는 의식과 잠재의식 사이에서 인과관계가 불가사의하게 넘나든다. 전차를 탄 남자가 그 자신과 현실 세계에서의 자신의 위치에 관해 불확실한 감정에 사로잡힌다. 그러다 그는 전차에서 내리려고 서 있는 여자의 추상적 신체 특징에 잠시 정신이 팔린다. 손의 위치, 코 모양, 귀 뒤의 그림자. 의식 수준의 관찰이 그의 잠재의식 깊숙이 자리 잡은 무언가를 건드리고 그는 이런 질문을 떠올린다. "왜 저 여자는 자신에게 감탄하지 않고 입을 꾹 닫은 채 아무런 놀라움도 표현하지 않는 거지?" 이처럼 동양의 기승전결 형식이 떠오르는 전개에서 독자는 어떻게 한 차원이 다른 차원으로 연결되고 어떻게 서로 조화를 이루는지 생각해야 한다.

버지니아 울프의 『댈러웨이 부인』은 의식과 잠재의식을 오가는 운동을 더 길게 추적한다. 이 소설은 클라리사 댈러웨이가 파티를 준비하고 여는 하루를 따라가면서 그녀 주위를 맴도는 인물군상을 그린다. 이야기는 1인칭 서사의 일반적인 방식, 주인공이 독자에게 말하는 방식으로 전개되지 않는다. 그보다는 클라리사 내면의 화자가 외부세계와 내면세계를 오가면서(세상에서 일어나는 외부의 사건에서 내면의 생각과 기억으로, 그러다 갑작스럽게 통찰하는 식으로) 모든 상황을 통합해서 강렬하고 그럴듯한 자아의 복합체를 만드는 것처럼 보인다.

비슷한 양식의 작품인 크누트 함순Knut Hamsun의 『굶주림』은 이름 모를 주인공이 정신적으로나 육체적으로 살아남기 위해 싸우는 한편, 작가로서 돈을 벌기 위해 고군분투하는 과정을 그리고 있다. 1890년에 출간된 이 책은 인간의 인식을 놀랍도록 통찰력 있게 탐색한다. 주인공은 자기 자신을 씁쓸하게 "보이지 않는 세력들의 전장일 뿐"이라고 말하면서 인과관계의 두 영역 사이에 가차 없이 내던진다. 매력적인 여자를 보면 겁주고 싶은 "이상한 욕망에 사로잡히고" 그 여자의 뒤에서 "우스꽝스러운 표정을" 짓는다. "나 혼자 천치 같은 짓이라고 아무리 말해 봐야 소용이 없다"고 말한다.

어느 날 아침에는 거리의 소음에 의해 괜히 들뜬다. "나는 거인처럼 힘이 세져서 어깨로 마차를 일으켜 세울 수 있을 것 같았다. (…) 나는 순전히 즐거움을 위해 아무런 이유도 없이 흥얼거리기 시작했다." 절박한 처지에 놓인 그는 다 해진 이불을 전당포에 맡기려다가 전당포 주인에게 쫓겨나는 수모를 당하고, 다시 이불을 들고 집으로 돌아와서 이렇게 말한다. "아무 일도 없던 것처럼 이불을 다시 침대에 펼쳐놓고 평소처럼 주름을 펴고 나의 행동의

흔적을 말끔히 지워내려 했다. 내가 그런 추잡한 짓을 하려고 했을 때는 제정신이 아니었을 것이다. 그 일을 생각할수록 비이성적으로 느껴졌다. 내 안의 깊숙한 곳에서 어떤 기운이 제 기능을 발휘하지 못해서 잠시 방심한 것 같다."

과학이 따라잡기 몇 세대 전에 함순은 이미 우리가 얼마나 다면적이고 작화적으로 살얼음판 같은 정신 위를 걷고 있는지를, 우리 모두가 잠재의식의 보이지 않는 힘이 서로 싸우는 전쟁터라는 사실을 보여줬다.

원하는 것과 진짜 필요한 것

한 인물이 의식 차원에서 어떤 것을 **원하지만** 잠재의식 차원에서는 전혀 다른 것을 **필요로 하는** 것은 특이한 일이 아니다. 시나리오 작가이자 스토리텔링 이론가 로버트 맥키Robert McKee는 이렇게 말한다. "가장 인상적이고 매력적인 인물은 의식 차원의 욕망만이 아니라 잠재의식 차원의 욕망도 갖는다. 이런 복합적인 인물은 잠재의식 차원의 욕구를 알아채지 못하지만, 독자나 관객은 알아채고 인물의 내적 모순을 지각한다. 다차원적인 주인공에게는 의식 차원의 욕망과 잠재의식 차원의 욕망이 모순된다. 주인공이 원한다고 믿는 것은 실제로 잠재의식에서 욕망하는 것과 반대다."[1]

아카데미 영화상을 수상한 앨런 볼Alan Ball의 시나리오 〈아메리칸 뷰티〉는 바로 이런 인물에 집중한다. 마흔두 살의 레스터 번햄은 직장상사와 딸, 그리고 특히 그를 무시하면서 외도까지 하는 아내에게 시달린다. 비참하게 현실의 덫에 걸린 채로 중년의 위기를 겪으면서 다시 행복해지려면 젊어지고 철없이 살아야 한다고 생각한다. 스포츠카를 사고 차고에서 운동을 시작하고 드라이브스루 햄버거 가게에서 아르바이트를 하며 마리화나를 피우고, 상사와 아내에게 대항한다. 표면의 플롯은 주로 레스터가 세상 물정에 밝고 성숙해 보이는 딸의 친구 안젤라와 한 번 자보려고 애쓰는 블랙 유머스러운 행동으로 채워진다.

마침내 그가 원하던 기회가 왔지만 얕고 단기적인 의식 차원의 욕망과 깊은 잠재의식 차원의 욕망이 충돌한다. 그의 아래에 반라로 누워 있는 안젤라가 자기는 보기보다 경험이 많지 않다고 고백한 것이다. "저 처음이에요"라면서.

"농담이지?"라고 묻던 레스터는 그대로 무너지면서 더 나가지 않는다. 안젤라는 그의 태도에 상처받지만 그는 안젤라를 담요로 감싸주고 그녀가 우는 동안 안아준다. 책임감 있는 어른이 된 것이다.

레스터는 다시 젊어지기를 **원했지만** 사실 그에게 **필요한** 것은 성숙해지고 어른으로서 진실로 강해지는 것이었다. 이처럼 감동적이고 통찰력 있는 장면에서 그의 더 나은 자아가 잠재의식에서 끓어오르는 사이, 우리는 극적 질문의 답이 갑자기 뒤집힌 것을 알아챈다.

이 장면이 더 강렬한 이유는 우리가 아는 레스터라는 인물에게 일어난 변화를 그려서만이 아니다. 여기에서는 안젤라의 새로운 면도 나오기 때문이다. 모든 좋은 이야기에서는 주요 인물이 다른 인물들과 부딪히면서 조금씩 변화한다. 인물들은 충돌하고 서로를 튕겨내고, 결국에는 새롭고 변형된 방식으로 다시 충돌하고 다시 튕겨내고 다시 만나는 식으로 플롯 전체에서 우아하고 인상적인 변화의 춤을 춘다.

대화의 기술

이야기 속 시간은 압축된 시간이다. 영화에서는 생애 전체를 약 90분 안에 전달하면서도 어느 정도 완결된 느낌을 준다. 이때 흥미로운 대화의 비결은 압축에 있다. 인물이 쓰는 단어는 진실하게 들리면서도 의미를 가득 담고 있어야 한다. 그래야 독자의 뇌에서 인물에 관한 모형이 생성되도록 풍부한 자료를 제공할 수 있다. 대사에 심오한 진실이 가득 담겨 있어야 독자나 관객이 대사에서 진실을 깊이 흡수하고 고도로 사회적인 뇌를 작동시켜 인물의 마음 모형을 신속히 구현할 수 있다.

영화사상 가장 유명한 대사들이 강렬하게 남은 이유는 전체 이야기를 단 몇 마디에 응축한 것처럼 서사의 정보가 밀도 있게 담겨 있기 때문이다.

"난 아침의 네이팜탄 냄새가 좋아."

— 〈지옥의 묵시록〉, 프랜시스 포드 코폴라, 존 밀리어스, 마이클 헤르

"널 끊는 법을 알았으면 좋겠어."

— 〈브로크백 마운틴〉, 래리 맥머트리, 다이애나 오새너, 원작 - 애니 프루

"악마의 가장 성공적인 속임수는 악마가 존재하지 않는다고 세상이 믿게 한 겁니다."

— 〈유주얼 서스펙트〉, 크리스토퍼 맥쿼리

"난 그저 한 남자 앞에서 사랑해달라고 말하는 여자일 뿐이에요."

— 〈노팅힐〉, 리처드 커티스

"이건 11로 가요."

— 〈이것이 스파이널 탭이다〉, 로브 라이너, 크리스토포 게스트, 마이클 맥킨, 해리 쉬어러

"분통 터져서 더는 못 참겠어."
— 〈네트워크〉, 패디 체이예프스키

"난 커요! 작아지는 건 사진이죠."
— 〈선셋 대로〉, 빌리 와일더, 찰스 브래컷, D. M. 마슈먼주니어

"더 큰 배가 필요할 것 같군요."
— 〈죠스〉, 피터 벤츨리, 칼 고티렙

스토리텔링의 모든 원칙이 대화의 기술로 통합된다. 대화는 변화무쌍해야 하고 무언가를 원해야 하며, 인물의 개성과 관점을 풍부하게 담아야 하고 의식과 잠재의식 두 차원 모두에서 작동해야 한다. 대화는 우리가 인물에 관해 알아야 할 모든 정보에 대한 단서를 제공할 수 있다. 인물이 누구이고, 무엇을 원하고, 어디로 가고, 어디에 있었는지 말해준다. 그리고 인물의 사회적 배경, 개성, 가치관, 지위에 대한 감각, 진정한 자아와 겉으로 드러난 거짓 사이의 긴장, 다른 인물들과의 관계, 서사를 전개시키는 은밀한 고뇌를 알려준다.

롭 브라이든Rob Brydon과 휴고 블릭Hugo Blick의 TV 시리즈 〈매리언과 제프Marion and Geoff〉의 도입부의 독백을 들어보자. 83초 동안 택시기사 키스 배럿에 관해 얼마나 많이 알 수 있는가?

174

키스 : (운전석에 앉으며) 좋은 아침, 좋은 아침! 새로운 날이 시작됐으니 돈 벌러 나가야죠. (소형 무전기에 대고) 첫 손님이요? (백색소음, 어깨를 으쓱인다.) 일단 돌아볼게요. 왜 그런 날 있잖아요. 그냥 느긋하게 시작하는 날이요.

[컷, 키스가 운전하는 장면]

키스 : 저런 과속방지턱이 좋은 아이디어긴 한데 여간 골칫거리가 아니에요. 아뇨, 반대한다는 말은 아니에요. 절대 그런 건 아니에요. 저걸로 사람 목숨을 구할 수만 있다면야… 비용 면에서는 썩 효율적이지 않지만요.

[컷]

키스 : 애들이 제프를 아버지로 생각하는 것 같진 않아요. 정말 그래요. 그냥 아저씨로 알아요. 특별한 아저씨. 새로운 아저씨. 전 그 친구를 좋아해요. 사람이 좋은 데는 이유가 없잖아요. 그 친구한테 말한 적도 있어요. "아내를 잃고, 친구를 얻은 것 같아." 매리언이 절 떠나지 않았다면 제프를 만나지도 못했겠죠. 절대로. 우린 각자 다른 세계에 사니까요. 그 친구는 제약회사에 있고 저는 차 안에 있어요. 말 그대로 차 안이요. 제프

한테 악감정은 없어요. 악감정은 없어요.

마찬가지로 아서 밀러의 〈세일즈맨의 죽음〉에 나오는 나이 든 세일즈맨 윌리 로먼과 그의 아내 린다 사이의 짧은 대화에서는 또 얼마나 많은 정보를 얻을 수 있는가?

> 윌리 : 와그너 회장님이 살아 계셨다면 난 지금쯤 뉴욕 책임
> 자가 됐겠지! 귀족 같고 거물다운 분이셨지. 그런데 그
> 아들 하워드 사장은 뭘 몰라. 내가 처음 북쪽으로 올라
> 갔을 때 와그너 상사는 뉴잉글랜드가 어디 붙어 있는
> 지도 몰랐다고!
> 린다 : 사장한테 가서 이런 얘기를 해보지 그래요?
> 윌리 : (용기가 나서) 그럴 거야. 그래야겠어. 치즈는 없나?

극적 질문은 어디에서 오는가

우리가 인생의 플롯에 따라 살아가는 사이 우리 자신의 제멋대로이고 예측 불가능하고 도움이 안 되는 측면하고만 싸우는 것은 아니다. 한편으로는 내면 깊숙이 도사리는 강렬한 욕구를 다스리느라 애쓴다. 이런 욕구는 진화의 산물이다. 따라서 이런 욕구를 밝혀내려면 수만 년의 시간을 거슬러 올라가서 우리가 스토리텔

링의 동물이 된 시기로 돌아가야 한다. 그러면 이야기에 관한 원시적이지만 중요한 교훈, 특히 극적 질문의 기원과 목적이 밝혀질 것이다.

영화와 소설이 재미있는 (긴장되고 충격적이고 조마조마하고 흥분되고 짜릿하고 만족스러운) 이유는 주로 이야기의 기원이 원시시대에 닿아 있기 때문이다. 우리가 경험하는 감정은 이야기의 위력 안에서는 우연한 것이 아니다. 우리는 영웅적 행위와 사악한 행위에 대한 이야기에 특정한 방식으로 반응하도록 진화했다. 그래야 생존에 결정적으로 도움이 됐을 것이고, 그것은 부족 단위의 수렵채집 시대에는 특히 더 중요했을 것이다.

우리는 인류가 지구상에 존재한 시간의 95퍼센트 이상 부족의 삶을 살았고, 오늘날에도 우리의 신경 구조 대부분은 이런 부족 시대로부터 진화해왔다.[1] 21세기의 속도와 정보와 하이테크놀로지 속에서도 우리는 여전히 석기시대의 뇌를 가지고 살아간다.[2] 문화의 영향이 막강하다고는 해도 이렇게 뿌리 깊은 원시의 힘을 제거하거나 변형할 수는 없고 조절하는 정도만 가능하다. 우리가 어디에서 태어났든, 동쪽이든 서쪽이든 북쪽이든 남쪽이든 우리의 잠재의식에는 인류가 발생해 진화한 시기로부터 불어온 바람이 도덕규범에서부터 가구 배치에 이르기까지 현대의 삶 거의 모든 부분에 와 닿는다. 한 연구에서는 사람들이 침대를 들여놓을 때 방문에서 가능한 한 멀리, 하지만 문이 잘 보이는 자리에 놓기를 원하는 것으로 나타났다. 아직도 동굴 속에서 밤에 들이닥칠

천적을 경계하는 것처럼 말이다.[3] 또 우리 몸의 반사 반응은 대초원에서 어슬렁거리던 시절에 맞춰져 있다.[4] 예를 들어 누가 몰래 와서 깜짝 놀라게 할 때 우리 몸은 자동적으로 맹수의 공격을 받은 것처럼 반응한다. 세계 어디에 살든 사람들은 탁 트인 공간과 잔디밭을 선호하고, 인류가 진화해온 환경에 있던 나무와 비슷한 모양과 높이, 비슷하게 우거진 형태의 나무를 좋아한다.[5] 석기시대의 가치관도 이야기에 여전히 강력하게 남아 있다.

스토리텔링 뇌의 힘을 보여주는 증거로 심리학자들은 인간의 언어가 애초에 서로 이야기를 주고받기 위해 진화한 것이라고 주장한다.[6] 꽤 설득력이 있는 주장이다. 인간의 부족은 규모가 크고[7] 주로 약 150명 단위로 넓은 영역을 차지하며[8] 다섯 가족에서 열 가족 정도가 군집을 이루어 일상을 공유하면서 살았다. 부족이 제 기능을 하려면 구성원들이 서로 협력해야 했다. 함께 나누고 서로 돕고 함께 노동하면서 개인의 욕구보다 사람들의 욕구를 먼저 챙겨야 했다. 하지만 여기에 문제가 숨어 있다. 인간이 어차피 **사람들**이라는 것이다. 하지만 이렇게 파국적으로 보이는 설계상의 결함에도 불구하고 원시 부족은 훌륭하게 협력하면서 수만 년 동안 살아남았고 일부는 지금까지도 존재한다. 게다가 원시 부족이 현대 사회보다 훨씬 더 평등했던 것으로 보인다. 어떻게 된 걸까? 어떻게 경찰력이나 사법기관이나 성문법 없이도 인간의 이기적인 행동을 훌륭하게 통제할 수 있었던 것일까?

가장 원시적이고 가장 선동적인 스토리텔링 양식, 곧 소문을 통해 가능했을 것으로 짐작한다. 사람들은 남들을 끊임없이 감시하며 그들의 행동에 긴밀하게 점수를 매긴다. 집단의 규율을 지키고 집단의 이해를 우선하는 사람에 관한 소문이라면 듣는 사람이 긍정적인 감정을 체험하고 그 사람을 칭송하고 싶어진다. 반대로 이기적이고 집단 규율을 어기는 사람에 관한 소문이라면 듣는 사람이 도덕적 분노를 경험한다. 그리고 행동하고 싶어진다. 그 사람에게 수모를 주든 폭력을 가하든, 그 사람을 조롱하든 집단에서 추방하든 심지어 사형에 처하든, 어떤 식으로든 그를 처벌하고 싶어진다.

이런 식으로 이야기를 통해 부족이 원활하게 돌아가면서 협력적인 단위를 유지했을 것이다. 이야기는 우리의 생존에 중요했다. 우리의 뇌는 지금도 여전히 이런 식으로 작동한다. 소문은 인간의 보편적인 행동이고[9] 우리가 나누는 대화의 약 3분의 2가 사회적인 주제에 관한 것이다. 심리학자 수전 엔젤Susan Engel 교수는 소설가 트루먼 카포티가 그녀의 집에 놀러와서 그녀의 어머니와 함께 맛있는 벨루가 캐비어와 더 맛있는 소문으로 차려진 점심을 먹던 유년의 기억을 간직하고 있다. ("네 살부터 십대까지 나는 식탁 근처 소파를 떠나지 않았다. 음식이 먹고 싶어서가 아니라 트루먼과 어머니가 점심을 먹으며 나누던 이웃과 친구들에 관한 소문과 이야기를 하나라도 놓치고 싶지 않아서였다.")[10] 엔젤은 청소년들 사이에 자연스럽게 나타나는 소문에 관해 연구하고 4세 아동도 일상적으로 부모의 대화를 듣고 가족사에 관한 정보를 얻는다는 사실을 발견했다.[11] "4세 아이들도 초보적인 형태로 직접 소문을 퍼트리기 시작한다."

아이들의 소문은 '남의 행동'에 집착한다는 점에서 원시 부족의 소문과 닮았다.[12] 열 살짜리 아이가 연구자들에게 같은 반 친구에 관해 이야기했다. "(선생님이) 말씀하실 때 그러면 안 되는데 그 애는 책상에서 연필을 깎아요. 또 책을 읽으면 안 될 때 그 애는 그냥 책을 무릎에 펼쳐놓고 고개를 숙이고 있어요." 이런 반항적인 행동으로 그 소년은 "책벌레"라는 조롱 섞인 별명을 얻었다.

소문은 우리에게 다른 사람들에 관해 알려주고 그들이 실제로 어떤 사람인지 알려주기 위해 존재한다. 대부분 도덕규범을 위반한 내용, 집단의 규율을 깨는 사람들에 관한 이야기다.[13] 그리고 이런 이야기는 사람들의 도덕적 분노를 자극해서 소문 속 인물을 공격하든 방어하든지 간에 어떤 식으로든 행동하게 만듦으로써 집단에 우호적인 행동을 유지한다. 우리가 좋은 책이나 영화를 즐기는 이유는 책이나 영화에서 이런 원시적인 사회 정서를 자극하고 이용하기 때문이다. 심리학자 브라이언 보이드Brian Boyd 교수는 "이야기는 사회 감시에 대한 강렬한 관심에서 나온다"고 말한다.[14] 이야기는 "우리가 사회 정보에 주목하게 만들고" 소문이나 시나리오나 책의 형태로 "자연스럽게 감시하는 행동의 과장된 형태"를 보여준다. 어떤 인물이 이타적으로 행동하고 집단의 요구를 자신의 요구에 앞세운다면 우리는 그 인물이 집단에서 영웅으로 대접받고 환영받는 장면을 보고 싶은 강렬한 원시적 갈망을 느낀다. 또 어떤 인물이 이기적으로 행동하면서 자신의 요구를 집단의 요구에 앞세운다면 우리는 그가 벌받는 장면을 보고 싶은 무서운 욕망에 휩싸인다. 이야기 속에 직접 뛰어들어 악당의 목을 조를 수는 없으므로 행동하고 싶은 원시적 충동에 이끌려 원시 부족 시대의 욕구가 충족될 때까지 계속 책장을 넘기거나 화면에 집중하는 것이다.

우리는 본래 이타적 행동을 영웅적이라고 여기고 이기적 행동을 악하다고 여기도록 타고났다. 세계 각지에서 60개 집단의 윤리를 분석한 민족지학民族誌學 연구에서는 모든 집단이 다음과 같은 규칙을 공유하는 것으로 나타났다.[15] 호의에 보답하기, 용감하기, 자기 집단을 도와주기, 권위를 존중하기, 가족을 사랑하기, 도둑질하지 않기, 공정하기. 이것은 모두 '이기적인 마음으로 자신의 이익을 부족의 이익에 앞세우지 않는다'라는 규칙의 다양한 변주다.

아직 말도 배우지 못한 아기도 이타적 행동을 좋게 받아들이는 것으로 보인다.[16] 연구자들이 6개월에서 10개월 된 아기에게 주인공인 사각형이 언덕을 오르는 공을 도와주는 데 반해 악역인 삼각형이 공을 끌어내리려 하는 단순한 인형극을 보여주었다. 나중에 가지고 놀 인형을 주자 거의 모든 아기가 이타적인 사각형을 선택했다. 심리학자 폴 블룸Paul Bloom 교수는 "아기의 입장에서는 진실한 사회적 판단이었다"고 말했다.[17]

이타심-이기심의 도덕적 축이 보편적으로 나타난다는 증거는 이야기에서 더 많이 발견할 수 있다. 학자들은 신화와 허구에서도 유사한 양상을 찾아냈다. 조지프 캠벨의 설명에 따르면 영웅의 궁극적인 시험은 "이타적으로 자기를 희생해서 고결한 목적을 추구하는 것이고 (…) 먼저 자기를 생각하고 자기를 지키려는 마음을 끊을 때 진정으로 영웅적인 의식의 변형이 일어난다."[18] 한편 이야기 이론가 크리스토퍼 부커Christopher Booker는 이렇게 말했다. "이야기에서 '어두운 힘'은 자아의 힘을 의미한다. (…) (그리고) 이 힘은 막강하고 세상의 누군가를 희생해서 오로지 자신의 이익을 추구하는 데만 관심이 있다."[19]

이런 원시적인 정서 반응이 우리의 신경망에 남아 있다. 주변에서 부족 시대의 부당성과 유사한 형태의 무언가가 감지되기만 하면 그에 따른 정서 반응이 일어나는 것도 그 때문이다. 따라서 작가는 다양한 방법으로 이런 반응을 건드릴 수 있는데 꼭 이타적인 영웅과 이기적인 악당의 구도여야만 하는 것은 아니다. 『분노의 포도』의 도입부에서 우리는 한 인간이 아니라 고결하고 근면한 조드 가족을 위험한 거리로 내몬 지독한 가뭄에 분노한다. 이 가족이 이런 처지에 놓이는 것은 **공정하지** 않다고 생각하기 때문이다. 이어서 우리는 캘리포니아로 이주해서 힘겹게 살아가는 그들을 응원하고 이 가족의 안전이라는 마땅한 정의를 갈망한다.

버지니아 울프는 『댈러웨이 부인』에서 우리의 이런 본능을 섬세하게 이용한다. 클라리사는 '사랑의 질문'을 고민하던 중 예전에 친구 샐리 섹튼이 바닥에 앉아 팔로 무릎을 감싸고 담배를 피우던 기억을 떠올리며 "어쨌든 그건 사랑이 아니었을까?"라고 자문한다. 이 대목에서 우리의 사회적 정서가 요동친다. 소문의 무시할 수 없는 특질이 담겨 있다. 클라리사 댈러웨이에 관한 흥미로운 새로운 전개가 나오는 것이다. 오래전 두 사람의 키스가 "평생 가장 강렬한 순간이었고 (…) 세상이 뒤집히는 것 같았다!"는 말에서 우리는 이들의 사랑이 제대로 표현되지 못했다는 데 가벼운 분노를 느낀다. 부당하다! 이제 우리는 자세를 고쳐 앉고 관심을 기울인다.

이보다는 덜 섬세한 사례로, 라스 폰 트리에 감독의 〈어둠 속의 댄서〉는 이런 부족 시대의 본능을 가차 없이 두드린다. 이 영화는 경찰관 집 앞마당의 카라반에서 아들과 단둘이 사는 가난한 체코 이민자 셀마 제스코바의 이야기다. 셀마는 퇴행성 눈 질환을 앓고 있고 결국에는 시력을 완전히 상실할 것이다. 아들 진도 같은 유전병을 앓고 있으며 열세 살이 되기 전에 수술해주지 않으면 아들도 시력을 잃을 것이다. 셀마는 아들의 수술비를 마련하기 위해 시력을 잃고 있다는 사실을 숨긴 채 철강공장에서 험한 일을 해서 번 돈을 차곡차곡 모은다. 그러나 더는 장애를 숨기기 힘들 만큼 상태가 심각해져서 사고로 기계를 고장 내고 공장에서 해고당한다. 다행히 진의 수술비를 댈 만큼은 돈이 모였다. 하지만 셀마로부터 그런 사정을 들은 경찰관이 그 돈을 훔친다.

나는 〈어둠 속의 댄서〉에서 이기심과 이타심의 대립이 날것 그대로, 극단적으로 표현되는 장면을 보면서 원시적인 인간의 감정에 사로잡혀 당장 화면 속으로 뛰어 들어가 그 경찰을 죽도록 패주고 싶었다. 간절히 그를 처벌하고 싶은 마음이 든 것은 다시 말하지만 우연이 아니다. 우리의 스토리텔링 뇌는 친사회적 행동의 가치를 매기듯이 반사회적인 인물이 고통스럽게 처벌받는 꼴을 보고 싶어 한다. 이런 어두운 본능은 아이들에게도 나타나는데, 심리학자들이 아이들에게 인형극을 보여주고 아이들의 반응을 살펴봤다.[20] 인형극에는 우선 상자를 열려고 시도하는 악한 도둑 인형이 나온다. 그리고 두 번째 인형이 악당을 도와주는 동안 세 번째 인형(처벌자)이 상자에 뛰어 올라가 상자 덮개를 쾅 닫아 버린다. 8개월 된 아기도 함께 가지고 놀 인형으로 세 번째의 처벌자 인형을 골랐다. 뇌 스캔 연구에서는 이기적인 사람이 벌을 받을 거라고 **기대**하기만 해도 쾌락을 느끼는 것으로 나타났다.[21]

이처럼 부족의 악당에 대한 '이타적인 처벌'은 '값비싼 신호 costly signaling'라는 형식으로 일어난다.[22] '값비싼'이라고 표현한 이유는 처벌을 수행하기 어렵고 속이기도 어렵기 때문이고, '신호'라고 하는 이유는 처벌의 목적이 부족의 다른 구성원들이 악당을 생각하는 방식에 영향을 미치는 데 있기 때문이다. 영문학자 윌리엄 플레시William Flesch 교수는 이렇게 말한다. "서사에서 영웅은 무고한 사람들을 보호하면서 대가를 치르고 배반자들을 처벌한다. 대가가 크기 때문에, 또 대가를 치르는 것이 영웅적인 행동이기 때문에 이타적인 처벌은 영웅의 공통된 특징이다."[23] 전형적인 이야기에서 영웅은 이타적이고 값비싼 신호를 보내는 사람이다. 개인적으로 막대한 위험을 무릅쓰고 용을 죽이고 죽음의 별을 폭파하고 나치로부터 유대인들을 구한다. 영웅은 우리의 도덕적 분노를 충족시켜주며 도덕적 분노는 스토리텔링의 원시적인 혈액과도 같다.

가장 성공적인 이야기에서는 초반에 도덕적 분노를 자극한다. 이타적 인물이 이기적인 사람처럼 취급당하는 장면은 여전히 부족성을 지닌 우리의 뇌에 마법을 거는 약과 같고 우리는 어쩔 수 없이 관심을 갖게 된다.

여기에서 왜 영화와 소설과 기사와 희곡의 근본적인 동력이 극적 질문인지 드러난다. 우리가 매료된 주인공이 아라비아의 로렌스든 소문에 등장하는 무례한 아버지든, 우리는 궁극적으로 극적 질문의 답을 알고 싶어 한다. 그는 과연 누구인가? 진화의 역사를 거슬러 올라가는 기나긴 여정의 끝에 우리를 기다리는 것은 뜻밖에도 모든 이야기가 소문이라는 사실이다.

지위 게임

도덕적 분노만이 스토리텔링의 즐거움을 더하는 원시적 사회 정서가 아니다. 진화심리학에서는 우리가 두 가지 욕망을 가지고 태어난다고 주장한다.[1] 한 가지는 사람들과 **잘 어울려서** 그들이 우리를 좋아하고 이기적이지 않은 부족민으로 여기게 만들려는 욕망이고, 다른 한 가지는 사람들을 **앞질러서** 우리가 최고가 되고자 하는 욕망이다. 인간은 소통하고 지배하고 싶어 한다. 두 가지 욕망은 양립하지 않을 때가 많다. 사람들과 잘 어울리면서 동시에 사람들을 앞지르고 싶은 마음은 부정직과 위선과 배신과 마키아벨리적 묘책처럼 들린다. 이런 두 가지 욕망의 갈등이 인간 조건과 우리가 인간 조건에 관해 들려주는 이야기의 중심에 있다.

출세란 지위를 얻는 것으로, 인간의 보편적 갈망이다.[2] 심리학자 브라이언 보이드 교수는 이렇게 말한다. "인간은 자연스럽게 광포한 행동으로 지위를 추구한다. 말하자면 누구나 무의식적이긴 하지만 가차 없이 동료에게 강렬한 인상을 남겨서 자신의 지위를 높이려고 하고, 또 남들도 무의식중에 그들의 지위로 평가한다."[3] 연구자들은 사람들의 "주관적인 안녕감과 자존감과 정신적, 신체적 건강은 남들에게 부여받는 지위에 달린 듯하다"라고 밝혔다.[4] 사람들은 자신의 지위를 유지하기 위해 '폭넓은 목표 지향적 활동'에 참여한다. 다시 말해서 삶의 지극히 고상한 플롯과 활동의 기저에는 지위를 향한 충족되지 않는 갈증이 있다.

인간은 자기와 타인의 지위에 집착에 가까운 관심을 보이는데, 현재까지 남아 있는 수렵채집 부족의 소문을 조사한 연구에 따르면 대도시와 국가의 신문 지면을 가득 채우는 이야기와 다르지 않게 이들 원시 부족에서도 지위가 높은 사람들의 도덕적 위반 행위에 관한 이야기가 지배적이었던 것으로 나타났다.[5] 사실 이런 주제에 대한 우리의 집착은 동물적 과거로 뿌리로 깊이 뻗어 있다. 귀뚜라미조차 경쟁자에 대한 승리와 패배를 기록한다.[6] 새의 의사소통에 관한 연구에서는 큰까마귀가 이웃 까마귀들의 소문을 가만히 들을 뿐 아니라 다른 새의 지위가 뒤집힌 이야기가 나올 때 특히 더 관심을 기울인다고 밝혔다.[7]

많은 동물이 지위에 집착하지만 인간이 특히 관심을 보이는 이유는 인간의 계층이 고정되지 않고 유동적이기 때문일 것이다. 보노보와 함께 인간의 가장 가까운 사촌인 침팬지도 우리와 비슷하다. 따라서 우리가 침팬지와 공유하는 습관은 500만 년에서 700만 년 전에 같은 조상에서 갈라져 나오면서 물려받은 것일 수도 있다. 침팬지의 우두머리 수컷은 수명이 최대 약 4년에서 5년이다.[8] 지위가 생존에 중요하고(침팬지와 인간이 누리는 혜택으로는 양질의 음식과 더 많은 짝짓기 기회와 더 안전한 수면 환경이 있다)[9] 모두의 지위가 항상 유동적이므로 누구나 거의 끊임없이 지위에 집착한다. 지위의 유동성이야말로 인간 드라마의 피와 살이다. 충성과 배신, 야망과 절망, 사랑의 획득과 상실, 책략과 음모, 협박과 암살과 전쟁의 서사가 모두 여기에서 시작된다.

침팬지의 정치는 인간의 정치처럼 음모와 동맹으로 점철된다. 다른 동물들과 달리 이 동물은 단지 싸우고 물어뜯으면서 최고의 자리에 오르기만 하는 것이 아니라 연합을 하기도 하며, 최고의 지위에 오르는 과정에서 정치 공작을 펼치기도 한다. 지위가 낮은 침팬지들을 후려치기만 하면 반란과 혁명이 발발할 위험이 있다. 영장류 동물학자 프란스 드 봐알Frans de Waal 교수는 이렇게 설명했다. "침팬지는 약자를 중심으로 결집하는 성향으로 인해 태생적으로 계층 구조가 불안정하므로 여느 원숭이 집단에 비해 최고 권력자의 지위가 위태롭다."[10] 우두머리가 왕좌에서 끌려 내려오는 경우는 대개 낮은 지위의 수컷 일당이 음모를 꾸민 결과다.

이런 지위 게임의 양상이 인간의 삶과 이야기에도 자주 등장한다. 이야기 이론가 크리스토퍼 부커는 '표준 이하의' 낮은 계급의 인물들이 결탁하여 타락한 지배 권력을 무너뜨리는 전형적인 서사 양식에 관해 이렇게 말한다.[11] "핵심은 상위 세계의 무질서가 하위 세계의 결정적인 활동 없이는 바로잡히지 않는다는 점이다. 하위 차원에서 삶이 재건되어 상위 세계로 다시 올라간다." 인간 세계에서 영웅이 되기 위한 필수 특질에는 침팬지가 지배자로 올라가는 데 필요한 특질이 똑같이 반영된다. 전형적인 이야기라면 행복한 결말에서 "영웅은 네 가지 가치, 곧 힘과 질서와 감정과 이해를 완벽히 갖추어야 한다."[12] 이런 특질의 조합은 침팬지의 우두머리 수컷에게도 필요하다. 우두머리 수컷이 최고의 자리를 지키려면 직접적인 지배와 사다리의 아래층에 있는 침팬지들을 보호하려는 의지(혹은 적어도 그런 시늉)가 균형을 이루어야 한다.

하지만 주인공이 이야기의 마지막에 영웅적 행위의 네 가지 가치를 깨닫고 부족에서 최고의 지위에 오른다고 해도, 이야기가 시작할 때는 다른 모습으로 등장한다. 주인공은 처음에는 주로 계층의 아래쪽에 있다. 연약하고 주저하면서 골리앗의 그림자 속에서 떨고 있다. 우리의 사촌인 침팬지가 그렇듯이 우리가 이런 약자들에게 공감하는 것은 자연스러운 현상이다. 영웅 만들기의 공통된 속성은 모든 사람이 이런 식으로 생각한다는 점이다. 그러니까 자신이 지금은 비록 낮은 지위에 있지만 사실은 훨씬 더 큰 지위에 오를 만한 기량과 성품을 지녔다고 생각한다. 바로 이런 이유에서 우리는 이야기의 도입부에서 약자인 영웅을 쉽게 알아보고 그들이 마침내 정당한 보상을 거머쥘 때 갈채를 보낸다. 그들이 바로 **우리**이기 때문이다.

이렇게 보면 실제로는 어느 정도의 특권을 누리든 누구나 자신이 부당하게 마땅한 지위를 누리지 못한다고 느끼는 이상한 현상이 설명된다. 전기 작가 톰 바우어Tom Bower는 찰스 왕세자가 항상 불만이 가득한 인물이고 억만장자들과 어울려도 불만이 해소되지 않는 것 같다고 적었다.[13] "최근에 찰스 왕세자는 버킹엄셔에 있는 로스차일드 경의 와데스던 저택에서 식후연설을 하면서 만찬 주최자가 자기보다 정원사를 더 많이 두고 있다고, 15명 대 9명이라고 불평했다." 우리가 실제로 어떤 사람이든 우리의 영웅 만들기 뇌에서 우리는 언제나 불쌍한 올리버 트위스트다. 고결하고 배고프고 부당하게 지위를 빼앗기고 당당히 밥그릇을 내미는 사람. "신사 나리, 더 주세요"라고 말하는 사람.

우리 자신이 사랑스러운 올리버 트위스트와 비슷하다고 느끼는 만큼 우리는 본능적으로 우리를 둘러싼 냉정하고 지위 높은

'범블' 씨들을 혐오한다. 실제로 분노할 대상이 아니라고 해도 구빈원의 거만한 관리인 범블 씨에 대해 느끼는 것처럼 우리는 자연스럽게 그들을 싫어한다. 참가자들에게 다른 사람의 부와 인기와 아름다운 외모와 뛰어난 능력에 관해 읽게 하고 뇌를 스캔하자 통증을 지각하는 영역이 활성화되는 것으로 나타났다.[14] 반면에 누군가가 불행에 처한 이야기를 읽히자 뇌의 보상중추가 활성화됐다.[15]

중국의 심천대학교의 연구자들도 유사한 결과를 얻었다.[16] 참가자 22명에게 단순한 컴퓨터게임을 시킨 후 (거짓으로) 그들이 '별 두 개짜리 플레이어'라고 알려주고, 그런 다음 뇌를 스캔하면서 '별 한 개'와 '별 세 개' 플레이어들이 고통스러워 보이는 안면 주사를 맞는 사진을 보여줬다. 이후 실험 참가자들은 주사를 맞은 모두에게 공감했다고 답했지만 뇌 스캔 결과에는 그렇지 않은 것으로 나타났다. 오직 지위가 낮은 '별 한 개' 플레이어에게만 공감했다.

소규모 연구지만 다른 여러 연구 결과와 일치한다. 신경과학이 아니어도 우리는 지위가 높은 사람들에게 공감하기 어렵다고 말할 수 있다. 믿기지는 않지만 정치인과 유명인과 CEO와 찰스 왕세자가 사실은 우리와 별반 다르지 않은 인간이라는 걸 깨달을 때 그들을 지나칠 정도로 편하게 여기고 조롱하고 놀려댄다.

지위 게임은 도덕적 분노처럼 인간의 스토리텔링에 스며든다. 효과적인 이야기는 지위 이동 양식에 의존해서 사람들의 원시적인 정서를 쥐어짜내고 관심을 사로잡고 증오를 끌어내거나 공감을 얻어낸다. 19세기와 20세기 초의 유명한 소설 200편 이상을 연구한 결과에 따르면, 악역의 가장 흔한 결함은 침팬지처럼 "남을 희생시키거나 권력을 남용해서 사회적으로 지배하기 위한 여정"에 나선다는 점이다.[17]

제인 오스틴은 이런 이야기의 대가였다. '예쁘고 똑똑하고 부유한' 엠마 우드하우스가 처음 등장할 때 우리는 그녀가 어떻게든 걸려 넘어지는 꼴을 보고 싶은 마음으로 계속 책장을 넘긴다. 한편 『맨스필드 파크』는 지위가 낮은 패니 프라이스의 이야기다. 패니의 어머니는 어렵사리 딸을 부유한 친척 토머스 경과 버트램 부인의 집으로 보낸다. 패니가 그 집에 들어가고 얼마 지나지 않아서 버트램 부인은 가난한 패니가 "불쌍한 퍼그*"를 "못살게 굴까 봐" 조바심내고, 토머스 경은 패니의 "엄청난 무지와 시답잖은 소견과 형편없이 천박한 태도"에 대비해 마음의 준비를 한다.

토머스 경은 또한 패니가 속으로 자신이 지위 높은 사촌들과 같은 처지인 줄 착각할까 봐 우려한다. 그는 "그들이 돌보는 딸들 사이에 적절한 차별이 생기기를 바라고, 내 **딸들**의 마음속에 그들이 누구인지에 대한 생각을 유지해주면서도 그렇다고 사촌을 너무 업신여기지 않게 해줄 방법, 그리고 그 사촌을 지나치게 기죽이지 않으면서도 그 사촌이 자기가 미스 버트램이 아니라는 사

---

* 몸이 작고, 납작한 얼굴에 주름이 많은 견종.

실을 잊지 않게 해줄 방법"을 원한다. 그는 딸들이 패니를 함부로 대하지 않기를 바라면서도 내심 이렇게 생각한다. "그 애들은 대등할 수가 없다. 지위와 재산과 권리와 기대가 영원히 다를 테니까." 우리가 패니의 입장에 서지 않았다고 해도 토머스 경의 이 말을 듣는 순간 우리는 패니가 된다. 그는 우리에 대해 말하는 것이다. 우리가 패니 프라이스다. 그리고 우리는 몹시 화가 난다.

리어 왕과 굴욕감

윌리엄 셰익스피어의 『리어 왕』은 인간이 추방당하는 것보다 더한 악몽 같은 일을 당하면 어떻게 되는지를 그린다. 셰익스피어는 한 인간이 광기에 휩싸여 절박하고 위태로워지는 데는 지위를 빼앗기는 것 만한 상황이 없다는 사실을 이해했다. 이 비극은 자만심(부적절하게 지위를 주장하는 상황)이 한 인간을 어떻게 파멸로 몰고 가는지를 보여준다. 고대 그리스인들도 반복해서 들려준 이야기이고, 침팬지 무리와 인간 부족에서도 끊임없이 일어나는 서사다. 이렇게 극적으로 지위가 뒤집히는 경험은 오래전부터 우리 존재의 일부로 굳어졌을 것이다.

『리어 왕』은 적절한 외부의 변화가 적절한 순간에 적절한 인물을 건드려서 나름의 폭발력을 지닌 극에 불을 붙이는 방식이 잘 드러난 고전이다. 이 작품의 플롯은 특히 주인공에게 가장 깊이 자리 잡은, 주인공이 가장 지키고 싶어 하는 정체성을 이루는 중요한 신념을 깨트리려 한다. 찰스 포스터 케인의 이야기처럼 『리어 왕』의 발화점과 그 이후의 인과관계는 주인공의 결함 있는 세계 모형에서 비롯된 불가피해 보이는 결과다.

모든 일은 늙은 리어 왕이 트럼펫 소리와 함께 등장해서 왕국을 세 딸에게 나눠주고 자신이 출제한 사랑의 시험을 얼마나 잘 치르는지에 따라 왕국의 전리품을 나눠주겠다고 선포하면서 시작된다. 그 시험은 아버지를 더 많이 사랑하는 딸에게 재산을 더 많이 주겠다는 뜻이었다. 머릿속 결함이 있는 현실에서 리어는 그 자신을 둘러싼 세상에서 누구도 따라올 자 없고 모두에게 사랑받고 갈등 따위는 겪지 않을 왕이다. 그는 자연히 **자신이 만들어낸 세계의 현실을 그대로 받아들인다.** 그의 신경 모형에서는 자신이 끊임없이 숭배와 존경의 대상이 될 거라고 예상한다. 이런 결함 있는 세계 모형은 그것이 완벽한 현실이고 진실이라고 느껴지게 하지만 리어가 외부 세계를 통제하는 능력에 치명적인 손상을 가하는 실수를 저지르게 만들기도 한다. 리어는 딸들이 자신을 얼마나 사랑하는지 시험하는데, 사람들을 조종하는 데 능한 두 딸 리건과 고널리가 리어 앞에서 과장되게 아첨하면서 무한한 사랑을 맹세하자 그는 아무런 의문을 품지 않는다. 왜 그러겠는가? 두 딸은 단지 리어의 머릿속 세계 모형이 예상하는 현실을 비춰줄 뿐이다. 태양이 빛나고 새들이 지저귀는 데 의문을 품을 이유가 없지 않은가?

하지만 리어가 애지중지하던 셋째 딸 코딜리어는 아버지의 시험을 거부한다. 그녀는 여느 딸들이 제 아비를 사랑하는 마음보다 더하지도 덜하지도 않을 만큼 아버지를 사랑한다고 말하는데, 이런 상황은 리어의 소중한 모형과 충돌한다. 리어는 누구든 자신의 신성한 정체성을 이루는 신념이 도전받을 때 보일 법한 반응을 내보인다. 바로 반발하는 것이다. 우선 코딜리어를 협박한다. "말투를 조금 바꿔라. 네 재산을 다 잃을 수도 있다." 코딜리어가 거부하자 리어는 코딜리어와 부녀의 연을 끊는다. "아버지로서 모든 책임을 거둬들이겠다." 코딜리어를 향해 "너는 이제 영원히 내 마음과 나에게 이방인"이 될 것이라고 말한다.

리어가 자신의 결함 있는 세계 모형을 맹신한 나머지, 새로 권력을 잡은 리건과 고널리가 음모를 꾸며서 그에게서 모든 것을 빼앗으려 할 때에도 그는 정확한 상황을 빠르게 인지하지 못한다. 그의 모형에서 나온 세계에 대한 예측이 점점 더 빗나가자 그는 모든 상황을 부정하면서 유인원처럼 분통을 터트리거나 그냥 믿지 않는 쪽을 택한다. 고널리와 그 남편이 리어가 보낸 전령을 감금한다. 리어에게는 이런 모욕적인 처사가 그야말로 믿기지 않는 상황일 수밖에 없다. 리어는 말문이 막힌 채 경악한다. "아니, 아니야, 그 애들이 그럴 리가 없어…. 절대로, 맹세해. 아니야…. 그럴 수도 없고 그럴 리가 없어. 살인보다 더한 짓이지. 왕의 전령에게 그런 폭력을 가하다니." 고널리의 하인이 리어를 "왕"이 아니라 "마님의 부친"이라고 부르자 리어는 불같이 화를 낸다. "이런 막돼먹은 자식아! 이 노예 자식아! 똥개놈아!"라고 꾸짖으면서 하인을 때린다.

마침내 외부 세계의 현실을 더는 부정할 수 없게 되자 리어의 머릿속 모형에 균열이 일어나고 그의 자아는 송두리째 무너진다. 그의 통제 이론에서는 그가 어떤 상황이나 조건을 원하면 명령만 내리면 됐지만 이제는 그 이론이 거짓이라는 것을 깨달았다. 그러나 그가 가진 통제 이론을 어리석은 생각으로 치부할 수는 없다. 그것이 그의 인식 구조 자체를 지탱해왔으며 지금까지 그가 현실로 경험해온 세계 그 자체였다. 어디에서나 그 이론이 진실이라는 증거가 보였고, 그가 반대되는 증거를 비난하고 부정한 이유는 바로 그의 뇌에서 그렇게 했기 때문이다. 이런 정교한 심리적 이해로 인해 이 작품은 진실성과 드라마를 얻는다. 결함 있는 생각은 몸에 맞지 않는 바지처럼 그냥 벗어던질 수는 없다. '현실'이 잘못됐다고 확신하기까지는 명확한 증거가 필요하다. 우리가 결국 무슨 일이 벌어지는지 깨닫고 우리의 신념을 깨트리는 것은 우리 자신을 깨트린다는 의미이고, 이것은 바로 가장 성공적인 이야기의 설정이다.

중반부에 리어가 무너지는 순간은 마치 세상이 붕괴하는 것처럼 보인다. 종말이 온 것처럼 몰아치는 폭풍우 속에서 리어는 하늘을 향해 분노를 퍼붓는다. 젊은 침팬지들의 모략으로 왕좌에서 거칠게 끌려 내려온 피투성이 침팬지처럼. "여기 제가 서 있습니다. 당신의 노예, 가난하고 늙고 힘없고 괄시당하는 늙은이. (…)

울지는 않습니다. 울어야 할 이유는 충분하나 이 가슴이 수만 개로 조각날 것 같습니다." 리어는 걸인의 처지로 몰락했고, 인간 세상에서 자신의 지위를 망각하고 타락한 왕이 돌아가야 할 자리로 돌아갔다.

셰익스피어는 인간이 지위를 잃을 때 경험할 수 있는 심리적 고통을 간파했다. 가장 위험한 고통의 형태가 굴욕감이다. 『줄리어스 시저』에서 캐시어스는 한때 친구였던 로마의 지도자 시저를 암살하려는 음모를 꾸민다. 캐시어스의 증오는 어린 시절의 한 사건에서 시작되는데, 둘이 함께 용감하게 헤엄쳐서 테베레강을 건너려 했을 때의 일이다. '돌풍이 불어오는 험한' 그날, 시저는 강을 건너지 못했고[1] 캐시어스에게 살려달라고 간청하는 처지였다. 값비싼 신호를 보내는 영웅의 행위를 통해 캐시어스에게는 언제까지나 자신이 시저보다 우월한 지위를 누리는 세계 모형이 구축됐다. 하지만 두 친구가 자라서 '그날 절박하게 애원하던 소년은 신적인 존재가 되고 캐시어스는 시저가 무심코 고개만 까딱해도 허리를 숙여야 하는 비참한 처지로 전락한다.' 이처럼 부당하고 굴욕적인 처지에서 캐시어스는 살인적인 분노에 휩싸인다.

심리학자들은 굴욕감이란 자신의 지위를 주장하는 능력을 완전히 박탈당한 상태라고 정의한다.[2] 심한 굴욕감은 '자아의 절멸'로 기술된다. 이것은 고유하게 해로운 상태로서 연쇄살인부터 명예살인과 집단학살에 이르기까지 인간이라는 동물이 자행할 수 있는 최악의 행위를 통해 구현된다. 이야기에서 굴욕감을 느끼는 사건은 간교한 캐시어스에게든, 『나를 찾아줘』에서 계략을 꾸미는 에이미 엘리엇 던에게든 모든 악역의 음흉한 행동의 시초가 된다. 에이미에게는 "다들 얼마나 신나서 떠들어댈지" 들리는 것 같았고, "'그 잘난 에이미'가 어떻게 '유순하고 평범하기 짝이 없는 여자'로 전락했는지 떠드는 소리가 들리는 것 같았고, 사람들이 '불쌍하고 멍청한 여편네'이라고 떠들어대는 소리가 들리는 것 같았다."

굴욕감은 이처럼 세상이 끝날 것 같은 처벌이므로 우리는 악인이 이런 식으로 벌 받는 장면을 보면서 열광할 수 있다. 하지만 우리는 부족의 뇌를 가진 사람들이므로 다른 부족민들이 모르면 굴욕감으로 간주하지 않는다. 윌리엄 플레시 교수는 이렇게 말했다. "우리가 악당을 미워할 수는 있지만 우리가 미워해봐야 의미가 없다. 우리는 악당의 정체가 그의 세계에서 드러나기를 바란다."[3]

부족의 프로파간다로서의 이야기

기원전 587년 바빌로니아에서 지위가 높은 유대인 4000명이 네부카드네자르 2세 왕의 명령으로 예루살렘에서 추방당했다.[1] 그들은 먼 길을 떠나 고행한 끝에 마침내 니푸르라는 고대 도시에 정착했지만 그리운 고향을 잊지 못한다. 그들은 망명생활을 하면서도 유대 민족의 관습, 곧 도덕률과 의식, 언어와 의식주를 비롯한 생활양식을 지키기로 다짐했다. 그러려면 그들의 이야기를 지키고 이어나가야만 했다.

이야기가 구전의 형태로만 존재해왔기 때문에 율법학자들은 두루마리에 이야기를 적어넣기 시작했다. 그러자 놀라운 일이 벌어졌다. 고대의 온갖 잡다한 신화와 우화가 연결된 것이다. 필경사들은 여러 이야기를 하나의 완벽한 인과관계가 있는 이야기로 만들었다. 그것은 창세기로 시작해서 최초의 인간인 아담과 이브가 나오고 그들이 예루살렘에서 살게 된 이야기로 이어졌다.

이 이야기는 유배당한 민족에게 엄청난 활력을 불어넣었다. 모든 부족의 이야기가 그렇듯이 그들이 서로 협력하는 집단으로 기능할 수 있게 해줬고, 일종의 행동규범이 되어 구성원들이 외부 집단 사람들과 차별화해서 그들과 '타자' 사이의 심리적 경계를 만들도록 해줬다. 그리고 구성원들이 서로를 감시하고 부족이 원활히 돌아가게 해주는 규제력을 지닌 체크리스트의 역할을 했다. 하지만 훨씬 더 크게는 유대인들에게 그들이 신에게 선택된 민족이고 예루살렘은 그들의 정당한 고향이라는, 세계에 대한 영웅적 서사를 부여했다. 그리고 의미와 정의와 운명으로 지난한 유배의 시간을 채웠다.

고대 유대인들은 추방당한 지 71년 만에 마침내 조상의 땅으로 돌아갈 수 있었다. 에스라라는 율법학자를 따라 이야기로만 전해들은 영광의 도시로 돌아가는 대장정이 시작됐지만 막상 그 땅에 도착한 유대인들은 충격에 휩싸였다. 신분이 낮은 자들의 후손들이 추방을 피해 그곳에 남아서 무례하고 추잡하게 살고 있었으며 다른 부족과의 혼인을 일삼은 것이다. 그들은 정결과 음식, 예배, 안식일에 관한 율법을 지키지 않았다. 예루살렘은 그야말로 아수라장이었다.

에스라에게 민족의 퇴락은 재앙과 같았다. 그는 그들의 신 야훼가 머무는 사원으로 가서 바닥에 주저앉아 절망과 분노와 배신감에 통곡했다. 그 자리에 사람들이 모여들자 에스라는 그들을 보고 야훼에게 큰 죄를 지었다며 질책했고, 그들은 이에 대해 부정하지 못했다. 에스라는 어떻게 해야 하는 걸까? 그는 어떻게든 사람들을 다시 통합해서 망명 시절에 단합하며 버티고 바빌로니아로 돌아오게 해줬던, 부족적인 강렬한 감정을 사람들에게 불어넣어야 했다. 그러려면 방법은 한 가지밖에 없었다. 바로 그들의 고유한 이야기가 놀라운 힘을 발휘하게 하는 것이었다.

에스라가 공공장소에 나무 무대를 설치하고 중요한 일이 일어날 거라는 소문을 퍼트리자 사람들이 그곳으로 모여들었다. 그는 열두 제자의 호위를 받으며 위대한 민족의 이야기가 적힌 두루마리를 극적으로 보여줬다. 영어학자 마틴 푸크너Martin Puchner 교수는 이렇게 말했다. "모두가 사원에서 신이나 신의 대리인 앞에 예를 갖추듯이 당장 땅에 머리를 조아렸다."² 새로운 일이 일어날 것이고 그 일로 세상은 완전히 달라질 터였다. 두루마리와 그 안에 적힌 이야기는 그 자체로 신성시되었다. 이렇게 하나의 종교가 세상에 모습을 드러낸 것이다. "에스라의 낭독으로 우리가 아는 유대교가 탄생했다."

이처럼 글로 적힌 이야기가 신성시된 경우가 처음이었을지는 몰라도 사실 인간 부족들은 수만 년 동안 이런 이야기를 통해 하나로 묶였다. 수렵채집 시대에는 모닥불 옆에 둘러앉아서 별빛 아래에서 이야기를 주고받았을 것이다. 사냥이나 부족의 위업에 관한 이야기, 분노에 차고 지위에 도취된 누군가의 이야기가 구전되고 또 구전되면서 갈수록 마술적이고 기이해져서 마침내 신성한 신화의 형태를 띠었을 것이다. 이런 이야기에는 영웅적 행동의 본질이 담겨 있다. 부족에서 인정하는 행동을 한 인물은 찬사를 받고 지위를 얻는다. 악랄하거나 비겁한 행동을 한 인물은 도덕적 분노를 일으킨다. 죄인이 벌받는 것을 보고 싶은 욕망은 한바탕 요란법석 뒤에 찾아오는 행복한 결말로 충족됐을 것이다. 이야기는 이런 식으로 부족의 가치관을 전승하고, 여기에서 나아가 부족 안에서 남들과 잘 어울리고 출세하고 싶으면 정확히 어떻게 처신해야 하는지에 관해서도 들려준다. 결국 이야기가 곧 부족이 된다. 이야기는 그 속에 담긴 가치를 결함이 있는 평범한 인간보다 더 순수하고 명료하게 제시한다.

또한 이야기는 부족의 선전 매체이기도 하다. 집단을 통제하고 구성원들이 집단에 유리하게 행동하도록 이끌어주며, 이는 제대로 효과를 발휘한다. 열여덟 개의 수렵채집 부족에 대한 최신 연구에 따르면 부족에서 전해지는 이야기의 80퍼센트 가까이가 사람들과 어울리면서 어떻게 처신해야 하는지에 관한 내용이었다.[3]

이야기꾼이 많은 부족일수록 친사회적 행동이 많았다.

한편 인간의 마음에 가장 깊숙이 뿌리내린, 그만큼 강렬한 충동은 더 높은 지위를 얻고 싶은 욕구다. 부족의 이야기는 지위를 얻는 방법에 관해서도 들려준다. 인간 부족은 모든 구성원이 참여하는 지위 게임으로 볼 수 있으며 게임의 규칙은 이야기 속에 기술된다. 공동의 목표를 추구하는 모든 인간 집단은 이야기를 통해 결속된다. 국가에는 국가의 가치관이 담긴 이야기가 있고, 기업과 종교와 마피아 조직과 정치 이념 집단과 사이비 종교 집단에도 저마다의 이야기가 있다. 성경과 코란, 에스라가 예루살렘에서 유대인들에게 보여줬던 토라는 추종자들이 마음에 새겨야 할, 그들에게 꼭 맞는 통제 이론으로서 사람들과 연결되고 사회 안에서 지위를 얻으려면 어떻게 처신해야 하는지를 가르친다.

현재 기록이 남아 있는 가장 오래된 이야기인 『길가메시 서사시』에도 이런 규칙이 담겨 있다. 이 서사시는 에스라의 이야기보다 1000년 이상 앞서고 세계적인 대홍수에 관해서도 먼저 다뤘다. 셰익스피어의 리어 왕처럼 지위는 스스로 노력해서 얻어내야 한다는 사실을 망각한 왕의 이야기로, 1부에서 신들은 왕에게 겸손을 가르치기 위해 엔키두라는 도전자를 보낸다. 길가메시 왕과 엔키두는 친구가 되어 둘이 함께 용맹하게 숲의 괴물 훔바바를 공격하고 초인적인 힘으로 훔바바를 죽인 다음, 귀중한 목재를 가지고 위풍당당하게 돌아와서 길가메시의 거대 도시를 건설한다. 모험의 끝에 엔키두는 죽지만 길가메시 왕은 겸손을 배우고 자기도 한낱 인간이라는 사실을 겸허히 받아들인다. 우리는 그를 높이 평가하고 그의 지위를 격상시킨다.

4000년 전의 이 서사시는 로저 하그리브스Roger Hargreaves의 어린이 책 『참견 씨』와 같은 부족적 기능을 한다. 이 책에서 주인공의 결함 있는 세계 모형은 남의 일에 긴 코를 들이밀고 참견해야만 안전하다고 말한다. 하지만 마을 사람들이 계략을 꾸며서 그의 참견하는 긴 코에 페인트를 덕지덕지 칠하고 망치로 때린다. 마침내 겸손해진 참견 씨는 자신의 행실을 고치고 "이내 티들타운의 모든 사람과 친구가 되었다." 사회에 반하는 행동을 그만둔 참견 씨는 사회적 연결과 지위로 보상을 받은 것이다.

누구나 자기도 모르는 사이 한 번에 여러 가지 교훈적인 이야기의 영향을 받는다. 인간의 고유한 자질에는 동시에 여러 부족에 들어갈 방법을 **고민하는** 능력이 있다. 레너드 플로디노프 교수는 이렇게 말했다. "누구나 여러 내內집단에 속한다. 주어진 상황에 따라 다른 모습이 나온다. 한 사람이 시기에 따라 자기를 여자로도, 회사 중역으로도, 디즈니 직원으로도, 브라질인으로도, 엄마로도 생각할 수 있다. 관련도에 따라 혹은 주어진 순간에 편안한 정도에 따라 다른 자아가 되는 것이다."⁴

이런 집단, 그리고 어떻게 행동하고 사람들과 연결되며, 어떻게 지위를 얻을지에 관한 집단의 이야기가 우리의 정체성을 이룬다. 청소년기에는 대체로 '자기에 관한 거창한 서사'를 쓰고 어느 '또래 집단'에 들어갈지 결정한다. 그리고 자기와 유사한 마음 모형을 가진 사람들, 곧 성격과 관심사가 비슷하고 자신과 같은 방식으로 세계를 이해하는 사람들을 찾는다. 청소년기 후반에는 좌든 우든 간에 어느 하나의 정치 이념을 선택하는 경향이 있다. 그것이 어느 쪽이든 대부분은 자신의 감정과 본능, 반쯤 형성된 의심에 들어맞고 그것들을 이해할 수 있게 해주는 부족의 중요한 이야기에 맞닿아 있다. 한쪽이 이념을 선택하면 마치 새로운 진실을 접하고 눈이 번쩍 뜨인 것같이 느껴지지만 사실은 다르다. 오히려 정반대의 일이 벌어진다. 부족의 이야기가 진실의 절반만 보게 만듦으로써 우리의 눈을 멀게 만들기 때문이다.[5]

심리학자 조너선 하이트 교수는 이념으로 대립하는 집단들이 세계에 관해 전하는 이야기를 연구했다. 우선 자본주의를 예로 들어보자. 좌파에게 자본주의는 착취다.[6] 산업혁명을 통해 악랄한 자본가들은 기술을 손에 넣었지만 노동자들은 공장과 광산에서 그저 우매한 부품으로 취급당하고 착취당하면서 이윤을 모두 자본가에게 빼앗겼다. 노동자들이 반발하여 조합을 결성하고 깨어 있는 정치인을 선출했지만 1980년대에는 자본가들이 부활하면서 나날이 심각해지는 불평등과 환경파괴의 시대를 예고했다. 반대로 우파에게 자본주의는 해방이다.[7] 착취당하고 학대받던 노동자들을 왕과 독재자로부터 해방시키고 노동자들에게 재산권과 법규, 자유 시장을 제공함으로써 마음껏 일하고 창조하게 만들어줬다. 우파가 보기에 좌파는 열심히 일하는 만큼 보상받는다는 이 이념에 분개해서 위대한 자유 개념을 끊임없이 공격한다고 본다. 우파는 좌파가 원하는 것은 모두가 "평등하고 공평하게 가난해지는 것"이라고 말한다.

이 두 가지 이야기의 문제는 각자 진실의 일부만 전한다는 데 있다. 자본주의는 사람들을 해방시키기도 하고 착취하기도 한다. 여느 복잡한 제도와 마찬가지로 자본주의에는 장점도 있고 단점도 있다. 하지만 부족의 이야기 방식으로 사고하면 도덕적으로 명쾌하지 않은 복잡한 부분은 배제된다. 스토리텔링 뇌는 혼돈의 현실을 저마다의 편향된 모형을 거듭 확인해주는 단순한 인과관계의 서사로 바꿔놓는다. 이렇게 생기는 본능과 감정은 고결하고 정당한 것으로 간주되고, 결국 반대편에 악당의 역할을 떠넘긴다.

인간에 관한 냉혹한 진실은 단지 부족 **내부의** 사람들하고만 지위를 놓고 경쟁하는 것이 아니라는 점이다. 우리 부족은 다른 부족들과도 경쟁한다. 인간은 찌르레기나 양이나 고등어 떼처럼 무해하게 어울려다니는 것이 아니라 과격하게 몰려다닌다. 20세기에만 해도 부족 갈등에 의해 집단 학살로든 정치 탄압으로든 전쟁으로든, 약 1억 6000만 명이 살해당했다.[8]

이렇게 보면 우리는 침팬지와 비슷하지 않은가? 수컷 침팬지들은 가끔 암컷을 데리고 영역의 경계를 순찰하면서 한 시간씩 숨죽이고 적의 동태를 살핀다.[9] 그러다 '외부의' 침팬지를 붙잡으면 잔혹하게 때려죽인다.[10] 팔을 비틀어 떼어내고 목을 찢고 손톱을 뽑고 성기를 뜯고 뿜어져 나오는 피를 나눠 마신다. 또 이웃 무리를 침략해서 수컷을 다 죽이거나 쫓아내고 그 영역과 암컷들을 차지하기도 한다. 영장류 동물학자 프란스 드 봐알 교수는 이렇게 말했다. "수컷들이 무리를 이뤄 이웃의 수컷을 필사적으로 죽이고 영역을 확장하는 종이 인간과 침팬지밖에 없다는 사실이 결코 우연일 리가 없다. 가까운 친척인 포유류의 두 종에게 이런 성향이 독립적으로 진화했을 확률이 과연 얼마나 되겠는가?"[11]

우리에게는 여전히 이런 원시적인 인식이 있다. 우리는 부족의 이야기로 사고한다. 이것이 우리의 원죄다. 우리 부족의 지위가 다른 부족에 위협받는다고 느낄 때마다 이런 고약한 신경망이 발화하고, 그 순간 우리는 잠재의식 차원에서 다시 선사시대의 숲이나 초원으로 돌아가며 스토리텔링 뇌는 전투 태세에 돌입한다. 반대편 집단에는 오로지 이기적인 동기만 부여한다. 독기 품은 변호사가 되어 상대의 가장 센 주장만 듣고 상대가 하려는 말을 곡해하거나 생략한다. 상대의 가장 수준 낮은 구성원이 저지른 끔찍한 범죄를 빌미로 그들 모두를 붓으로 뭉개듯 동일시해버리고 일개 개인만 보고 다른 모두의 깊이와 다양성은 지워버린다.[12] 한 개인을 형체만 그려둔 다음 부족을 그런 형체의 무리로 만든다. 자기 부족 안에서 아낌없이 나눠주던 공감과 인류애와 인내심 있는 이해를 이런 형체에는 나눠주지 않는다. 그사이 우리는 마치 흥미진진한 이야기의 도덕적인 주인공이 된 것처럼 긍정적인 기분을 느끼는 것이다.

우리의 뇌가 이런 전투 태세에 돌입하는 이유는 심리적으로 부족의 위협이 느껴지면 뇌의 통제 이론에 위협이 되기 때문이다.

통제 이론은 하나의 현상이 어떻게 다른 현상을 일으키는지에 관한 수백만 가지 신념으로 이루어진 복잡한 네트워크다. 통제 이론은 무엇보다도 뇌에서 가장 원하는 두 가지, 곧 사회적 연결과 지위를 얻는 방법을 알려준다. 그리고 우리가 태어나면서부터 구축해온 세계 모형과 스스로에 대한 모형을 지탱해준다.

물론 이런 모형과 통제 이론은 우리가 누구인지와 불가분의 관계에 있다. 그것은 머릿속 저장고에서 현실이라고 경험하는 세계일 뿐이다. 우리가 이 세계를 지키려고 싸우는 것은 놀랄 일이 아니다. 부족마다 각기 다른 통제 모형으로 살아가므로(예를 들어 공산주의자와 자본주의자는 전혀 다른 행동에 연결과 지위라는 보상을 준다.) 부족의 난관은 실존적 불안을 유발한다. 우리가 마주하는 여러 가지 현상에 대한 표면적 신념에 위협이 될 뿐 아니라 우리가 현실을 경험하는 무의식적 구조 자체에도 위협이 된다.

또 우리가 살면서 몰두하는 지위 게임에도 위협이 된다. 다른 부족이 이기게 놔두면 우리의 잠재의식에서는 그 부족의 승리로 인해 우리가 단지 계층구조에서 내려갈 뿐만 아니라 구조 자체가 붕괴할 거라고 여기고, 한 번 지위를 잃으면 두 번 다시 돌이킬 수 없을 거라고 믿는다. 이처럼 자신의 지위를 주장하는 능력을 상실한 상태는 곧 심리학에서 굴욕감이라고 정의하는 상태다. 다시 말해서 이는 총기 난사에서부터 명예살인에 이르기까지 온갖 음침한 살인 행동의 기저에 깔린 '자아 소멸' 상태에 해당한다.[13] 한 집단이 지위를 위협받고 다른 집단에 굴욕당할까 봐 두려워하면 결국 십자군 전쟁과 인종 학살로 이어질 수도 있다. 비교적 최근에도 르완다, 소련, 중국, 독일, 미얀마, 아메리카 대륙의 남부 국가들은 물론이고 에스라의 소중한 예루살렘 같은 지역에서 이런 사태가 발생했다.

이런 시기에 부족들은 갖가지 도덕적 분노와 지위 게임이 담긴 이야기의 폭발력을 충격요법으로 이용해서 구성원들이 적과 대적하도록 부추긴다. 예를 들어 1915년 영화 〈국가의 탄생〉에서는 아프리카계 미국인들을 백인 여성들을 성적으로 학대하는 무식한 짐승들로 묘사했다. 3시간 분량의 이 영화는 전석 매진됐고 수천 명을 백인우월주의 비밀 결사 단체인 KKK Ku Klux Klan로 이끌었다. 한편 〈시민 케인〉이 개봉하기 1년 전인 1940년 영화 〈쥬 수스 Jew Süss〉에서는 에스라의 후손들을 타락한 사람들로 그리면서 고위층 유대인 은행가 조셉 수스 오펜하이머가 금발의 독일 여자를 강간한 죄로 군중 앞에서 철창에 갇혀 교수형 당하는 장면을 보여준다. 이 영화는 베니스 영화제에서 초연되며 박수갈채를 받은 후 관객 2000만 명을 동원했다. 사람들은 영화를 보고 베를린 거리로 몰려나와 "유대인을 독일에서 싹 쓸어내라!"고 외치기 시작했다.[14] 두 영화 모두에 여성에 대한 성폭력이 벌어지는 설정이 등장하는데 이것이 침팬지의 영역 지배 행동과 다르지 않은 것은 결코 우연이 아니다.

하지만 이런 이야기는 단순히 분노와 부족의 굴욕감을 이용해서만 힘을 얻는 것이 아니다. 많은 이야기가 또 다른 선동적인 집단 정서를 이용한다. 바로 혐오감이다.[15] 인류 진화의 역사에서 경쟁 집단의 위협은 무력으로만 다가오지 않았다. 우리의 면역체계가 한 번도 접해본 적 없는 위험한 병원체가 위협이 될 수도 있다. 병원체 보균자에 대한 노출은 (대변으로든 상한 음식으로든) 자연히 혐오감과 역겨움의 정서를 자극한다. 우리의 부족적 성격의 뇌는 문화적으로도 같은 태도로 이방인 부족을 바라보기 때문에 아이들이 여전히 외집단의 구성원을 깎아내리고 마지못해 받아들이는 것일 수 있다.

부족의 프로파간다에서는 적을 바퀴벌레나 쥐나 이처럼 병균을 옮기는 해충으로 표현한다. 〈쥬 수스〉에서는 유대인을 추잡하고 불결한 사람들로 그리면서 전염병처럼 도시에 창궐한다고 표현한다. 인기 있거나 전통적인 이야기에서도 혐오감의 힘을 이용한다. 『해리포터』 시리즈의 볼드모트부터 『베오울프』의 그렌델, 〈텍사스 전기톱 연쇄살인사건〉의 레더페이스에 이르기까지 혐오감 신경망을 발화시킬 만큼 악당의 외모는 손상된 모습으로 설정되어 있다. 로알드 달은 『멍청 씨 부부 이야기』에서 혐오감 원리를 이야기에 잘 녹여냈는데, "어떤 사람이 추한 생각을 하면 얼굴에 드러나기 시작한다. 그리고 그 사람이 날마다, 주마다, 해마다 추한 생각을 하면 얼굴이 나날이 추해지다가 차마 봐주기 힘든 지경이 된다"라는 식이다.

이야기는 이런 식으로 인간의 최악의 특질을 드러낼 뿐만 아니라 발현시킨다. 우리는 지극히 단순한 서사로 스스로를 속이면서 우리 자신을 도덕적 영웅으로 만들고 남들을 평면적인 악당으로 만드는 이야기를 진실이라고 믿는다. 다만 이런 영향을 받는 순간을 알아챌 수 있다. 모든 선이 우리 편이고 모든 악이 저들의 편이 되는 순간, 알고 보면 그 순간이 스토리텔링 뇌가 음산한 마법을 거는 순간이다. 즉 우리가 이야기에 넘어간 것이다. 현실이 그렇게 단순할 리가 없지 않은가? 이런 이야기가 유혹적인 이유는 우리의 영웅 만들기 뇌가 우리 자신이 도덕적이라고 확신을 주기 때문이다. 이야기는 원시 부족적인 충동을 정당화시키고 우리가 혐오감에 사로잡힐 때도 우리 자신이 신성하다고 믿게 만든다.

반영웅 이야기의 기술

우리가 단순히 선한 인물을 응원한다고 생각할 수 있다. 하지만 사실이 아니다. 문학 평론가 애덤 커시Adam Kirsch는 선량함이란 "작가에게는 불모의 땅"이라고 말했다.[1] 주인공이 처음부터 완벽하게 이타적인 인물이라면 더는 나올 이야기가 없다. 브루노 베텔하임 교수는 작가의 어려움은 주인공에 대한 독자의 도덕적 존중을 끌어내는 것이 아니라 독자의 공감을 사는 데 있다고 말한다. 그는 동화의 심리학을 연구하면서 "아이가 선한 영웅에게 동질감을 느끼는 이유는 영웅이 선해서가 아니라 그의 처지가 아이에게 강렬하고 긍정적인 호소력을 갖기 때문이다"라고 말했다.[2] 아이가 떠올리는 질문은, "나는 선해지고 싶은가?"가 아니라 "나는 누구하고 비슷해지고 싶은가?"라는 말이다.

그런데 베텔하임의 말이 옳다면 반反영웅을 어떻게 설명해야 할까? 많은 사람이 블라디미르 나보코프의 『롤리타』의 주인공 험 버트가 열두 살 소녀와 성적인 관계를 시작하는 모험에 매료됐 다. 과연 우리는 이 소설의 주인공처럼 '되고' 싶지 않은 걸까?

나보코프는 독자들이 처음 일곱 페이지를 읽고 정화의 불 속 으로 책을 집어 던지지 않도록 아주 긴 지면을 할애해서 무의식 중에 우리의 부족적 정서를 조작해야 했다. 그는 어느 학자의 학 술적인 글을 서문 형식으로 끼워 넣어서 본 이야기가 시작하기 도 전에 험버트가 죽었다고 밝힌다. 곧이어 그가 죽기 전에는 법 적으로 구금되어 재판을 기다리고 있었다고도 알린다. 이 서문은 독자가 도덕적으로 분개하기 전에 김을 뺀다. 이 한심한 작자가 체포되어 죽었군. 주인공이 무슨 짓을 저질렀든 그는 이미 부족 차원에서 응분의 벌을 받은 것이다. 이제 독자는 마음을 놓을 수 있으며 험버트를 벌하고 싶은 갈망은 가라앉는다. 나보코프는 이 야기의 첫 문장이 채 끝나기도 전에 교묘히 독자가 소설을 즐기 게 만든다.

정작 그 남자가 등장할 때 독자는 이제 잘못된 행위에 대한 그 의 인식, 곧 롤리타를 "나의 죄"로, 그 자신을 "살인자"로 칭하는 데서 분노를 느끼지 않는다. 게다가 험버트가 혐오스러운 인간과 는 정반대로 잘생기고 좋은 옷을 입고 매력적인 사람이라는 점도 한몫한다. 그는 음울한 농담을 섞어서 모친의 죽음을 문학사상 가장 유명한 괄호 친 방백("(소풍날, 번개로)")으로 표현하고, 또 롤리타의 어머니를 독일 출신의 여배우겸 가수인 "마를렌 디트리히를 묽게 희석한" 사람으로 묘사한다. 독자는 그의 아동성애 성향이 비극에서 기인했다는 사실도 알게 된다. 그가 열두 살일 때 첫사랑 애너벨이 죽었던 것이다. "그 작은 소녀는 그 뒤로 내내 바닷가에서의 귀여운 팔다리와 뜨거운 혀로 나를 쫓아다녔다. 24년이 지나고 드디어 나는 그녀의 마력에서 벗어났다. 그 소녀가 다른 소녀의 모습으로 나타나면서."

험버트는 어른이 되고도 애너벨 또래의 소녀들에게 계속 마음이 끌리는 것을 느끼고 심리치료를 받고 결혼도 함으로써 혼자서 해결해보려 하지만 소용이 없다. 이야기의 발화점은 (찰스 포스터 케인과 리어 왕의 경우처럼) 험버트의 결함 있는 세계 모형에서 나온 불가피한 결과다. 롤리타를 만나 사랑에 빠지는 것이다. 우리는 이내 소녀의 어머니가 딸을 경멸한다는 것을 알게 된다. 그녀가 딸에게 그 집에서 "가장 누추하고 냉골인 방"을 줬다는 대목만이 아니라, 딸 대신 작성한 성격 검사 질문지를 험버트가 발견하는 장면에서도 알 수 있다. 그 질문지에는 롤리타의 어머니가 롤리타를 어떻게 생각하는지 고스란히 드러난다. "공격적이고 잠시도 가만히 있지 못하고 비난을 일삼고 의심이 많고 참을성이 없고 짜증을 잘 내고 소극적이고(밑줄 두 번) 고집이 세다. 롤리타의 어머니는 나머지 서른 개의 형용사를 무시했다. 그중에는 명랑하고,

협조적이고, 활기차다는 등의 형용사가 있었다. 나는 몹시 화가 났다." 그리고 어머니는 딸이 원하지 않는데도 "규율이 엄격한" 기숙학교로 보내버린다. 나보코프는 강력하고 교묘한 여러 가지 수단을 동원하여 독자의 정서를 조작하면서 어느 정도 험버트를 응원하게 만든다.

험버트가 롤리타를 차지하기 위해서는 롤리타의 어머니가 사라져야 한다. 험버트가 그녀를 죽일까? 나보코프는 독자에게 이미 무리한 요구를 했다는 것을 안다. 독자의 사회적 정서가 험버트 편을 들어주더라도 지극히 허술한 수준이므로 살인까지 방조할 수는 없을 것이다. 따라서 험버트는 롤리타의 어머니가 죽는 순간에 직접 가담하지는 않는다. 나보코프는 대담한 조작으로 주인공이 직접 끔찍한 행위를 저지르지 못하게 만든다. 대신 교묘하게 험버트가 "우연의 털북숭이 긴 팔이" 그 일을 해치웠다고 말하게 만든다. 그녀는 차에 치여 죽는다.

험버트는 마침내 롤리타를 차지하는 순간 성적으로 흥분하면서도 갈등하고 주저하고 죄책감에 사로잡히는데, 결정적으로 롤리타가 처녀가 아니고 이미 여름 캠프에서 한 남자애와 관계를 가졌다는 사실이 밝혀진다. 신뢰가 가지 않는 우리의 화자에 따르면 롤리타는 호감이 가지 않는 아이이고(당돌하고 영악하고 조숙한), 우리에게 **보이는** 행동이 그렇기 때문에 우리는 무의식적으로나 정서적으로 그런 정보에 따라 반응한다. 롤리타는 험버트를 지배하고 나서 훨씬 더 비열한 클레어 퀼티라는 남자와 도망친다. 여기에서 나보코프는 험버트에 대한 독자의 반응을 호의적으로 조작하고 '인간 이하의' 짐승 같은 아동성애자이자 포르노 제작자 쪽으로 혐오감의 원리를 완전히 풀어놓는다. 예를 들어 우리는 "그의 피둥피둥한 손등의 시커먼 털"을 보고 그가 "모래색의 퉁퉁한 뺨을 벅벅 긁으면서 사악한 미소에 작은 진주 같은 이를 드러내는 모습"을 본다. 이어서 험버트가 그를 살해하는데, 그것은 이타적 처벌이자 우리가 깊이 갈망하는 것이 무엇인지를 알려주는 값비싼 신호가 드러난 인상적인 행위가 된다.

우리의 반영웅은 결국 자수하면서 이야기를 떠난다. 그가 전하는 마지막 이야기는 롤리타에게 버림받은 이후의 어떤 기억에 대한 고백이다. 그는 높은 계곡 옆에 차를 세웠고 계곡 아래에는 작은 광산 도시가 있었다. 길에서 아이들이 뛰노는 소리가 들렸다. "나는 가파른 비탈에서 울리는 음악적 진동을, 배경의 나직한 웅얼거림과 함께 간간이 섬광처럼 울리는 외침을 들으며 서 있다가, 내가 그렇게 절망적으로 고통스러운 것은 내 곁에 롤리타가 없어서가 아니라 그 화음 속에 롤리타의 목소리가 없어서라는 것을 깨달았다." 험버트가 파렴치한 짓을 저질렀을지 몰라도 그의 죄와 영혼에 대해 우리 마음 깊은 곳에 존재하는 부족적인 감정을 조작하는 나보코프의 능력이 대단하다.

이렇게 반영웅들을 대변하는 조작은 많다. 그중에 TV시리즈 〈소프라노스〉의 주인공이 있다. 마피아인 토니 소프라노가 심리 치료 대기실에서 처음 등장하고 이어서 그가 수영장에 자주 찾아오는 오리와 새끼오리들과 친해졌다가 오리가족이 떠나자 공황 발작을 일으킨 사연이 나온다. 그는 오리 이야기를 하면서 울음을 터트린다. 그는 예민하고 고통에 시달릴 뿐 아니라 지위도 낮은 편이다. 막강한 세력의 존 조티 같은 인물과는 거리가 멀고 그저 뉴저지의 작은 갱단의 두목일 뿐이다. 어쨌든 그는 심리 치료사에게 이렇게 말한다. "전 결국 여기까지 왔고 전성기는 끝났어요."

어느 한 장면에서 소프라노가 한 남자를 때리는데, 상대는 그에게 돈을 빌리고 모욕감을 준 '타락한 도박꾼'일 뿐이다. 소프라노는 그 남자에게 "네놈이 사람들한테 전에 일하던 자들에 비하면 난 쥐뿔도 아니라고 말했다며?"라고 묻는다. 그 이후 훨씬 악독한 그의 삼촌이 마피아가 아닌 소프라노의 친구가 운영하는 레스토랑을 치기로 했을 때 소프라노는 몰래 그 친구를 도와주려고 애쓴다. 뿐만 아니라 모친에 대한 걱정도 큰데, 훗날 어머니가 지낼 양로원을 그녀와 함께 찾아갔다가 어머니가 화를 내자 그는 다시 불안 발작을 일으킨다. 그 이후 우리는 소프라노의 어머니가 그의 삼촌과 공모해서 아들, 소프라노를 죽이려한 사실을 알게 된다.

작가 패트리샤 하이스미스Patricia Highsmith도 유사한 조작을 탐닉한다. 『리플리 : 리플리의 게임』에서 사이코패스 사기꾼 톰 리플리는 험버트처럼 잘생기고 언변이 좋고 세련된 인물이다. 그는 험버트와 소프라노처럼 그보다 훨씬 더 악랄한 리브스 미노와 갈

214

등을 일으킨다. 또 소프라노의 적보다 더 음침하고 더 강력한 힘이 이탈리아 마피아의 형태로 리플리의 반대편에 서 있다. 우리가 이런 반영웅을 응원하는 것을 알고 놀라운가? 이것은 우리가 그의 주위에서 일어나는 모든 사건에 의해 그를 지지하도록 교묘히 조작당했기 때문이다. 그가 성범죄자나 사기꾼이나 폭력배일 수는 있지만 그가 싸우도록 창조된 세계에서 우리는 무심코 그의 일탈을 방관한다.

모든 주인공은 반영웅이라고 볼 수 있다. 처음 등장할 때는 대부분 결함이 있고 불완전한 인물이지만 변화를 견디는 순간 비로소 진정한 영웅이 된다. 주인공을 지지하는 이유를 한 가지만 꼽기는 어렵다. 공감을 얻는 비밀은 한 가지가 아니라 여러 가지다. 핵심은 신경망에 있다. 이야기는 뇌의 여러 진화 체계에 작용하는데, 유능한 작가는 오케스트라의 지휘자처럼 이런 신경망을 모두 발화시킨다. 여기에서는 도덕적 격분으로 떨리는 음을 조금 내고, 저기에서는 지위 게임의 팡파르를 올리고, 부족을 식별하는 방울소리와 우르릉거리며 위협적인 적대자의 소리를 내고, 위트의 나팔을 불고, 성적 매력을 드러내는 뱃고동 소리를 울리고, 부당한 골칫거리를 크레센도로 올리고, 씨실과 날실의 허밍을 하면서 새롭고 흥미로운 방식으로 극적 질문을 던지고 또 던진다. 한마디로 독자의 뇌를 사로잡고 조작할 수 있는 악기를 총동원하는 것이다.

하지만 다른 무언가도 작용하는 것으로 보인다. 이야기는 가축화된 우리가 사회적 세계를 통제하는 법을 배우기 위한 일종의 연극과 같다. 전형적인 반영웅 이야기에서는 주인공이 결국 죽거나 굴욕당하면서 부족의 프로파간다라는 목적을 달성한다. 우리는 적절한 교훈을 얻고 이기적인 행동의 대가에 대해 아무런 의심을 남기지 않는다. 하지만 머릿속에서 그 이야기가 펼쳐지는 동안에는 우리가 반영웅을 '연기하는' 것을 즐기는 것처럼 보인다. 우리의 영웅 만들기 서사 아래 더 깊은 구덩이 속에서 우리 자신이 그렇게 사랑스럽지 않다는 것을 알기 때문은 아닐까? 우리의 비밀을 우리 자신에게까지 감추는 것은 피곤한 일이다. 어쩌면 아마도 이것이 반영웅 이야기의 위험한 진실일 것이다. 머릿속에서나마 마음껏 악해지는 것이 즐거운 위안을 줄 수도 있다는 사실이.

근원적인 상처, 수수께끼의 열쇠

1600년경 언젠가부터 스토리텔링 기법이 완전히 바뀌었다.[1] 윌리엄 셰익스피어가 어떻게 그런 개념에 이르렀는지는 알 길이 없지만 그는 이전의 극적 질문을 제기하고 답하는 규칙을 깨트리는 실험을 감행했다. 인문학자 스티븐 그린볼트Stephen Greenbalt 교수는 셰익스피어가 특정 유형의 인물 정보를 제거하는 '결정적인 돌파구'를 마련하면서 천재의 반열에 올랐다고 말했다.

셰익스피어 같은 극작가가 작품을 쓸 때 원전으로 삼는 작품에서는 대개 행동의 원인이 명확히 기술되어 있다. 하지만 셰익스피어는 『햄릿』을 쓰면서 정돈되고 명확한 설명을 기교적으로 표현하기로 했다. 원전에서는 햄릿의 '광기'를 전략적 거짓말로, 그러니까 시간을 벌고 악의가 없어 보이기 위한 책략으로 다뤘다. 하지만 셰익스피어의 『햄릿』에서는 자살을 꿈꾸는 광기가 실재하며 그린볼트에 따르면 그의 죽음은 아버지가 살해당한 일을 알려준 "유령과는 아무 상관이 없다."

셰익스피어는 1603년에서 1606년 사이에 쓴 일련의 흥미진진한 희곡들, 『오셀로』, 『리어 왕』, 『맥베스』에서도 인물 정보를 '과감히 삭제하는' 실험을 이어갔다. 『오셀로』의 이아고는 왜 장군을 필사적으로 죽이고 싶어 할까? 셰익스피어는 이아고의 동기를 모호하게 암시하지만 『오셀로』의 원전인 지암바티스타 지랄디 Giambattista Giraldi의 짧은 이야기에는 이아고의 동기가 명확히 드러난다. 『리어 왕』도 마찬가지다. 리어는 왜 딸들에게 터무니없는 사랑의 시험을 시도했을까? 셰익스피어는 그 이유를 드러내지 않지만 이 작품의 원전인 『레어 왕의 진정한 연대기 The True Chronicle History of King Leir』에서는 코딜리어는 사랑하는 사람과 결혼하고 싶었지만 왕은 딸의 결혼으로 왕국을 확장하고 싶어했던 것으로 설명한다. 사랑의 시험은 왕의 속임수였을 뿐이다. 코딜리어가 언니들보다 아버지를 더 많이 사랑한다고 답하면 왕은 "그렇다면 어디 증명해봐라. 내가 정해준 사람과 혼인하거라"라고 답했을 것이다. 그러나 셰익스피어『리어 왕』에서는 리어의 잘못된 결정의 원인이 빠져 있다. 그린볼트는 이처럼 간결한 설명을 거부하는 실험을 통해 이전보다 "헤아릴 수 없이 깊이 있는" 작품이 나왔다고 설명한다.

흔히 셰익스피어의 천재성은 심리적 진실에 있다고 말한다. 최근 연구되고 있는 마음의 과학에서 이 말이 놀라울 정도로 입증되었다. 셰익스피어는 항상 '심리적으로든 신학적으로든 사람들이 왜 그런 행동을 하는지를 설명하는 데' 회의적인 입장이었다. 그리고 그의 회의적인 태도가 전적으로 옳았다는 사실이 현대의 과학으로 입증된 것이다. 사실 누구도 자신이 어떤 행동을 왜 하는지 잘 모른다. 리어 왕도 이아고도, 나도 당신도 마찬가지다. 셰익스피어는 인물이 왜 그런 행동을 하는지 관객이 그 이유를 짐작할 여지를 남겨서 관객의 가축화된 뇌를 훌륭하게 가지고 놀 수 있었다. 우리에게는 인간 행동의 원인과 결과보다 더 흥미로운 것이 없다. 셰익스피어는 극적 질문의 답을 모호하게 제시함으로써 타인과 그의 기묘함에 대한 우리의 무한한 호기심에 접근한 다음, 인물과 작품에 경이롭고 집요하게 파고들었다. 또 우리가 이야기에 끼어들 여지를 남겼다. 이를테면 우리는 이야기를 따라가며 생각한다. 나라면 저런 행동을 할까? 이 인물은 왜 그렇게 행동할까?

좋은 스토리텔링은 좋은 심리학과 좋은 신경과학과 마찬가지로 인간의 행동을 깊이 탐색한다. 문학적 스토리텔링은 표면에

드러난 행위보다는 인물들이 왜 그렇게 행동하는지에 관한 폭넓은 단서를 배치하는 작업이다. 이언 매큐언의 『체실 비치에서』는 신혼여행을 떠난 젊은 부부가 파국으로 치닫는 과정을 다룬다. 1962년 여름, 갓 결혼한 플로렌스와 에드워드가 도시의 한 소박한 호텔에 있다. 그날 첫날밤을 치를 때(둘은 아직 의미 있는 성관계를 가져본 적이 없다) 에드워드가 지나치게 흥분한 바람에 너무 빨리 사정해버리는데, 그 모든 상황을 두려워하던 플로렌스는 그의 정액이 뿜어져 나오는 것을 보고 공포와 혐오감을 드러낸다. "남의 몸에서 나오는 끈적끈적한 물질 (⋯) 굵직한 개울, 그 생경한 젖빛의 물질, 내밀한 전분 냄새⋯." 플로렌스는 그 점액을 베개로 닦아내려다가 방에서 뛰쳐나가고, 에드워드는 그녀를 찾아내서는 "사기꾼"이고 "대책 없는 불감증"이라고 비난을 퍼부으며 "남자랑 같이 있는 법도 모르고 (⋯) 심지어 키스할 줄도 모른다"고 비난한다.

"안 되는 게 뭔지는 나도 보면 알아." 플로렌스가 냉정하게 쏘아붙인다. 그리고 나중에 다른 여자들한테서 성욕을 채워도 된다고 말한다. "질투 같은 건 안 할게. 당신이 날 사랑하는 것만 알면." 그러나 에드워드는 그 말에 넌더리를 내면서 그녀의 제안을 거절하고 그들의 결혼은 그대로 무산된다.

어쩌다 이렇게 됐을까? 플로렌스와 에드워드의 과거에서 어떤 경험이 그때까지는 아름다웠던 둘의 사랑을 끔찍한 파국으로 치닫게 만들었을까? 두 사람은 어쩌다 그렇게 된 걸까? 이어지는 이야기는 주로 두 사람이 손상을 입게 된 계기가 될 법한 조짐과 단서에 집중한다. 에드워드가 그렇게 함부로 화를 낸 이유는 플로렌스에게 열등감을 느껴왔기 때문이었을까? 회상 장면에 등장하는 플로렌스는 재능 있는 바이올린 연주자이자 매우 지적인 여자로 보인다. 중상류층인 그녀의 가족은 옥스퍼드의 "빅토리아시대풍 대저택"에서 비교적 호화롭게 사는 반면, 에드워드의 집안은 하수구 냄새가 풍기는 칠턴스의 "비좁고 지저분한" 작은 집에 살면서 "접이식 소나무 식탁"에서 식사를 한다. 아니면 에드워드가 "아주 어렸을 때" "심하게 말썽을 부린" 아이였던 것과 상관이 있을까?

플로렌스는 또 어떤가? 왜 그렇게 사랑하는 남자와의 첫날밤을 끔찍하게 두려워했을까? 그녀의 두려움과 혐오감은 어린 시절의 학대 사건에서 기인했을까? 매큐언은 이쪽으로 암시하지만 이 또한 그저 암시일 뿐이다. 매큐언은 이렇게 말했다. "최종 원고에서 어슴푸레한 사실을 제시해서 두 사람이 어떻게 할지 독자들이 짐작하게 놔두었다. 단정적으로 표현하고 싶지 않았다. 독자들이 완전히 헛짚을 수도 있지만 그건 그것대로 괜찮다."[2]

『체실 비치에서』 같은 작품에서는 인물이 어떤 연유로 그 인물이 되었는지 독자들이 호기심을 가지고 궁금해하는 사이, 문학을 읽는 즐거움이 커진다. 독자가 탐정이 되는 수사물인 셈이다. 작가가 인물의 행동을 구구절절 설명한다면 호기심의 불꽃을 꺼트릴 수 있다. 게다가 독자가 이야기에서 적극적인 역할을 하지 못하고 저마다의 해석을 끼워 넣을 여지도 사라진다.

이런 방식이 항상 옳은 것은 아니지만(가령 나보코프의 『롤리타』에서는 험버트가 어릴 때 입은 외상을 구체적으로 기술하면서 독자의 공감을 얻는다) 많은 좋은 이야기에서는 인물이 가진 상처의 기원을 모호하게 남겨둔다. 〈아라비아의 로렌스〉에서는 주인공의 결함이 시작된 정황을 어느 한 장면에서 암시한다. 그 장면에서 로렌스는 족장 알리에게 자신이 사생아라고 조용히 고백하는데, 당시 사람들에게 사생아는 엄청난 수치심의 원인이었던 듯하다. 『남아 있는 나날』에서는 젊은 스티븐스가 영웅적으로 감정을 절제하면서 소임을 다한 아버지의 이야기를 전해 듣고 경외감에 사로잡히는 장면이 나온다. 이런 이야기가 스티븐스의 마음에 이상적인 자아 모형으로 자리 잡고 새로운 통제 이론에 통합된다. 그에게 집사의 지위 게임에서 인정받고 정상에 오르려면 어떤 사람이 되어야 하는지를 가르쳐주는 것이다.

〈시민 케인〉에서는 플롯을 통해 상처의 근원을 찾아가면서 인물의 상처를 독특한 방식으로 활용한다. 로울스턴의 기자들은 이 남자가 누구인지, 엄청난 재산을 상속받아 신문사를 경영하기로 선택하고 정치판에 뛰어들고 "세계에서 가장 큰 유원지"에서 "분류할 수 없을 만큼 방대한 수집품"에 둘러싸인 채 쓸쓸히 불행하게 죽음을 맞이한 이 남자가 누구인지 밝혀야 한다. 무엇보다도 그가 남긴 마지막 말, "로즈버드"라는 말의 수수께끼를 풀어야 한다.

수수께끼를 푸는 과정에서 로울스턴의 기자 한 명이 케인을 어릴 때부터 키워준 후견인의 회고록을 읽는다. 회고록에는 케인의 어머니가 아버지의 반대를 무릅쓰고 어린 아들을 부유한 후견인인 대처에게 맡긴 사연이 나온다. 어머니는 남편이 아들을 때리므로 잘한 결정이라고 믿었지만 케인의 아버지는 그 나름대로 자신의 방법이 옳다고 믿었다. 그 아버지의 영웅 만들기 서사에서는 아들을 위해 매를 드는 일이 필수적이었고 어린 케인은 매를 맞으면서도 행복해했다. 어린 케인이 눈밭에서 신나게 군인 놀이를 하는 장면이 나오는데 대처가 데려가려 하자 케인은 썰매로 그에게 덤벼든다.

영화의 마지막 장면에 이르러 영화가 시작할 때 벌어졌던 정보의 격차가 마침내 메워진다. 그 썰매에는 '로즈버드'라고 적혀 있었고, 케인이 마지막으로 눈을 감을 때 떨어뜨려서 박살이 난 스노글로브에는 어릴 때 부모님의 집과 비슷한 집이 들어 있었다. 강제로 그 집을 떠나면서 그의 마음에는 구멍이 생겼고, 평생 대중에 대한 사랑으로 그 구멍을 메우려 했으며 온갖 물건을 사들였지만 마음속 구멍이 너무 컸다. 썰매를 가지고 놀던 그 순간 그의 머릿속 신경 모형에 상처가 생겼고 그 상처에서 이야기의 발화점과 플롯이 생성됐다. 이렇게 밝혀진 사실은 "그가 누구인가?"라는 근본적인 극적 질문에 답을 주면서 결국 관객에게 감동과 만족감을 주고 호기심도 충족시킨다.

이상의 사례는 작가가 인물의 상처를 다루면서 얻는 자유를 보여준다. 작가는 상처의 원인을 암시하고 상처를 건드리고 상처를 이용해서 독자(관객)의 공감을 얻고 나아가 상처에 대한 암시를 중심으로 플롯을 구성할 수 있다. 하지만 이런 작업을 가르쳐본 경험상, 작가는 작품을 시작하기 전에 이미 주요 인물에게 상처가 언제 어떻게 발생했는지 구체적으로 파악하고 있어야 한다. 그저 보편적인 배경, 가령 '부모가 그를 충분히 사랑하지 않아서'라는 식으로는 안 된다. 모호한 생각은 모호한 인물만 낳는다.

현실에서 근본적인 내적 상처는 대개 몇 달이든 몇 년이든 반복해서 인물을 우울하게 파고드는 지독한 문제이고 상당 부분은 유전적 요인과 관련이 있다. 셰익스피어가 제대로 이해했듯이 우리는 한 번의 결정적인 순간에 우리가 되지 않는다. 하지만 작가가 작품에서 대단한 인물을 창조하려면 우선 인물의 마음속 모형을 선명하게 떠올리고 구체적으로 정의해야 한다. 작가는 인물이 모든 극적 상황에서 어떻게 행동하고 그들 앞에 펼쳐지는 극을 어떻게 통제하려 하는지 '알아야' 한다. 그러려면 인물의 원래 가지고 있는 상처를 현실의 사건으로 표현해야 한다. 〈시민 케인〉의 기자들처럼 주인공의 상처에 대한 암시만 주거나 최종본에서 완전히 삭제하더라도 말이다.

요컨대 작가는 사건을 완벽하게 상상하고, 그런 다음 그 사건에 의해 생성되는 세계나 자신에 대한 결함 있는 신념이 무엇인지 결정해야 한다. 작가가 사건이 언제 어떻게 일어나고 그 사건으로 인해 인물에게 어떤 결함 있는 신념이 생겼는지 안다면 인물을 더 생생하게 그려낼 수 있다. 이야기 속에서 주어진 어떤 순간에 인물이 일으키는 현실에 대한 착각은 그 인물이 어떤 사람인지만이 아니라 그 인물이 어떻게 살아갈지를 정의하는 데도 도움이 된다. 가즈오 이시구로의 『남아 있는 나날』에서 스티븐스가 일으키는 착각은 특히 감정 절제에 관한 것이었다. 이것은 그의 삶 전체를 지배하는 기질이 되고, 이런 기질을 잘 표현하는 소설이 생동감을 얻는다.

이야기에서 인물의 근원적인 상처는 주로 어릴 때 생기는데, 태어나서 처음 20년 동안은 경험을 쌓으며 자아를 형성하느라 분주한 시기이기 때문이다. 이 시기에 현실에 대한 모형이 생성된다. (현실에 대한 신경 모형이 생성되지 않으면 얼마나 이상하고 제멋대로일지 궁금한가? 그렇다면 네 살짜리 아이를 보면 된다. 아니면 열네 살짜리 아이나.) 성인이 된 우리가 진실이라고 경험하는 환각은 우리의 과거에 구축된 것이다. 우리는 어느 정도 각자 자신의 상처를 통해 세계를 보고 느끼고 설명한다.

상처는 아이가 말을 배우기도 전에 생길 수 있다. 인간은 통제를 갈망하므로 부모가 예측 불가능하게 행동하면 아이는 항상 불안해하고 주위를 경계하면서 자란다.[3] 이때의 고통이 사람들에 대한 핵심 개념을 이루고, 훗날 어른이 되어서 사람들과의 관계에서 심각한 문제를 일으킬 수도 있다. 생애 초기에 애정 어린 손길을 충분히 받지 못해도 평생 상처로 남는다. 인체에는 특히 쓰다듬는 손길에 반응하도록 최적화된 촉감 수용기의 네트워크가 있다.[4] 신경과학자 프랜시스 맥글론Francis McGlone 교수는 다정한 손길이 아이의 건강한 심리 발달에 결정적인 요소라고 말한다. "부모와 아기의 자연스러운 교감은 정서적으로 안정된 사회적 뇌의 기초를 다지는 데 중요한 자원이다. 그저 있으면 좋은 정도가 아니라 절대적으로 중요한 요소다."

뇌의 신경 모형은 사춘기에도 꾸준히 발달한다. 학교에서 인기가 있든 없든 신경 모형은 왜곡되고, 이후의 현실에 대한 경험도 자연스럽게 왜곡된다. 심리학자 미치 프린스틴Mitch Prinstein 교수는 청소년기 사회 계층에서의 위치는 성인기의 모습을 피상적으로만 변형하는 것이 아니라 "뇌의 연결 방식 자체를 변형하고, 그 결과로 우리가 보고 생각하고 행동하는 방식 자체를 바꿔놓는다" 라고 말했다.[5]

연구자들이 참가자들에게 학교 복도처럼 사회적 관계가 바쁘게 오가는 현장이 담긴 영상을 보여줬다. 다음으로 참가자들의 시선도약을 추적해서 뇌가 어떤 부분에 주목하는지 알아봤다. '사회적으로 성공한 경험'이 있는 참가자들은 친근해 보이는(미소짓고 담소를 나누고 고개를 끄덕이는) 사람들에게 주목했다. 하지만 고등학교 시절에 외롭고 고립된 경험을 해본 사람들은 '긍정적인 장면을 거의 보지 않았다.'[6] 대신 전체 시간의 약 80퍼센트 동안 친근하지 않고 남을 괴롭히는 사람들을 보았다. 결과적으로 보면 마치 '두 집단이 전혀 다른 영상을 보는 것 같았다.'

다른 유사한 실험에서는 참가자들에게 도형이 모호하게 상호

작용하는 단순한 애니메이션을 보여주었다.[7] 학창시절에 인기가 없던 참가자들은 곧바로 도형들이 서로 폭력적으로 행동하는 상황에 대한 인과관계를 말하는 편이었지만 인기 있던 참가자들은 즐거운 놀이로 볼 가능성이 훨씬 컸다.

우리는 날마다 이런 식으로 살아간다. 우리가 인간 환경에서 보는 현실은 과거의 산물이자 자기만의 고유한 상처의 산물일 때가 많다. 우리는 뇌에서 무시하는 대상은 보지 못한다. 뇌가 우리 주위의 고통스러운 장면만 보도록 눈에 명령한다면 우리에게는 그런 것만 보일 것이다. 또 뇌에서 실제로는 무해한 사건에 대해 폭력과 위협과 편견의 인과관계를 지어내 이야기한다면 우리는 그런 것만 경험할 것이다. 이렇게 우리가 경험하는 환각의 현실은 바로 옆에 있는 사람이 경험하는 현실과 전혀 다를 수 있다. 누구나 각기 다른 세계에서 살아가며 그 세계가 친근한지 적대적인지는 주로 어린 시절의 경험에 달려 있다. '우리가 모르는 사이 뇌의 어느 차원에서는 날마다 온종일 발달에 중요한 고등학교 시절의 기억을 끄집어낸다.'

유년기의 해로운 경험은 타인의 환경을 통제하는 능력에 손상을 준다. 그리고 가축화된 우리에게는 다른 사람들의 환경이 무엇보다 중요하다. 이야기의 모든 주요 인물은 이런 갈등에 휘말린다. 어떤 종류의 이야기에서는 이런 인물을 다루지 않는 것처럼 보일 수 있다. 가령 인디애나 존스나 앤디 맥냅Andy McNab의 『브라보 투 제로』에 등장하는 소년들이 주도하는 전쟁 모험극 속의 영웅들은 주인공이 사회적 세계가 아니라 물리적 세계를 통제하려는 시도에 초점을 맞춘다. 하지만 이런 이야기의 주인공들도 결국 악당의 형태로든 자신의 혼란스럽고 반항적인 무의식의 형태로든 적대적인 마음을 상대해야 한다.

근원적인 상처는 뇌에서 모형이 생성되는 동안 생성된 것이기 때문에 상처로 인한 결함이 우리라는 존재에 통합된다. 한마디로 내면화되는 것이다. 다음으로 자기 자신에게 정당성을 만들어주는 영웅 만들기 서사가 작동하면서 우리가 편협하거나 실수하지 않은 거라고, 우리가 옳다고 말해준다. 우리는 이런 거짓 신념을 지지하는 증거를 어디에서나 찾아내고, 반박하는 증거는 부정하거나 망각하거나 일축한다. 여러 가지 경험이 우리가 옳다고 확인해주는 것처럼 보인다. 우리는 왜곡되고 부서졌는데도 절대적으로 선명하고 현실적으로 보이는 세계 모형을 통해 세상을 내다보면서 성장한다.

때로는 실제 현실이 반발할 수도 있다. 결함 있는 모형에서 예측하지 않는 대로 주변 환경의 무언가가 변하거나 우리는 그에 따라 적절히 대처하지 못할 수도 있다. 이런 혼란을 잠재우려고 해보지만 환경의 변화가 모형의 결함을 직접 타격하므로 혼란을 누르는 데 실패하고 갈등을 겪을 수 있다. 우리가 옳을까? 아니면 사실은 우리의 잘못일까? 이렇게 우리의 정체성을 이루는 심오한 신념이 잘못된 것으로 밝혀진다면 대체 우리는 누구일까? 이렇게 극적 질문이 제기되고 이야기가 시작된다.

우리가 누구이고 어떤 사람이 되어야 하는지 알아내려 한다는 것은 이야기가 던지는 도전을 받아들인다는 뜻이다. 우리는 변화할 만큼 용감한가?

이야기의 플롯이, 그리고 인생이 우리에게 묻는다.

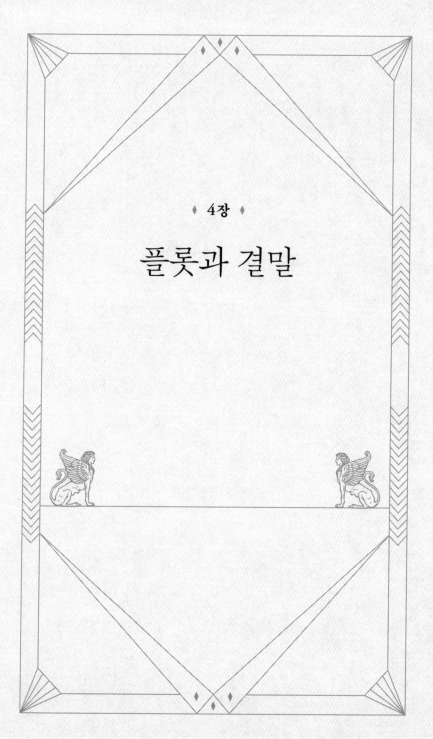

◆ 4장 ◆

플롯과 결말

매력적인 인물과 이야기의 힘

영웅은 이타적이고 용감하다. 영웅은 스스로 지위를 얻어낸다. 하지만 이야기에서든 현실에서든 영웅에게는 보통의 우리가 제대로 접해본 적 없는 결정적이고 중요한 자질이 있다. 그것은 우리의 가장 오래된 근본적인 욕구로, 우리가 단세포 유기체였던 시절부터 존재했을, 목표를 이루고자 하는 욕구다. 우리는 무언가를 원하고 그것을 얻으려고 싸운다. 예기치 못한 변화가 일어날 때 이불 속으로 들어가 그냥 다 사라져버리기를 바라고 기다리지만은 않는다. 뭐, 한동안은 그럴 수도 있다. 하지만 어떤 시점에 이르면 분연히 일어선다. 변화에 직면하고 **맞서 싸운다.** 19세기 평론가 페르디낭 브뤼느티에르Ferdinand Brunetière에게 이것은 극에서 유일한 불가침의 원칙이었다. 그는 이렇게 말했다. "우리가 연극에서 보고 싶은 장면은 목표를 달성하려고 싸우는 장면이다."[1] 성공적인 이야기와 성공한 삶의 근간에는 주변의 혼돈에 수동적으로 반응하지 않는다는 사실이 있다. 혼돈의 사건이 우리를 도발하고 욕망을 자극하면 우리는 행동한다. 이렇게 변화가 우리를 이야기의 모험으로 불러내고, 발화점에서 플롯이 싹튼다.

목표 지향성은 다른 모든 충동의 근원이다. 진화론에서 모든 생물의 기본 목표는 생존과 번식이다. 인류의 고유한 진화의 역사로 인해 우리는 두 목표를 달성하기 위해서 부족에 속하고 부족 안에서 지위를 얻는 데 집중해왔다. 이런 깊은 보편성 위에 우리가 갈망하는 그밖의 모든 것(야망, 반목, 연애, 실망, 배신)이 있다. 이것이 우리의 모든 갈등이자 이야기의 모든 소재가 된다.

인간에게는 주변 환경에 변화를 일으키고 싶은 충동이 있다. 이것은 심리학에서 '음식과 물만큼이나 기본적인 욕구'[2]라고 간주할 만큼 강렬한 충동이다. 연구자들이 참가자들의 눈과 귀를 가린 채 부유 탱크에 들여보내자 참가자들은 단 몇 초 만에 손가락을 맞대고 비비거나 잔물결을 일으켰다.[3] 4시간이 지나자 몇몇은 '외설적인 노래'를 불렀다. 다른 연구에서는 남성 참가자의 67퍼센트와 여성 참가자의 25퍼센트가 전기 충격 장치 이외에는 자극이 전혀 없는 방에 들어가자 뭐든 변화를 일으키려는 절박한 심정으로 자기 몸에 고통스러운 전기 충격을 가하기 시작했다.[4] 인간은 무언가를 한다. 행동한다. 어쩔 수 없는 일이다.

목표는 삶에 질서와 가속도와 논리를 부여하며, 현실에 대한 환각에 서사적 구심점을 제공한다. 지각은 목표를 중심으로 체계화한다. 어느 한 시점에 우리가 보고 느끼는 것은 우리가 무엇을 얻으려 하는지에 달려 있다. 예를 들어 길에서 폭우를 만났는데 상점도 나무도 출입구도 차양도 보이지 않을 때 우리는 폭우를 피할 장소를 찾는다. 목표 지향성이 인간의 인지에 결정적인 요소이기 때문에 목표에 대한 정보가 없다면 몹시 당황스러울 것이다. 심리학자 존 브래드포드John Bransford와 마샤 존슨Marcia Johnson 교수는 한 실험에서 참가자들에게 다음의 내용을 기억하라고 요청했다.[5]

절차는 사실 단순합니다. 우선 물건을 성질에 따라 분류하세요. 물론 해야 할 작업의 양에 따라 한 무더기로 쌓아도 됩니다. 설비가 부족해서 다른 곳으로 가야 한다면 그것이 다음 단계이지만 그렇지 않다면 준비가 된 것입니다. 어느 한 가지 작업을 과도하게 해서는 안 됩니다. 다시 말해서 한 번에 지나치게 많이 하는 것보다 적게 하는 편이 낫습니다. 단기간에는 중요해 보이지 않을 수 있지만 지나치게 많이 하면 더 복잡한 문제를 쉽게 일으킬 수 있습니다. 실수의 대가도 클 수 있습니다. 적절한 기계 장치의 조작에 관해서는 따로 설명할 필요가 없을 것이고, 여기에서는 그 부분을 자세히 설명하지 않아도 됩니다. 처음에는 모든 절차가 복잡해 보일 겁니다. 하지만 조금만 지나면 그저 또 하나의 삶의 단면일 뿐입니다. 이 작업의 필요성이 가까운 미래에는 사라질 거라고 내다보기는 어렵지만 아무도 모를 일입니다.

참가자 대다수가 위 문단에서 몇 문장 이상 기억하지 못했다. 하지만 두 번째 집단에는 사전에 이 글을 옷 세탁에 관한 지문으로 읽으라고 알려주었다. 단지 목표 한 가지를 추가했을 뿐이지만 난해한 지문이 선명해졌다. 두 번째 집단은 지문을 두 배 더 많이 기억했다.

우리가 행동하고 싸우고 **살아가도록** 이끌어주기 위해 우리의 영웅 만들기 뇌는 끊임없이 우리가 더 나은 무언가를 추구하는 것처럼 사고하기를 바란다. 정신적으로 건강한 사람은 낙관주의와 운명이라는 착각으로 삶의 플롯을 밀고 나간다. 한 연구에서는 음식점 종업원에게 자신의 미래에 대한 가능성에 모두 동그라미를 친 다음에 자신과 비슷한 처지의 동료들의 미래에 대해서도 같은 과제를 수행하게 했다.[6] 결과적으로 동료들보다 자신의 것에 동그라미가 더 많았다. 다른 실험에서는 10명 중 8명이 남들보다 자신의 삶이 더 잘 풀릴 거라고 믿었다.[7]

목표 지향성은 긴장감 있고 흥미진진한 이야기를 낳는다. 주인공이 목표를 추구하는 사이 우리는 그가 고군분투하는 과정을 함께 **느낀다**. 주인공이 상을 거머쥐면 그의 기쁨에 공감하고 주인공이 실패하면 함께 좌절한다. 이야기 이론가 크리스토퍼 부커는 탄탄하게 구축된 플롯에 흐르는 '수축'과 '이완'에 관해 설명한다.

부족적 사회 정서가 누구를 응원하고 누구의 죽음을 갈망해야 할지 말해준다면, 목표에 대한 우리의 이런 반응은 이야기라는 롤러코스터에서 꼭대기와 밑바닥을 이루고, 언어 이전에 수백만 년 된 목표를 향해 나아가는 생명체의 보편적인 언어를 쓴다.[8]

현실에서는 이런 정서가 우리에게 무엇이 가치 있는지 알려준다. 우리를 이끌어주면서 우리로 하여금 어떤 사람이 되고 무엇을 추구해야 하는지 말해준다. 우리가 영웅적으로 행동하면서 스스로 그렇게 행동한다고 **느끼는** 이유는 그 배경에 긍정적인 정서가 깔려 있기 때문이다. 물론 인간만 이러는 것은 아니다. 심리학자 대니얼 네틀Daniel Nettle 교수는 "아메바가 화학적 기울기를 따라가면서 먹이를 소화할 때도 나름의 긍정적인 정서에 따라 행동한다고 볼 수 있다. 감각이 있는 모든 유기체에는 환경에서 좋은 것을 찾고 추구하는 과정이 있고, 인간의 긍정적인 정서는 단지 이런 유형이 고도로 발달한 체계일 뿐이다."[9]

비디오게임은 이런 핵심 욕구에 곧바로 접속한다. 〈월드 오브 워크래프트〉와 〈포트나이트〉 같은 멀티플레이어 온라인 게임도 일종의 이야기다. 플레이어가 로그온하고 다른 플레이어와 팀을 이루어 어려운 임무를 수행할 때 세 가지 뿌리 깊은 진화적 갈망이 효과적으로 충족된다. '연결'하고 '지위'를 얻고 '목표'가 생기는 것이다. 우리는 게임 속에서 위기-갈등-해소로 이루어진 3막의 서사를 통해 싸우는 전형적인 영웅이 된다. 현대의 게임은 인간의 근원적인 욕구를 효과적으로 충족시키면서 중독성을 가진다. 현재 세계보건기구WHO는 '게임 장애'를 질병으로 분류한다. 웨일스의 제이미 캘리스라는 청소년은 하루에 최대 21시간까지 〈룬스케이프〉라는 게임에 빠졌다.[10] 그는 지역 신문 인터뷰에서 이렇게 말했다. "한순간 나무를 베고 있다가 다음 순간에는 뭔가를 죽이거나 모험을 떠나요. 그 안에도 인간 집단이 있고 거기에서 실제로 가족을 얻죠." 캘리스는 미국과 캐나다의 팀원들과 대화하는 시간이 많아서 웨일스 억양을 잃어갔다. 대한민국에서는 부모가 둘 다 멀티플레이어 게임에 빠져 살다가 3개월 된 딸을 굶어 죽도록 방치한 사건도 있었다.[11] 그들이 빠진 〈프리우스 온라인〉이라는 게임에는 공교롭게도 '아니마'라는 가상의 아기를 키우면서 정서적 유대를 쌓아가는 내용이 있다.

심리학자 브라이언 리틀 교수는 수십 년 동안 인간이 일상에서 추구하는 목표를 연구했다. 그에 따르면 우리는 한 번에 평균 열다섯 개의 '개인 프로젝트'를 진행하고 각 프로젝트는 '사소한 취미와 대단한 집착'[12]이 결합된 형태를 띤다. 이런 프로젝트가 정체성의 중심을 이루므로 리틀은 학생들에게 자주 이렇게 말한다. "우리는 우리의 사적인 프로젝트다." 그의 연구에 따르면 우리가 행복해지려면 프로젝트가 개인적으로 의미 있어야 하고 스스로 프로젝트를 일정 수준으로 통제해야 한다. 내가 리틀에게 '핵심' 프로젝트를 진행하는 개인이 위기-투쟁-해소의 3막의 서사를 통해 싸우는 전형적인 영웅과 유사한지 묻자 그는 "네, 백번 그렇습니다."라고 답했다.

리틀 이전에도 인간의 기본 가치가 의미 있는 목표를 향한 투쟁이라고 말한 사람들이 있었다. 고대 그리스의 아리스토텔레스도 인간 행복의 실체를 파헤치려 했다. 일각에서는 쾌락과 단기적 욕망의 충족으로 정의되는 '쾌락적' 행복을 전제했지만 아리스토텔레스는 그런 의미의 쾌락주의를 경멸하면서 "저들이 말하는 삶은 풀이나 뜯어 먹는 가축의 삶이다"라고 말했다.[13] 대신 그는 '에우다이모니아eudaemonia(행복)' 개념을 소개했다. 고전학자 헬런 모랄레스Helen Morales 교수는 에우다이모니아를 이렇게 정의한다. "목적을 실현하면서 살아가는 것, 번성하는 것이다. 아리스토텔레스는 '내일 행복해지기를 바라지 마라. 행복은 과정에 있다'라고 말했다."[14]

최근에 사회 유전체학에서는 우리가 행복은 목표보다는 실천에 있다는 아리스토텔레스의 행복론에 따라 살아가도록 태어났다는 증거를 발견했다. 의학자 스티브 콜Steve Cole 교수가 이끄는 연구팀의 연구에서는 에우다이모니아 수준이 높을 때 건강이 향상되는 것으로 나타났다(심장병과 암과 신경병성 장애의 위험이 감소했고, 항바이러스성 반응이 향상됐다).[15] 그러면 결과적으로 유전자의 발현이 변형된다. 다른 연구에서는 인간이 뚜렷한 목적을 알고 살면 우울증과 뇌졸중 위험이 줄어들고 중독자가 중독을 탈피하는데 도움이 되는 것으로 나타났다.[16] "목적 없이 배회하듯 살아가는 사람도 있지만 나는 그런 사람이 아니다"[17]라는 말에 동의할 가능성이 높은 사람은 다른 요인을 모두 통제한 이후에도 더 오래 사는 것으로 나타났다.

내가 콜에게 에우다이모니아를 정의해달라고 부탁하자 그는 "숭고한 목표를 추구하는 것"이라고 말했다.

"그러면 문학에서 영웅의 행동인가요?"

"맞아요. 바로 그겁니다."

인간은 이야기를 만들도록 태어났다. 힘들지만 의미 있는 목표를 추구하면서 번창한다. 뇌의 보상 기제는 목표를 달성하는 순간이 아니라 목표를 추구하는 과정에서 상승한다.[18] 무언가를 추구하는 과정들이 쌓여서 인생이 되고 플롯을 만드는 것이다. 추구할 목표나 적어도 목표에 가까워지고 있다는 감각이 없다면 실망과 우울과 절망만 남는다. 죽느니만 못한 삶이다.

위협적이고 예상치 못한 변화가 일어날 때 우리의 목표는 그 변화를 다루는 것에 있다. 목표가 우리를 사로잡는다. 통제해야 하는 세계가 좁아진다. 일종의 인지적 터널로 들어가서 해야 할 일만 보인다. 우리 앞의 모든 것이 욕망을 충족시키는 데 도움이 되는 도구이거나 제거해야 할 장애물이 된다. 이야기의 주인공에게도 해당하는 말이다. 브뤼느티에르가 말하는 '목표를 향해 싸우려는 의지'가 이야기에 나오지 않는다면 드라마는 없고 묘사만 이어질 뿐이다.

이렇게 세계가 좁아지는 과정은 특히 이야기의 발화점에 배치해야 하지만 많은 이야기가 바로 이 지점에서 실패한다. 최대한 강렬한 이야기가 되려면 주인공이 발화점 이후의 플롯에서 결과에 대한 적극적이고 주요한 원인 제공자가 되어야 한다. 원문 분석에 따르면 《뉴욕타임스》 베스트셀러 목록에 올라간 소설에는 '하다do' '필요하다need' '원하다want'라는 단어가 다른 소설보다 두 배 더 나온다.[19] 극에서 반응하고 결정하고 선택하고, 어떤 식으로든 혼돈을 통제하려고 시도하지 않는 인물은 진정한 주인공이 아니다. 행동하지 않는다면 "그는 누구인가?"라는 극적 질문의 답이 사실상 달라지지 않는다. 인물은 자기 모습 그대로 남아 있긴 하지만 서서히 지루하게 가라앉을 수밖에 없다.

일반적인 5막 플롯 vs. 변화의 플롯

플롯이란 무엇인가? 이야기의 아래층에 자리 잡은 잠재의식 차원이 인물 변화의 영역이라면 위층에서는 정확히 무슨 일이 일어날까?

플롯은 주인공에 대한 음모를 꾸미는 기능을 한다. 플롯의 인과관계는 항상 이야기 사건을 중심으로 발생한다. 이야기 사건이란 인물을 새로운 심리 영역으로 이끌어가는 에피소드다. 주인공이 적대적이고 낯선 상황에 놓이면 주인공의 결함 있는 통제 이론이 검증되고 다시 검증되며, 대체로 한계점을 넘어서까지 검증된다.

간혹 이야기 사건이 플롯의 출발점 언저리에 배치되고 플롯의 나머지 부분에서는 그 사건의 결과를 다루기도 한다. 예를 들어 『리어 왕』에서 이야기 사건은 딸들이 리어를 얼마나 사랑하는가의 시험이었다. 한편 이야기 사건이 중간 즈음에 배치되기도 한다. 플롯이 전개되면서 사건이 구축되고, 그런 다음에 결과가 나오는 방식이다. 『체실 비치에서』에서 이야기 사건은 중간 지점을 바로 지나 두 사람이 첫날밤을 치르는 데 실패한 장면이다. 한편 이야기 사건이 플롯 전체를 지배하는 경우도 있다. 〈아라비아의 로렌스〉에서 전쟁이 그렇다.

에피소드 방식의 스토리텔링은 연속적인 사건으로 구성된다. 시트콤에서는 이야기 사건이 주로 한 에피소드의 도입부에 나온다. 다음으로 인물들이 사건의 여파를 다루면서 변화의 기회를 얻고(사실은 아무도 변화하지 않는데, 이것이 웃음을 자아내는 요소다.) 결말에 가서야 모든 상황이 정리된다. TV 드라마에서는 이야기 사건이 대개 한 에피소드의 마지막에 나온다. 이를 '클리프행어 cliffhanger'라고 하는데, 시청자를 계속 잡아두는 장치다. 현대의 TV 장편 드라마는 주로 한 가지 압도적인 이야기 사건을 중심으로 구성된다. 〈브레이킹 배드〉에서는 주인공 월터 화이트가 마약상으로 변신하는 사건이고 〈트랜스페어런트〉에서는 주인공 모트 페퍼먼이 모라로 변신하는 사건이다. 그리고 각 에피소드는 주요 사건과 관련된 하위 사건을 중심으로 전개된다.

1951년부터 시작해서 2만 편 가까이 방송된 BBC의 라디오 연속극 〈아처스〉 같은 장수 드라마의 성공 비결은 이야기 사건이 자주 등장하고 인물에게 변화의 기회가 자주 주어진다는 점이다. 때로는 일련의 과정이 미묘하게 진행되고, 이 과정에서 최종 해결책은 거의 나오지 않는다. 인물이 사실은 어떤 사람인가라는 극적 질문의 최종 답이 나오지 않고 우리 인생처럼 힘든 사건들이 끊임없이 벌어지고 또 벌어질 뿐이다.

'이상적인' 플롯을 구성하는 표면의 인과관계 양상이란 정확히 무엇일까? 아리스토텔레스 이래로 수 세기에 걸쳐 유능한 학자들이 이 질문의 답을 찾아왔다. 학자들은 완벽한 플롯을 찾기 위해 수많은 신화와 이야기를 수집하고, 수맥이나 광맥을 찾는 디바이닝 로드를 돌려가듯이 애쓰며 숨겨진 청사진을 발견하려 했다. 그리고 그들이 찾아낸 플롯은 막대한 영향력을 발휘했다. 그 플롯이 오늘날 인기 있는 스토리텔링의 바탕을 형성하기도 한다.

조지프 캠벨은 이야기는 영웅이 모험에의 부름에 응답할 때 비로소 시작되지만 처음에 영웅은 그 부름을 거부한다고 지적했다. 스승이 나타나서 영웅을 격려하며 중반 무렵에 영웅이 '거듭나지만' 결국 어둠의 세력이 등장하고, 영웅은 그들과 죽기 직전까지 힘겨운 싸움을 벌인 끝에 드디어 깨우침을 얻고 '은혜'를 입고 공동체로 귀환한다.

할리우드 애니메이션 스튜디오 픽사Pixar는 우리 시대에 가장 잘 나가는 대중 영화 시장 작가들의 본산지다. 〈라따뚜이〉, 〈월-E〉, 〈업〉 같은 블록버스터를 쓴 '이야기 예술가' 오스틴 매디슨 Austin Madison은 픽사의 영화라면 반드시 지켜야 하는 구조가 있다면서 그 구조를 공유했다. 우선 목표는 있지만 안정된 세계에서 사는 주인공으로부터 시작된다. 다음으로 주인공에게 도전 과제가 주어지고 일련의 인과관계가 있는 사건에 주인공이 휘말리며 이야기는 절정으로 치닫고 선이 악을 이기고 이야기의 교훈이 드러난다.

크리스토퍼 부커는 30년의 연구를 통해 이야기에서 반복적으로 나타나는 일곱 가지 플롯이 있다고 주장했다. 괴물 이기기, 거지에서 부자가 되기, 위대한 여정, 여행과 귀환, 거듭나기, 희극, 비극이다. 플롯은 기본적으로 5막으로 구성된다. 행동에의 부름, 만사가 잘 풀리는 꿈의 단계, 운명이 달라지는 좌절의 단계, 악몽 같은 갈등으로 내려가기, 마지막으로 해결의 단계. 부커는 융의 이론에 따라 보편적인 인물의 변신을 기술한다. 우선 이야기가 시작할 때 주인공의 성격은 '불균형'하다. 전형적인 남성적 특질로 간주되는 힘과 질서나, 전형적인 여성적 특질로 보는 감정과 이해가 지나치게 강하거나 약하다. 마지막 단계인 행복한 결말에 이르면 영웅은 네 가지 특질의 '완벽한 균형'을 찾아서 마침내 온전해진다.

존 요크는 『숲속으로Into the Woods』라는 이야기 구조를 다룬 책에서 이야기의 감춰진 대칭성을 설명한다. 이 구조에서는 주인공과 적대자가 운명을 오르내리며 서로를 비춰주는 반대편의 역할을 한다. 요크는 19세기에 고대 그리스와 셰익스피어의 희곡을 분석한 구스타프 프라이타크Gustav Freytag에게 영향을 받아 중반부의 절정 단계가 중심이 되는 '보편적인' 플롯 구조를 주장한다. 절정이란 '거창하고 획기적이고 삶이 바뀌는 순간'이며 '모든 성공적인 이야기'에서 '정확히' 중간 지점에 나오고 '심오하게 의미 있는' 뭔가가 돌이킬 수 없는 방식으로 변형되는 순간이다.

이렇게 계속 이어지고… 이어지고 이어진다. 작가 사이드 필드 Syd Field는 설정, 대립, '절정과 해결'로 구성된 3막 구조를 주장하고, 블레이크 스나이더Blake Snyder는 중간 지점을 중심으로 전개되고 '영혼의 어두운 밤'이라는 단계가 전조가 되어 극적인 대단원에 이르는 15단계의 '비트 시트beat sheet'를 주장하며, 존 트러디John Trudy는 최소한 22개의 플롯 포인트plot point를 주장한다.

플롯에 대한 이런 중구난방의 주장을 어떻게 받아들여야 할까? 다행히 플롯은 주인공을 시험하고 변화시키기 위해 존재한다는 사실만 이해하면 이질적으로 보이는 이론들은 단순해지고 이해하기 쉬워진다. 서양의 스토리텔링이 주로 3막(위기, 갈등, 해소)으로 이루어지지만 학자들은 오래전부터 조금 더 늘려서 플롯을 5막으로 나누는 방법이 유용하다고 보았다. 존 요크는 5막 구조의 기원을 기원전 8세기로 거슬러 올라가서 로마 시인 호라티우스의 말을 인용한다. "어떤 희곡도 일단 상연된 후 갈채를 받거나 다시 무대에 오르려면 5막보다 짧거나 길지 않아야 한다."

내가 보기에는 일반적인 5막 구조가 이야기를 전하는 **유일한** 방법은 아니다. 실제로 3분 반짜리 팝송의 서사도 완벽하게 주의를 끄는 구조를 가지고 있다. 대중 시장의 스토리텔링에 이런 구조가 많은 이유는 이 구조가 인물의 결함 있는 통제 이론이 깨지고 변형되고 재건되는 과정을 보여주기에 가장 단순한 방법이기 때문이다. '행복한 결말'의 플롯은 다음과 같이 진행된다.

- 1막 : 이게 나다. 그런데 통하지 않는다.
주인공의 통제 이론이 정립되어 있다. 예기치 못한 변화가 일어난다. 발화점에 의해 주인공이 새로운 심리 세계로 들어간다.

- 2막 : 다른 방법이 있는가?
플롯에서 주인공의 낡은 통제 이론이 검증되고 깨지기 시작한다. 흥분이나 긴장, 전율의 정서가 고조되는 사이, 주인공이 새로운 방법을 알아채고 학습하고 적극적으로 실험한다.

- 3막 : 방법이 있다. 나는 변화했다.
음울한 긴장이 지배하고 플롯이 저항한다. 주인공은 새로운 전략으로 반격한다. 그사이 주인공은 깊은 차원에서 돌이킬 수 없는 방식으로 변화하지만 플롯이 다시 전례 없는 위력으로 공세를 펼친다.

- 4막 : 그런데 나는 변화의 고통을 감당할 수 있는가?
혼돈이 일어난다. 주인공이 가장 낮고 가장 암울한 지점으로 떨어진다. 플롯의 공세가 수그러들지 않고 주인공은 변화하기로 한 자신의 결심에 의문을 품기 시작한다. 플롯이 주인공을 가만히 놔두지 않는다. 주인공은 곧 어떤 사람이 될지 결정해야 한다.

• 5막 : 나는 어떤 사람이 될까?

최후의 결전이 다가오면서 긴장이 고조된다. 절정에 이르러 주인공이 마침내 플롯을 완벽히 통제한다. 혼돈 상태가 깨지고 극적 질문의 결정적 답이 나온다. 이제 주인공은 새로운 사람, 더 나은 사람이 될 것이다.

한편 최근의 '빅데이터' 기술로 플롯에 대한 새로운 통찰이 가능해졌다. 이야기 구조에 대한 설득력 있는 분석으로는 스탠퍼드 대학교 문학연구소의 출판책임자 조디 아처Jodie Archer와 매튜 조커스Matthew Jockers의 연구가 있다. 두 연구자의 알고리즘은 소설 2만 편을 분석하여 《뉴욕타임스》 베스트셀러 80퍼센트를 정확히 예측했다. 흥미롭게도 이 분석 결과는 7가지 기본 플롯을 제안한 크리스토퍼 부커의 연구를 지지하는 증거가 되었다. 게다가 사람들이 가장 흥미를 느끼는 이야기의 지표도 나왔다. 베스트셀러에 '가장 자주 나오고 중요한 주제'는 '인간의 친밀감과 인간 사이의 연결'로, 고도로 사회적인 동물인 우리에게 꼭 맞는 관심사다.

아처와 조커스는 특히 E. L. 제임스E. L. James의 『그레이의 50가지 그림자』에 주목했다. 이 책은 1억 2500만 부가 팔리면서 출판업계를 발칵 뒤집어놓은 소설로, 일각에서는 이 소설의 성공 원인을 BDSM(Bondage/구속, Discipline/훈육, Sadism/가학, Masochism/피학)에서 찾으려 하지만 원문을 분석한 결과로는 섹스가 핵심 주제는 아니었다. 이 소설은 노골적인 성애 소설이 아니라 남자 주인공과 여자 주인공이 '정서적으로 교감'하는 짜릿한 연애가 주된 관심사다. 실제로 인물의 행동을 끌어내는 것은 '애너가 복종할 것인가 아닌가, 라는 끊임없이 반복되는 질문'이다. 이 소설의 플롯은 다른 모든 플롯과 마찬가지로 '애너가 어떤 사람이 될 것인가?'라는 극적 질문에서 힘을 얻는다.

아처와 조커스가 『그레이의 50가지 그림자』의 플롯을 그래프로 그려보자 흥미로운 양상이 나타났다. 수축과 해방이 거의 대칭을 그리면서 최고점 다섯 개와 최저점 네 개를 지나고 지점마다 일정한 간격으로 떨어져 있었다. 한편 갑자기 인기를 끌면서 수천만 권이 팔린 댄 브라운의 소설 『다빈치 코드』에도 『그레이의 50가지 그림자』와 놀랄 만큼 유사한 양상이 나타났다. 아처와 조커스는 이렇게 적었다. "두 소설은 최고점 사이의 거리가 대략 비슷하고 최저점 사이의 거리가 대략 비슷해서 결국 최고점과 최저점 사이의 거리가 거의 비슷하다. 두 소설은 흥미진진한 작품의 장단을 완벽히 따랐다."

그대로 따르지 않으면 실패하는 규칙으로서 플롯을 이해하는 것보다 창작에 더 큰 자유를 허락하는 관점이 또 있을까? 문학과 모더니즘과 예술 영화만이 아니라 상업적인 작품을 들여다보면 플롯의 유일한 근본 요소는 표면에서 일어나는 사건이 이면의 잠재의식 차원의 인물 변화를 끌어낸다는 점이다. 단순히 '페인트 가 마른 것'은 이야기가 아니라 권태의 다른 표현이지만 "그레이엄은 페인트가 마른 것을 보고 그의 삶을 돌아보았다"라고 하면 모더니즘 단편 소설의 미약한 출발점이 된다.

나아가 플롯은 변화의 교향곡을 조율하는 역할을 해야 한다. 독자의 뇌를 사로잡고 계속 관심을 놓치지 않게 해주는 것은 바로 **변화**다. 상위 차원의 인과관계는 이야기 사건과 그 여파의 영향을 받고 하위의 잠재의식 차원에서는 인물이 위에서 벌어지는 사건에 의해 놀랍고도 의미 있는 방식으로 변화한다.[1] 누구를 사랑하고 누구를 미워할지 말해주는 부족적 정서에 변화가 일어나고, 서사의 정상과 바닥을 이루는 수축과 해방의 목표 지향적 정서에도 변화가 일어난다. 그뿐 아니라 인물이 상황을 이해하는 방식에도 변화가 일어난다. 인물이 목표를 이루기 위해 세우는 계획도 달라질 수 있고 목표 자체도 달라질 수 있다. 뿐만 아니라 자기에 대한 이해도 달라질 수 있으며 관계에 대한 이해도 바뀔 수 있다. 인물이 어떤 사람인지, 극에서 실제로 무슨 일이 벌어지는지에 대한 독자의 이해도 바뀔 수 있다. 두 번째 주요 인물(그리고 세 번째 인물도)도 달라질 수 있고 정보의 격차가 벌어지고 좁아졌다가 완전히 닫힐 수도 있다. 변화는 이런 식으로 계속 이어진다.

어떤 변화의 패턴이 나타나고 또 언제 나타날지는 이야기 사건의 성격과 이야기의 유형에 따라 달라지는 창작 고유의 결정이다. 예를 들어 경찰 소설은 실제로 벌어지는 사건에 대한 독자의 이해가 어떻게 달라지는지에 의해 좌우되고, 독자의 이해는 수사관이 무엇을 아는지에 따라 널뛰듯이 변화한다. 『남아 있는 나날』에서 변화는 주로 스티븐스에 대한 독자의 이해에서 나타난다. 그가 차를 몰고 멀리 이동하는 동안 주로 회상의 형식으로 이야기의 뉘앙스와 색채(주로 어두운)가 점진적으로 더해진다.

이런 하위의 잠재의식 차원의 변화가 더 심오하고 기억에 남는다면 극의 근본적인 질문과 더 직접적으로 연결되어 있기 때문일 것이다. 스티븐스는 누구인가? 그는 어떤 사람이 될 것인가? 이 질문의 답은 이시구로의 작품 마지막 페이지까지 끊임없이 달라진다.

최후의 일전

강렬한 플롯은 끊임없이 극적 질문을 던지는 플롯이다. 이런 플롯은 이야기 사건을 이용해서 주인공이 자기 자신을 어떤 사람으로 생각하고 세계가 어떻게 돌아간다고 믿는지에 관한 모형을 반복해서 변형하고 서서히 깨트렸다가 다시 구축한다. 다만 이런 모형은 인물의 정체성의 핵심에 닿는 모형이기 때문에 단단하고 잘 변형되지 않는다. 따라서 이 모형을 깨트리려면 일종의 압력이 필요하고 주인공이 극에 반발해야 한다. 주인공으로부터 도전과 자극이 난무하는 외부 세계와 적극적으로 대결할 용기를 끌어내야만 핵심 모형을 깨트리고 재건할 수 있다. 신경과학자 보 로토Beau Lotto 교수는 "적극적인 태도는 중요할 뿐 아니라 신경학적으로 필요하다"라고 말한다.[1] 이것이 우리가 성장하기 위한 유일한 방법이기 때문이다.

데이터 전문가 데이비드 로빈슨David Robinson은 책과 영화, TV 드라마, 비디오게임을 통틀어 무려 11만 2000개의 플롯을 분석했고, 그의 분석 알고리즘을 통해 한 가지 공통된 이야기 형태를 도출해냈다.[2] 로빈슨은 이렇게 설명했다. "상황이 악화되고 또 악화되다가 마지막 순간에 해소된다." 로빈슨이 발견한 양상에 따르면 수많은 이야기에 하나의 지점, 곧 문제가 해결되기 직전에 주인공이 중요한 시험을 거치는 순간이 있다. 마지막 결정적인 그 순간에 주인공에게 극적 질문이 제기된다. 주인공이 마지막으로 한 번 더 새로운 사람이 될지 말지 결정해야 하는 순간이다.

전형적인 스토리텔링에서, 특히 동화와 신화와 할리우드 영화에서는 이런 사건이 주로 생사를 건 도전이나 싸움으로 나타나고, 주인공은 가장 두려운 모든 것과 직면한다. 이런 표면에서 일어나는 사건은 이야기의 잠재의식 차원에서 일어나는 현상을 대변한다. 이야기 사건은 인물의 정체성의 핵심을 건드리도록 설계되어 있으므로 인물이 바꿔야 하는 부분은 그가 가장 바꾸기 힘든 부분이 된다. 인물이 잠재의식 차원에서 결함 있는 세계 모형을 완전히 바꾸려면 거의 초자연적인 힘과 용기를 끌어내야 한다.

그런데 이는 대다수 현대적인 스토리텔링이 최악의 상투적인 이야기로 전락하는 지점이기도 하다. 나는 영화나 TV 장편 드라마를 열심히 보다가 드라마가 끝나기 15분 전에 꺼버리곤 한다. 결말이 어떻게 될지 너무 뻔하기 때문이다. 문제는 최후의 '전투' 요건을 지나치게 문자 그대로 적용하는 데 있는 것으로 보인다.

인물의 내면에 강렬한 드라마가 있다면 과장되고 과잉된 행동의 드라마에 기댈 필요가 없다. 칸영화제 황금종려상을 받은 L.M. 키트 카슨L.M. Kit Carson과 샘 셰퍼드Sam Shepard의 〈파리, 텍사스〉의 충격적이고 강렬한 마지막 장면을 예로 들어 보자. 흩어진 가족의 이야기인 이 영화는 주인공 트래비스(길을 잃고 말이 없고 우울하고 심각하게 병 든 남자)가 텍사스의 사막에서 배회하는 장면으로 시작한다. 그가 쓰러지자 동생이 그를 데리러 오는데, 트래비스에게는 4년 전에 아내와 헤어진 후 동생에게 맡긴 헌터라는 이름의 아들이 있다. 영화는 트래비스가 아들과의 관계를 서서히 회복하는 과정을 그려낸다. 그는 아내(헌터의 엄마, 제인)의 행방을 수소문해서 알아내고 아들과 함께 아내를 만나러 자동차를 타고 먼 길을 떠난다.

영화에서 그들의 결혼이 왜 깨졌는지 드러나는데, 트래비스가 아름답고 한참 어린 아내를 성적으로 질투하고 피해망상을 보이다가 그녀를 통제하는 행동으로 이어지면서 두 사람은 멀어졌던 것이다. 트래비스는 갈수록 폭력적으로 변했다. 이런 어두운 과거에도 불구하고 두 사람은 여전히 사랑한다. 이 가족은 결국 다시 결합할 수 있을까? 영화는 트래비스가 제인에게 전화해서 그와 그녀가 오래전에 잃은 아들이 머무는 호텔 방을 자세히 설명하는 장면을 보여준다. 이어서 엄마와 아들이 만나 포옹하는 장면이 나온다. 하지만 트래비스는 어디에 있을까? 마지막 장면에서 트래비스는 석양을 향해 혼자 울면서 차를 몰고 떠난다.

이처럼 요란하지는 않지만 강렬한 결말에 앞서 트래비스가 사랑하는 사람들을 떠나기로 결심하게 된 폭발적인 최후의 일전은 나오지 않는다. 그는 소리를 지르지도 비난하지도 물건들을 던지지도 않았고, 공항에서 상대를 쫓아 달리지도, 격하게 "사랑해"라고 외치거나 우여곡절 끝에 '사느냐 죽느냐'를 고민하지도 않았다. 그저 극적 질문의 결정적인 답이 나왔을 뿐이다. 이처럼 결함 있는 인물은 누구인가? 온갖 실수와 시도 끝에 트래비스는 결국 어떤 사람이 되기로 한 걸까? 그는 자신이 좋은 남편과 아버지가 될 수 없다는 걸 알 만큼 스스로를 잘 알았고 가족을 위해 자신을 희생할 만큼 이타적인 용기를 끌어냈다. 어쨌든 그는 좋은 사람이었다.

트래비스의 '최후의 일전'에서 요란하게 폭죽이 터지지는 않았지만 이야기의 잠재의식 차원에서 그는 용과 맞붙어 싸운 것이나 다름없다. 심리학자이자 이야기 이론가인 조던 피터슨Jordan Peterson 교수는 영웅이 보물을 지키는 용과 최후의 일전을 벌이는 신화적 비유에 관해 이렇게 설명한다. "최후의 일전이 주는 결실을 얻으려면 일단 그 일전에 나서야 한다. 엄청난 위험에 처하고 한계까지 밀어붙여야 할 수 있다. 그렇게 용과 마주하지 않으면 황금도 가져가지 못한다. 아주, 아주 이상한 논리지만 정확히 맞는 이야기로 보인다."[3]

황금은 목숨을 건 일전을 받아들인 대가다. 하지만 이야기의 극적 질문에 옳게 답해야만 그 보물이 주어진다. 옳은 답은 "나는 더 나은 사람이 될 것이다"이다.

완벽한 통제력을 드러내는 신의 순간

이야기는 어떻게 끝날까? 모든 이야기가 변화라면 당연히 변화가 멈출 때 이야기도 끝날 것이다. 주인공은 발화점부터 외부 세계에 대한 통제력을 얻기 위한 싸움에 뛰어들었다. 이야기가 행복한 결말로 끝난다면 그 과정이 성공적인 셈이다. 외부 세계에 대한 뇌의 모형과 통제 이론이 갱신되고 향상될 것이고, 주인공은 마침내 혼돈을 다스릴 수 있을 것이다.

이미 보았듯이 통제는 뇌의 궁극적인 사명이다. 우리의 영웅 만들기 뇌는 항상 우리가 실제보다 세상에 대한 통제력을 더 많이 가진 것처럼 느끼게 해주려고 한다. 한 연구에서 참가자들에게 무작위로 보상해주는 기계를 주면 참가자들은 기계에 달린 레버로 정교한 의식儀式을 고안해서 보상이 나오는 순간을 스스로 통제할 수 있다고 믿으려 했다.[1] 다른 실험에서는 참가자들에게 전기충격을 가하면서 원하는 대로 멈출 수 있다고 말해주기만 해도 고통을 더 많이 견딜 수 있는 것으로 나타났다.[2] 한편 통제할 수 없는 충격이 무작위로 주어지면 심리적으로나 생리적으로 하락했다.

우리는 통제력을 잃으면 적극적이고 영웅적인 인물이라는 자아 감각을 잃고 결국 불안하고 우울하고 심각한 상태로 치닫는다. 뇌는 이런 상태를 피하기 위해 영웅적인 우리 자신에 관한 설득력 있고 교묘하고 단순한 이야기를 지어낸다. 심리학자 티모시 윌슨 교수는 이렇게 말한다. "행복의 중요한 요소는 우리에게 무슨 일이 일어나고 왜 그런 일이 일어나는지를 얼마나 잘 이해하느냐 하는 것이다."[3] 행복한 사람들은 자기한테 왜 불행한 일이 일어났고 무엇이 미래에 대한 희망을 주는지에 관한 명확한 서사를 가지고 있다. "스스로 삶을 통제한다고 느끼고 목표를 선택하고 목표를 향해 나아가는 사람들은 그렇지 않은 사람들보다 더 행복하다."

뇌는 통제를 사랑한다. 통제할 수 있을 때 뇌는 천국에 있는 것과 같기 때문에 이를 위해 끊임없이 투쟁한다. 세상에서 가장 성공적인 이야기 속 주인공에게 중요한 자질이 바로 세계에 대한 통제력이라는 사실은 결코 우연이 아니다. 그 주인공은 바로 수많은 종교의 전설적인 스타, '하느님'이다. 하느님은 뭐든지 할 수 있고, 무슨 일이 일어날지 일어났는지 다 알고 있으며 모든 사람의 지극히 사적인 소문까지 다 들을 수 있다.

통제력에 대한 갈망은 전형적인 이야기의 결말이 왜 그렇게 만족스러운지 설명해준다. 『롤리타』 같은 비극에서 주인공은 더 나은 사람이 되지 않기로 결정하면서 극적 질문에 답한다. 이런 인물은 자신의 결함을 발견하고 고치기보다는 결함을 더 많이 수용하는 쪽을 선택한다. 그러다 자신의 모형을 고수하려는 행동의 파국적인 소용돌이에 빨려 들어가서, 외부 세계에 대한 통제력이 더 느슨해지고 결국에는 굴욕당하거나 배척당하거나 죽음에 이른다. 이런 결말은 독자에게 커다란 위안을 주는 신호를 보내는데, 그것은 신성한 정의가 진실로 존재하고 불가피하며, 어쨌든 혼돈 속에도 통제력이 있다는 신호다.

반대로 라스 폰 트리에의 〈어둠 속의 댄서〉 같은 이야기는 통제력에 대한 욕망을 필사적으로, 잔인하게 충족시켜주지 않는 방식으로 이 욕망을 이용한다. 이타적인 이민자 셀마 제스코바는 이기적인 경찰에게 돈을 도둑맞자 외부 세계에 대한 통제력을 되찾으려다가 결국 더 큰 혼란에 빠진다. 이 이야기의 플롯은 셀마가 교도소에서 교수형으로 죽으면서 끝이 나는데, 이것은 우리가 원하는 결말이 아니다. 폰 트리에는 정의와 통제력 회복에 대한 부족적 갈망을 끝내 충족시켜주지 않으면서 관객을 비탄에 빠트린다. 그러나 이를 통해 미국에서 약자가 받는 처우에 대한 정치적 메시지를 강력하게 전달한다.

데이미언 셔젤Damien Chazelle의 로맨틱 코미디 영화 〈라라랜드〉의 결말은 우리의 통제 욕구를 충족시키면서 동시에 전복시킨다. 영화는 두 주인공을 따라간다. 한쪽은 유명 배우가, 다른 한쪽은 유명 재즈 뮤지션이 되고 싶어 한다. 플롯에서 두 인물에게 각각 극적 질문을 던지자 두 사람은 결국 서로보다는 각자의 꿈(야망)을 선택한다. 아름답고 강렬한 결말에서 우리는 그들이 각자 꿈을 실현한 모습에 기뻐하고 그 꿈을 이루는 과정에서 서로를 잃은 사실에 슬퍼한다. 주인공들은 통제력을 얻기도 했지만 잃기도 했다. 어쨌든 이 결말이 강렬한 이유는 극적 질문에 대한 명확한 답이 나왔고 그 답이 두 인물의 성격에 맞는 듯 보이면서도, 관객은 여전히 두 주인공의 사랑의 감정에서 빠져나오지 못한 채 달콤하고도 씁쓸한 상태에 머물기 때문이다.

집사 스티븐스의 이야기는 마지막에 독자에게 그의 현실 통제 능력이 달라질 거라고 미묘하지만 확실하게 약속한다.『남아 있는 나날』의 긴 회상 장면에서는 감정을 절제함으로써 품위를 지키려 했던 그의 충실한 태도만이 아니라 반유대주의와 나치에 유화적이었던 전 주인 달링턴 경을 향한 충성심이 가져온 우울한 결과도 보여준다. 스티븐스가 전에 달링턴 홀에서 같이 일하던 켄턴 양을 만나러 콘월까지 가면서 회상하는 사건들은 세계에 대한 그의 내적 모형을 다양하게 건드리지만 그는 고집스럽게 그 모형에 충실하기만 하다.

마침내 켄턴 양과 재회했을 때 그녀는 그를 사랑한 적이 있었다고 말한다. 이 고백을 들은 스티븐스는 독자에게 "가슴이 미어졌다"고 인정하지만 켄턴 양의 눈에 눈물이 차오르는데도 직접 자신의 감정을 전하지는 못한다. 세계에 대한 그의 모형과 통제 이론은 그에게 감정을 절제해서 품위를 지키는 것 이외의 무언가를 드러내면 혼란만 불러올 거라고 말하기 때문에 그로서는 결코 그럴 수는 없다.

소설의 마지막, 스티븐스가 웨이머스 선창으로 갔을 때 그곳에는 하루의 남은 시간에 전등이 켜지는 행사를 구경하려고 사람들이 모여 있다. 마침내 스티븐스는 자기가 달링턴 경을 잘못 생각했다고, '실수'였다고 인정한다. 노예 같은 지위로 인해 달링턴 경이 선택한 세계관을 무턱대고 신뢰했다고 인정하면서 자문한다. "거기에 무슨 품위가 있나?"

잠시 후 그는 뒤에서 웃고 떠들던 사람들이 친구나 가족이 아니라 전등을 보러 모인 낯선 사람들이라는 것을 알고 놀란다. "다들 어떻게 저렇게 금방 훈훈한 분위기를 만들 수 있는지 신기하다." 그는 다른 사람들이 어떻게 그럴 수 있는지 의아해하다가 미국인인 새 주인이 무척 좋아하지만, 그로서는 익히려다 그만둔 '농담의 기술'에 그 답이 있다는 결론에 이른다. "이제 농담이란 걸 좀 더 진지하게 고민해야 할 때가 온 것 같다. 어쨌든 농담에 빠진다고 해서 그렇게 어리석은 것도 아니다. 더욱이 농담을 주고받는 것이 인간의 온기를 느끼는 열쇠가 된다면야."

이 책의 마지막 페이지에서 스티븐스는 남들에게는 사소해 보일 수 있지만 그에게는 용과 싸우는 것과 같을 수 있는 변화를 도모하기로 다짐한다. 그는 세계에 대한 자신의 모형이 틀렸다는 것을 알아챘고, 독자는 외부 세계를 통제하는 그의 능력이 나아질 것이며 결국 그가 변화라는 황금을 얻을 것이라는 암시를 얻고 만족스러운 기분으로 작품을 떠난다. 스티븐스의 이야기는 행복한 결말이다.

전형적인 행복한 결말의 예로 켄 키지Ken Kesey의 『뻐꾸기 둥지 위로 날아간 새』를 들 수 있다. 1950년대의 한 정신과 병동이 배경인 이 소설의 화자는 북미 원주민 환자인 추장 브롬덴이다. 세계에 대한 그의 모형도 미스터 B의 모형처럼 병리적 망상을 보인다.

브롬덴은 현실이 컴바인이라는 기괴하고 은폐된 메커니즘에 의해 통제된다고 믿는 인물이다. 그의 통제 이론에 따르면 그 자신에게는 통제력이 전혀 없다. 그는 한마디도 하지 않고 한쪽 구석에서 비질을 하면서 외부의 소리를 듣기만 한다. 하지만 카리스마 넘치고 반항적인 인물이자 결국에는 잔인하게 뇌엽절리술을 받은 맥머피라는 인물이 병동에 들어오면서 브롬덴의 세계 모형이 도전받고 다시 구축된다. 이 작품의 감동적인 결말에서 브롬덴은 그의 치료를 도와준 맥머피에게 자비를 베풀어 안락사를 시켜준다. 그러고는 바닥에서 묵직한 제어판을 떼어내 창밖으로 던져버리고 달빛이 비치는 하늘을 향해 뛰어오르면서 이런 말을 남긴다. "여기까지 오는 데 오래 걸렸어."

다시 이야기의 시작점으로 돌아가 보면, 브롬덴은 병원에 있는 듯 보였고 무단이탈로 붙잡혔거나 병이 재발한 것으로 짐작할 수 있었다. 하지만 이 이야기는 끝나야 할 지점에서 끝난다. 브롬덴이 이야기의 두 가지 차원 모두에서, 그러니까 극의 외부 세계와 그의 내면 세계를 완전히 통제하는 순간에 끝난다. 더없이 행복하고 완벽한 순간에 그는 모든 것에 대한 통제력을 얻는다. 그는 이야기 속에서 신이 된 셈이다.

완벽히 전형적인 이 결말이 '신의 순간'의 형태를 취하는 이유는 삶이 아무리 혼돈과 슬픔과 갈등으로 점철되어 있다고 해도 통제력을 발휘할 수 있다고 안심시켜주기 때문이다. 스토리텔링 뇌에는 이보다 더 확실한 메시지가 없다. 바로 우리가 1막에서 걸려들어 극에 휘말리다가 결국 다시 최선의 자리로 되돌아간다는 메시지다. 심리학자 로이 바우마이스터Roy Baumeister 교수는 "인생은 안정을 갈망하는 변화"라고 말한다.[4] 이야기는 실제로 우리를 위험에 빠트리지 않으면서도 통제력을 잃은 느낌을 주는 일종의 연극과 같다. 경사로와 레일과 철제 차륜으로 만들어진 롤러코스터가 아니라 사랑과 희망, 두려움, 호기심, 지위 게임, 수축, 해방, 예기치 못한 변화, 도덕적 분노로 이루어진 롤러코스터다. 이야기는 통제력의 스릴라이드인 셈이다.

변화를 끌어내는 공감의 순간

두개골에 갇힌 환각 속에서 산다는 것은 신경과학자 크리스 프리스Chris Frith 교수의 말에 따르면 "세상의 중심에서 보이지 않는

배우로 존재하는 것"과 같다.¹ 모든 것(장면, 소리, 냄새, 촉감, 맛, 생각, 기억, 행위)이 우리라는 단일한 초점으로 수렴되며 이것은 이야기가 만들어내는 환각이라 할 수 있다. 작가들은 인간 의식의 '복제본simulacrum'을 창조한다. 소설의 한 페이지를 읽으면 자연히 시각적 관찰에서 시작해서 말로, 생각으로, 먼 기억으로 넘어갔다가 다시 시각적 관찰로 돌아온다. 말하자면 우리가 소설 속 **그 인물인 양** 그의 의식을 경험한다. 이때 인물의 의식에 대한 복제본이 강렬해서 우리의 의식은 뒤로 슬쩍 밀려날 수 있다. 실제로 이야기에 빠져든 순간에 뇌를 스캔하면 자아 감각과 연관된 영역이 억제되는 것으로 나타난다.

이야기가 우리를 아찔한 통제력의 롤러코스터에 태우면 우리 몸도 그에 따라 반응하면서 이야기 속 사건을 체험한다. 심장박동이 빨라지고 혈관이 팽창하고 코르티솔과 옥시토신 같은 신경화학물질의 활성화 수준이 변하면서 감정에 강력한 영향을 받는다. 작가가 창조한 세계에 빠져들어 내릴 역을 놓치거나 잠도 못 이룰 수 있다. 심리학에서는 이런 상태를 '도취transportation'라고 말한다.

다양한 연구에서 도취의 순간에 우리의 신념과 태도와 의도가 이야기의 도덕관에 따라 달라지고 이런 변형이 고착될 수 있는 것으로 나타났다. 서사의 도취에 관한 연구 132편을 메타 분석한 연구자들은 이렇게 적는다. "연구 결과를 보면 도취한 '여행자'는 여행에서 달라져서 돌아올 수 있다고 입증되었다. (…) 서사에 대한 도취로 야기된 변형은 그 이야기의 수신자가 설득당한 결과다."[2]

이런 변형은 때로 중대한 결과로도 이어진다. 역사가 린 헌트 Lynn Hunt 교수는 소설의 탄생이 인권 개념의 발생에 일조했다고 지적한다. 18세기 이전에는 다른 계급이나 다른 국가나 다른 성별의 구성원에게 공감한다는 생각이 이례적이었다. 신이 우리를 저마다 마땅한 지위에 놓아 주었으므로 그걸로 끝이라고 믿었다. 그러다 『파멜라』(1740), 『클라리사 할로』(1747-48), 『줄리Julie』(1791) 같은 대중적인 이야기의 작가들이 "독자들로 하여금 인물에게 강하게 감정이입하게 만들었고, 그 사이 독자들은 계급과 성별과 국경을 뛰어넘어 공감할 수 있게 되었다"[3]라는 것이다. 예를 들어 『파멜라』에서 독자들은 열여섯 살의 이름 모를 하녀가 주인에게 성추행당하는 이야기를 읽는다. "나는 한없이 서글프게 흐느꼈다. 이 어리석고 요망한 것아! 그가 말했다. 내가 너한테 무슨 해라도 입혔느냐? - 네, 주인님. 내가 말했다. 세상에서 가장 큰 해지요." 초창기의 이 같은 소설들은 선풍적인 인기를 끌었고 동시대의 문헌에는 이런 기록이 남아 있다. "어느 집에 가든 『파멜라』가 있었다."[4]

19세기에는 책 속의 노예 이야기가 백인 독자들에게 미국 남부에서 노예의 처지로 속박받는 사람들의 삶을 들여다보게 해주었다. 『미국 노예, 프레더릭 더글러스의 삶에 관한 이야기』 같은 책들이 수만 부씩 팔리면서 노예해방론자들에게 막강한 무기가 됐으며, 해리엇 비처 스토의 베스트셀러 『톰 아저씨의 오두막』은 남북전쟁의 발발에 기여하기까지 했다. 1960년대에는 알렉산드르 솔제니친Aleksandr Solzhenitsyn의 『이반 데니소비치의 하루』는 독자들을 스탈린 강제노동수용소의 평범한 죄수들의 경험으로 끌어들여서 소련 공산주의 인민들에게 큰 충격을 안겨주었다. 한편 히틀러 추종자들은 책의 위력을 두려워한 나머지 책을 불태웠고, 칠레의 군부 독재자였던 아우구스토 피노체트Augusto Pinochet의 지지자들과 1981년에 반타밀 집단학살에 가담한 스리랑카 군중들도 히틀러의 추종자들과 다르지 않았다.

도취는 사람들을 변화시키고 나아가 세상을 변화시킨다.

이야기의 힘

우리는 모두 이질적인 세계에서 살아간다. 각자가 자신의 머릿속 검은 저장소에서 홀로 신경 영역을 배회하면서 사물을 각기 다르게 '보고' 관심을 두는 사이, 각자 다른 열정과 증오, 기억의 연상을 경험한다. 각자 다른 부분에서 웃고 다른 음악에 감동하고 다른 이야기에 도취한다. 누구나 각자의 머릿속 번민에서 생성된 고유한 음악을 포착하는 작가를 찾으려고 애쓰고 있다.

우리가 비슷한 배경에서 같은 경험을 한 작가를 선호한다면, 우리가 예술에서 갈구하는 것이 우정이나 사랑에서 찾으려 하는 것과 동일하기 때문일 것이다. 바로 사람들과의 교감이라는 말이다. 여성이 여성 작가의 작품을 선호하거나 노동계급의 남성이 노동계급의 목소리가 담긴 작품을 선호하는 것은 지극히 자연스러운 일이다. 말하자면 스토리텔링은 항상 특정 관점에 직접 호소하는 연상聯想으로 가득할 것이다.

다음의 첫 문장을 보자. "노스캐롤라이나 뮤추얼 생명보험 설계사가 3시 항공편으로 머시에서 슈피리어호 반대편으로 오기로 했다." 나 같은 중년의 켄트주 사람에게는 충분히 괜찮은 첫 문장이지만 겉으로 드러난 사실 이상의 울림을 주지 않는다. 하지만 작가 토니 모리슨Toni Morrison과 배경이 비슷한 독자라면 노스캐롤라이나 뮤추얼 생명보험이 아프리카계 미국인이 미국에서 소유한 최대 규모의 기업이고, 과거 노예였던 사람이 설립한 회사라는 사실도 알 것이다. 모리슨은 독자가 노스캐롤라이나에서 슈피리어호로 이동하는 것이 어떤 의미인지 알아채기를 바라고 이렇게 적는다. "남에서 북으로의 이동을 의미한다. 특히 문학에서 흑인 이주민들에게 일반적인 방향을 의미하는 것이다."

하지만 우리와 비슷한 사람들이 쓴 책이 개인적으로 더 큰 의미를 준다는 이유로 우리가 속한 울타리 안에만 머물러야 하는 것은 아니다. 역사나 문화에 대한 지식이 많아야만 토니 모리슨의 『솔로몬의 노래』를 즐길 수 있는 것이 아니라는 말이다. 심리학자들은 이야기가 '타자'에 대한 부족적 지각에 어떤 영향을 미치는지 알아보았다. 한 연구에서는 일부 백인 미국인들에게 이슬

람교도를 친근하고 공감할 수 있는 사람들로 그린 〈초원의 작은 모스크Little Mosque on the Prairie〉라는 시트콤을 보여주었다.[1] 통제 집단(〈프렌즈〉를 본 집단)과 비교하자, 여러 검사에서 '아랍인들에게 보다 긍정적인 태도'가 나타났다. 한 달 후 다시 검사했을 때에도 인식의 변화가 유지되었다.

또한 이야기는 부족의 선전 매체이자 부족에서 내세우는 프로파간다에 대한 치유책이다. 하퍼 리의 『앵무새 죽이기』에서 애티커스 핀치는 간단한 요령 하나만 터득하면 "누구하고든 훨씬 잘 지낼" 수 있다고 조언한다. "누군가를 정말로 이해하려면 그 사람의 입장에 서서 생각해야 하는 거야. (…) 그 사람의 살갗으로 들어가서 그 사람이 되어 걸어 다니는 거지." 바로 이야기를 통해 가능한 일이다. 이야기는 이렇게 공감대를 형성한다. 인간에게 자연스럽고 유혹적인 집단 혐오에 대한 치유책으로 이보다 더 나은 방법은 없을 것이다.

한편 작가가 성별이나 인종이나 성적 취향이 다른 사람의 피부에 스며 들어가려고 할 때 이를 도둑질로 여기는 시각도 있다. 남의 문화를 도용해서 부당하게 이익을 취한다는 것이다. 물론 작가가 이런 방법을 시도할 때는 높은 수준으로 진실을 추구해야 한다. 나는 이들이 평화와 정의와 이해를 해치는 적이라고 생각하지 않는다. 오히려 이들에게 분노하는 사람들이 더 분열을 조장할까 우려된다. 똑똑한 사람은 언제든 자신의 신념을 옹호하기 위해 설득력 있는 도덕적 주장을 펼칠 수 있다. 하지만 자기 집단의 경계 안에만 머물라고 요구한다면 그것은 침팬지 수준의 외국인 혐오증에 불과해 보인다.

이야기는 경계를 넘지 않으려고 해서는 안 된다. 부족적 사고가 원죄라면 이야기는 기도와 같다. 진정한 이야기는 무수한 차이에도 불구하고 모든 인간이 여전히 같은 종의 짐승들이라는 사실을 일깨워준다.

이야기의 가치

이야기는 지혜를 선물한다. 수만 년 동안 이야기는 어떻게 살아야 하는지에 대한 가르침을 한 세대에서 다음 세대로 전해주는 역할을 해왔다. 세계에 대한 나의 인식을 처음으로 바꿔놓은 작품은 줄리언 반스의 『10 1/2장으로 쓴 세계 역사』였다. 열일곱 살의 소년이었던 나는 첫사랑의 혼돈 속에서 통제 불능이었고 그 여자애와 함께였지만 행복하지는 않았다. 왜일까? "사랑하면 행복해질까?" 이 책에서 나이 많은 반스가 내게 물었다. "아니다." 그는 그렇게 답하고 계속 물었다. "사랑하면 우리가 사랑하는 사람이 행복해질까? 아니다. 사랑하면 모든 것이 괜찮아질까? 절대 아니다."

문제는 "심장이 심장 모양이 아니라는" 데 있다. 흔히 심장을 깔끔한 대칭형으로, 두 개의 절반이 하나의 완벽한 전체를 이루는 모양으로 떠올릴지 몰라도 반스의 이 소설에서 화자는 황소의 심장을 실제로 떼어낸 도축업자의 관점에서 답한다. "이 장기는 묵직하고 뭉툭하고 피투성이에, 성난 주먹처럼 꽉 웅크린 상태였다 (…) 내 생각과 달리 두 개의 절반은 잘 떨어지지 않았다."

"심장은 (우리가 흔히 생각하는) 심장 모양이 아니다." 이 네 마디에 나는 바로 혼란이 진정되고 내 사춘기의 고통을 이해했다. 이 네 마디는 26년 후 다른 여자와 결혼할 때까지도 내가 사랑이라는 예측 불가능한 바다를 건너게 해주었다. "심장은 심장 모양이 아니다." 이 은밀한 주문은 나나 그녀가 죽는 날까지 내 머릿속에서 들릴 것이다.

이야기의 교훈

이야기가 주는 교훈은 우리가 얼마나 틀렸는지 우리 자신은 전혀 모른다는 데 있다. 우리의 신경 모형에서 취약한 부분을 발견하는 것은 그 부분의 외침에 귀를 기울인다는 뜻인데, 우리가 비이성적으로 감정적이고 방어적일 때는 대개 우리 안에서 가장 적극적으로 보호해야 할 부분을 넘겨주는 때이다. 이 지점에서 세계에 대한 우리의 지각이 가장 왜곡되고 예민해진다. 이런 결함을 마주하고 고쳐나가는 일은 평생의 싸움이 된다. 이야기의 도전을 받아들이고 이기는 것이 영웅이 되는 길이다.

이야기가 주는 위안

이야기는 진실한 위안을 준다. 고도로 사회화된 종인 우리가 받은 저주는 우리를 통제하려는 사람들에게 둘러싸여 있다는 점이다. 우리가 만나는 모두가 타인과 잘 어울리고 성공하고 싶어 하므로 우리는 거의 항상 상대에게 조종의 대상이 된다. 우리의 환경은 가벼운 거짓말과 절반의 미소가 뒤섞여 있고, 그것을 통해 우리를 즐겁게 만들고 타인과 외부에 순응하게 만들려고 한다. 사람들은 우리가 그들을 어떻게 생각하는지를 통제하기 위해 잘못과 실수와 고통을 열심히 위장한다. 사교성이 우리의 감각을 마비시킬 수 있고, 우리는 영문도 모른 채 소외당할 수도 있다. 오직 이야기에서만 온갖 가면이 벗겨진다. 이야기에서 누군가의 결함 있는 마음으로 들어가 보면 우리만 이렇게 살고 있는 것이 아니라는 위안을 얻는다.

우리만 깨지는 것이 아니다. 우리만 갈등하는 것이 아니고 우리만 혼란스러운 것이 아니다. 우리만 음침한 생각과 씁쓸한 회한과 때때로 증오에 찬 자아에 사로잡히는 것도 아니며 우리만 두려운 것 또한 아니다. 이야기의 마법은 현실의 사랑이 범접하지 못할 방식으로 마음과 마음을 연결해준다. 이야기는 어두운 두개골 속에서 우리가 그렇게 외롭지만은 않을 수 있다는 희망을 선물한다.

신성한 결함의 접근법 ─────────────────

신성한 결함의 접근법이란 내가 2014년에 시작한 글쓰기 강좌에서 개발한 작법이다. 스토리텔링 과학의 핵심 원리를 효과적이고 독창적인 이야기 창작에 적용해서 실용적인 단계별 작법을 만들기 위한 시도였다. 나는 글쓰기 강좌를 진행하면서 수강생들의 글에서 플롯과 주인공이 연결되지 않는 현상을 발견하면서 이 기법을 고안하게 되었다. 현실에서는 인물과 플롯이 불가분의 관계를 이룬다. 인생은 나에게서 비롯되고 나의 결과물이다. 그러므로 이야기도 같은 원리로 작동해야 한다.

신성한 결함의 접근법은 우리의 뇌가 인생을 구축하는 것과 같은 방식으로 허구의 이야기를 구축하는 기법이다. 간단한 몇 단계를 거치면 그럴듯하고 적절한 세계에 단단히 뿌리내린 인물, 말하자면 잠재의식 차원의 욕구와 외적 목표가 공존하면서 플롯을 따라가는 독창적인 인물을 창조할 수 있다.

여기서 두 가지를 기억해야 한다. 첫째, 이 기법이 이야기를 창작하기 위한 유일한 방법은 아니다. 단지 내 강의를 들은 학생들에게 유용한 한 가지 방법일 뿐이다. 둘째, 이 기법을 종교처럼 신봉할 필요가 없다. 각자의 글쓰기 요구에 따라 이 기법의 일부 내용은 무관하거나 부적절할 수 있다. 또 누군가는 이 기법이 더는 필요하지 않은 지점에 이를 수도 있다. 그러므로 그저 올바른 방향으로 고민하도록 이끌어주는 지침 정도로 받아들이면 된다. 도움이 된다면 그뿐이다.

글쓰기를 시작하기 전에 다음에 소개하는 내용을 끝까지 읽어보라. 각자가 창조한 인물에 관해 답해야 할 질문과 그 질문에 답해야 하는 이유를 알게 될 것이고, 이를 알고 나면 시간을 조금 절약할 수 있을 것이다.

되감기를 받아들이기

신성한 결함의 접근법은 인물에 중점을 둔다. 나는 작가가 심오하고 창조적인 작업을 시작할 때 출발점이 인물이라고 생각한다. 여기서 인물이란 인물의 결함을 말한다.

어느 강좌에서든 이런 내 관점을 정중히 거부하는 학생이 한두 명은 나온다. 내가 보기에 이런 학생들의 문제는 그들이 창조한 인물과 사랑에 빠졌다는 점이다. 몇 달 동안, 혹은 몇 년씩 그 인물과 함께 살면서 원고를 쓰고 또 고쳐 쓰다 보니 인물을 엄격한

잣대로 평가하고 싶지 않은 것이다. 결국 내 주인공은 **이렇고** 또 **이렇고** 이러이러하고 **저러저러**하고, 아니, 그냥 굉장해!, 라고 생각하게 된다. 자기가 창조한 주인공에게 어떤 결함도 주고 싶지 않은 것이다.

이런 학생들이 주인공에 관해 주저하는 이유는 사실 주인공이 그들 자신이기 때문일 가능성이 높다. 인물을 창조하는 작업에 오래 공들여 매달릴수록 인물은 작가에게서 멀어진다. 이상하게 들릴지 몰라도 이런 과정 속에서 작가는 정서적인 고통을 느끼고 사랑하는 사람을 잃어버리는 것처럼 느낄 수도 있다. 하지만 이 단계를 넘지 못하면 매력적인 이야기를 만들어내는 데에 치명적인 한계가 생긴다. 작가는 줏대를 가지고 인물에 관해 단호하고 명료하게 결정해야 한다. 그 결정이 비록 작품 속에서 모호하게 남을지라도 말이다. 이야기에서 흥미로운 모든 장면을 뒷받침하는 것은 극적 질문이다. 주인공은 실제 어떤 사람인가? 작가가 모른다면 독자는 작가조차 모른다는 사실을 눈치 채고 혼란에 빠져 당황하고 인물과 이야기에 흥미를 잃어버릴지도 모른다.

이보다 더 일반적인 문제가 있다. 작가가 인물에게 몰두하지 않는 이유가 사실은 작품의 영감을 받은 원천과 작품을 써나가게 만들어주는 요소가 인물이 아니기 때문이라는 문제다. 이야기를 인물에서 시작하지 않는 것에는 주로 세 가지 경로가 있다. 이야기의 환경, 가정, 주장이다.

i 환경

그럴듯한 환경을 예로 들어보자. 과학자들이 죽지 않을 수 있는 방법을 발견했고 지구에는 인간이 넘쳐난다. 막대한 제작비를 투입한 TV 시리즈의 소재로 들린다. 문제는 이것은 이야기가 아니라 이야기의 **설정**이라는 점이다. 그런데 작가가 창작의 고통스러운 과정은 거의 다 끝났고 음울하고 강렬한 이야기 환경을 설정했으니 이제는 흥미진진한 행위를 채워 넣기만 하면 된다고 생각하면 위험하다. 초췌한 경찰이 등장하고 배짱 있는 성매매 종사자가 나오고 용감하지만 사면초가에 처한 정치인이 나오고 인파가 붐비는 대도시의 안개 자욱한 밤을 근사한 CGIcomputer generated imagery로 담아낸 장면도 나온다.

이중에서 어느 하나도 괜찮지 않다. 상투성을 넘어서려면 정교해야 한다. 작가는 죽음이 사라진 세계의 구체적인 부분을 클로즈업하고 거기에서 강렬한 인물을 발견해야 한다. 예를 들어 지구의 자원은 어떻게 될까? 부자들만 신선한 식품을 먹고 바다를 볼 수 있는, 극단적으로 불평등한 곳이 될까? 이런 방향으로 흥미로운 가정을 던져가며 따라가볼 수 있다. 아니면 죽지 않을 방법이 발견됐어도 죽음을 선택하는 사람들을 상상할 수도 있다. 안락사 산업이 호황을 맞을 수도 있고 다른 부수적인 산업도 등장할 것이다. 이를테면 삶에 지친 사람들이 마지막 일주일간 들어가서 야생을 경험하는 낙원의 섬이 있다면 어떨까? 그런 장소에서는 어떤 기이한 인간 드라마가 펼쳐질까? 혹은 세대 간 전쟁에 대한 이야기도 가능하지 않을까? 200가지의 정치적 입장을 가진 200세의 인간들이 새로운 진보적인 세대와 싸우는 이야기는 어떨까?

모두 괜찮다. 그러나 여전히 인물을 발견하지 못했다. 그러면 이처럼 죽지 않는 인간이라는 걷잡을 수 없는 역병으로부터 지구를 구하고 싶은 과학자를 따라가 보면 어떨까? 그리고 이 과학자가 죽음의 치료제를 파괴하려고 시도한다면? 결단력 있고 이타적인 영웅이 역설적으로 모두를 죽이려고 시도하는 인물로 등장하는 흥미로운 멸망의 이야기가 나올 수 있다. 이 과학자는 분명 자신의 프로젝트에 관해 큰 내적 갈등을 겪을 것이다.

이제 점차 가까워지고 있다. 이 과학자를 뒤쫓아 가보자. 나는 이 인물을 당장 떠올릴 수 있다. 아름답고 대담한 여성으로 유능한 생물학자이며 혼자 살고 술을 좋아하고 회색 양복의 제도권과 갈등을 빚는 인물. 그래도 아직 지루하지 않은가? 아직 우리는 상투성의 세계에 머물러 있다. 상투성을 탈피하기 위한 유일한 길은 이 인물이 누구이고, 어떻게 상처를 입었으며, 플롯에서 인물을 위해 구체적으로 어떤 싸움을 준비해야 하는지를 정확히 파악하는 것이다.

ii 가정(만약 …라면?)

만약 세계적으로 알려진 유명인이 그 자신과 닮은 사람이 되었다면? 어떤 이유에선지 그는 할리우드에서 도망쳐 지방의 작은 도시로 숨어든다. (스캔들이 있었을까? 친척에게 이름 모를 작은 도시의 아파트를 물려받았고, 이곳이 아무도 그를 알아보지 못할 유일한 장소였을까?) 그 도시의 사람들 가운데 누구도 거기서 그를 보게 될 거라고는 상상하지 못할 것이다. 그곳에 도착한 첫날 그는 궁지에 몰린 에이전시 사장과 마주친다. 그 사장은 그가 유명 배우와 '어딘가' 닮았다고 생각해서 그날 밤 당장 파티에서 필요한 일을 해보라고 제안한다. 여자들이 모인 파티에서 데킬라를 따라주는 일이다.

블랙 코미디나 거친 코미디에나 나올 법한 '만약'의 설정이다. 나는 당장 주인공도 떠올릴 수 있다. 전성기를 지났지만 여전히 잘생기고 냉소적이며 마음이 메말랐지만 마음 깊은 곳 어딘가는 사랑스러운 사람. 첫 장면에서 그는 대중이 자기를 얼마나 싫어하는지 알고 충격을 받는다. 다친 마음을 치료하기 위해 그에게 필요한 것은 진실한 사람들과 다시 교감하는 것이다. 그는 할리우드에서 최근에 되바라지고 비쩍 마르고 코카인에 중독된 신인 여배우와 약혼했다. 하지만 길을 가다가 바에서 일하는 좀 이상한 여자, 세레나를 만난다. 세레나는 낡아빠진 미니를 몰고 머리카락의 일부를 분홍색으로 염색했다. 지루한가? 우리는 다시 상투성에 빠지고 있다. 어떻게 해야 이런 '만약'의 설정이 사람들에게 감동을 주고 놀라움을 선사하면서 진실한 무언가에 관한 이야기라고 느껴질까? 주인공의 독특한 성격을 곧장 파고들지 않을지라도 말이다.

iii 주장

작가들이 사회 문제를 부각시키고 싶어 하는 경우도 있다. 가령 미국의 의료보험 제도에 분노해서 올리버 스톤Oliver Stone 감독의 〈월스트리트〉에 나오는 것과 같은 의료보험제도에 관해 쓰기로 한다고 해보자. 이 작품에서 필수 약품의 가격을 올리는 주인공 고든 게코 같은 유형의 인물에 집중한다. 좋다. 다만 필수적인 인물 작업을 해두지 않으면 결국 '올리버 스톤의 〈월스트리트〉에 나오는 의료보험제도'까지만 얻을 수 있다.

어디에서 시작할까?

글쓰기 과정을 어디서 시작할지는 어떤 소재로 시작할지에 달려 있다. 만약의 설정을 생각했다면 그 설정을 이야기 사건(239쪽 참조)으로 풀거나 계기로 생각해보라. 이야기 사건은 극의 표면에서 일어나는 사건으로, 궁극적으로 주인공에게 자신이 누구인지에 의문을 품고 변화하게 만든다. 어떤 부류의 인물이 이런 이야기 사건으로 인해 가장 크게 변화할 수 있을까? 어떤 결함이 있는 생각이 이 인물을 규정할까? 이런 구체적인 이야기 사건이 어떻게 인물의 결함 있는 생각에 도전할 수 있을까?

이야기 환경이나 이야기를 통해 주장하고자 하는 바가 있다면 그 안에서 인물을 발견하고 그 인물을 최대로 탐색하게 해주는 이야기 사건을 설정할 수 있다. 예를 들어 이야기 환경의 예로는 전쟁 지역이 있고, 이야기를 구축하는 주장으로는 전쟁이 인간을 괴물로 만든다는 주장이 있다. 여기서 작가가 생각할 점이 있다. 이런 환경이나 주장에서 가장 크게 자극받는 인물은 어떤 사람일까? 다시 말해서 폭력적인 전쟁으로 인해 심리적으로 가장 무너질 사람은 누구일까? 자기애 성향이 강하고 혼자서도 잘 살아온 사람이지 않을까? 반항적이고 명령을 잘 따르지 않는 사람일 수도 있다. 영화 〈아라비아의 로렌스〉의 T.E. 로렌스 같은 인물이다. 이 영화에서 그는 유독 취약한 환경에 놓인다. 이 작품은 인물과 이야기 사건을 특수하게 결합하여 전쟁이 인간을 괴물로 만든다고 강력하게 주장한다.

인물에 대한 아이디어만 떠올라도 당장 작품을 시작할 수 있다. 이야기 사건은 아직 걱정하지 않아도 된다. 주인공이 여럿이라면 인물마다 신성한 결함의 접근법으로 작업해두면 도움이 될 것이다. 인물들이 다른 인물들의 결함과 어떻게 연결되는지 생각해보라. 인물들은 같은 문제를 각기 다른 형태로 가지고 서로 부딪히면서 살아가고, 플롯의 요구에 따라 문제가 풀리기도 하고 더 심각해지기도 한다. 로맨틱 코미디나 버디 무비에서 두 주인공은 대개 정반대의 결함을 가지고 있고 두 사람이 마침내 합쳐지면서 치유된다.

신성한 결함

플롯은 결함이 있는 인물을 시험하고 깨트리고 다시 시험하는 역할을 한다. 인물은 이야기 사건의 도전에 직면하고 자신의 결함을 깨닫고 바로잡아서 더 나은 사람이 된다. 인물의 결함으로 강렬하고 극적인 이야기를 만들려면 심각한 결함이어야 한다. 따라서 작가는 인물의 구체적인 결함을 찾아야 하는데, 그 결함은 인물의 정체성의 핵심을 이루고 인물에게 손상을 줄 만한 것이어야 한다.

나는 몇 년 전에 운 좋게도 유명한 심리학자 조너선 하이트 교수를 인터뷰할 기회를 얻었다. 그는 내게 잊지 못할 말을 해주었다. "신성함을 따라가세요. 사람들이 신성하다고 믿는 것이 무엇인지를 파악하고 그것부터 둘러보면 도처에 만연한 불합리가 눈에 띌 겁니다." 만연한 불합리! 바로 우리가 인물에게서 발견해야 할 부분이다.

인물이 무엇에 불합리한지 파악하려면 우선 그 인물이 무엇을 신성하게 생각하는지 알아야 한다. 우리가 신성하게 여기는 것이 우리를 규정하기 때문이다. 나는 이것이 인물의 진실을 밝히는 비밀이라고 생각한다. 남들이 우리를 생각할 때, 그러니까 우리가 어떤 사람인지 물을 때 그들의 마음에 가장 먼저 떠오르는 것이다. 우리의 '신성한 결함'이다. 우리가 신성하게 구축한 내면의 깨진 부분인 것이다.

『남아 있는 나날』에서 집사 스티븐스는 감정 절제에 관한 영국식 품위를 신성시했다. 1막에서 등장하는 그의 모습이다. 그는 불합리가 만연한 현실에 매몰되어 있지만 스스로는 그런 줄 모른다. 〈시민 케인〉의 앞부분에서 찰스 포스터 케인은 '보통 사람들'을 위해 일하는 이타적인 전사라는 자아 개념을 신성시한다. 그것은 그의 삶의 여정에 원동력이 되어주는 거짓 신념이다. 마찬가지로 〈아라비아의 로렌스〉의 초반에 T.E. 로렌스가 자신이 '비범한' 인간이라는 생각을 신성시하는 장면이 나온다. 이어서 우리는 비합리적인 신념의 끝이 어디로 향하는지 잊지 못할 경험으로 끌려 들어간다.

바로 이런 잘못된 신념이 그 인물의 현실에 대한 신경 모형을 형성한다. 인물은 그 너머의 진실을 보지 못하고, 이런 잘못된 신념은 인물이 누구인지를 정의하는 데 일조한다. 플롯의 핵심은 인물의 신념을 검증하고 깨트리는 데 있다. 이것이 이야기를 흥미롭게 만드는 요소다.

신성하지 않은 결함

여기에서 잠시 이 기법은 최대한 독창적인 인물을 창조하기 위한 과정이라는 점을 상기하자. 가장 기억에 남고 인기 있는 주인공은(스크루지처럼 생생하고 강렬하게 책이나 화면이나 뚫고 나올 것 같은 인물) 누구보다도 자기만의 잘못된 생각에 깊이 빠져 사는 인물이다. 모든 이야기는 변화를 담고 있고 가장 중요한 변화는 그 안에 사는 사람들에게 일어나는 변화다. 이 단계에서 활시위를 많이 당길수록 서사의 화살이 더 멀리 날아간다.

활시위를 얼마나 당길지는 작가의 창조적인 결정이다. 간혹 이런 질문을 받는다. 인물이 나중에 우연히 발견하기 때문에 처음에는 삶의 방향을 그쪽으로 맞추지 못하는 개념을 이야기가 탐색할 수 있을까? 물론 가능하다. 〈시민 케인〉에서 잘 드러난다. 그렇다고 애초에 인물을 만드는 단계를 건너뛰어도 된다는 뜻은 아니다. 여전히 이렇게 물어야 한다. 이것을 믿는 이 사람은 누구인가? 어떻게, 왜 이런 믿음을 갖게 됐는가? 전에는 무엇을 믿었는가? 왜 달라졌는가? 이런 믿음으로 인물의 표면적 목표에 관해 무엇을 알 수 있는가? 인물의 은밀한 두려움은 무엇인가? 이 믿음이 인물을 무엇으로부터 보호해주는가? 어떤 이야기 사건으로 이 믿음을 극적으로 시험할 수 있을까?

새로운 믿음에 관한 이야기를 들려주더라도 인물에게 매우 중요한 이야기여야 한다. 어떤 식으로든 그는 누구인가, 라는 핵심 질문과 연결되어 인물의 소망과 욕구와 비밀과 두려움에 관한 중요한 단서를 제공해야 한다.

결함을 발견하기 ────────────────

인물의 신성한 결함이란 그 인물이 가진 통제 이론의 결함을 의미한다(89~98쪽 참조). 모든 동물은 외부 세계에서 갈망하는 무언가를 얻는 식으로 세계를 통제하려 한다. 고도로 사회화된 영장류인 우리의 경우에는 인간 환경을 통제하려 한다는 뜻이다. 소설에서든 현실에서든 가장 기억에 남는 인물은 주로 인간 세계와 그 안에서 자신의 위치에 관해 근본적인 실수를 저지르면서 매력을 발산한다. 우리는 인물의 실수를 보지만 인물은 자신의 실수를 보지 못한다. 인물은 그 같은 실수에 당황하면서 과격하고 자기 패배적으로 행동하지만 우리는 바로 이런 실수에, 다시 말해 실수의 성격과 원천과 결과와 변화 가능성에 관심을 가진다.

정치판의 실제 사건을 작품으로 만든다고 해보자. 예를 들어 2018년과 2019년에 영국에서 사면초가에 처한 테레사 메이 Theresa May 수상이 주도한 우여곡절 많은 '브렉시트Brexit'에 관한 시나리오를 써야 한다고 생각해보자. 우리의 주인공 메이가 유럽연합을 떠나려는 첫 번째 시도에 실패했을 때 문제가 어느 정도는 그녀의 성격에 있다는 사실이 드러났다. 메이는 경직되고 냉정하고 로봇 같고 조언을 받아들일 줄 모르는 인물이라는 오명을 쌓았다. 적이든 동지든 인간적으로 소통하지 못하고 협상과 외교와 타협의 섬세한 기술을 이해하지 못했다. 그리고 이것이 파멸의 원인이었다. 타인의 환경을 통제하지 못해서 결국 고립되고 권력에서 밀려났다. 어느 신문에서는 그녀의 성격적 결함을 정확히 정의하려고 시도했다. "메이의 문제는 항상 자기가 방 안에서 유일한 어른인 것처럼 생각하는 데 있다."

나는 이 한 줄에 눈길이 갔다. 실제로 맞고 틀리고를 떠나서 우리에게 신성한 결함의 훌륭한 사례가 되어주기 때문이었다. 그 이유를 자세히 들여다보자. 첫째, 인물의 통제 이론을 설명해준다. '내가 어느 방에서든 유일한 어른이라고 진실로 믿는다면 나는 그에 따라 행동할 것이고 사람들도 자주 그런 식으로 받아들일 것이다. 나는 존경받고 원하는 것을 얻을 것이다. 나는 이런 식으로 인간 세계를 통제한다.' 이런 통제 이론이 한동안은 메이에게 통했고, 메이는 이를 이용해서 인상적인 삶을 살았다.

우리의 작품 속 주인공 메이가 성인기 초기에 들어섰다고 상상해보자. 통제 이론에 결함이 있는 젊은 여성이라면 어떤 직업을 원할까? 어느 방에서든 항상 자기가 유일한 어른이라고 믿는다면 오만하고 고지식하고 가끔은 남들을 고압적으로 대하고 함부로 가르치려 들 것이다. 자기가 최선을 안다고 확신하고 삶의 경험이나 전문 지식을 더 가지고 있다고 주장해도 어느 누구에게도 위협을 받아본 적이 없다고 믿는다. 이런 젊은이는 어떤 사람이 될까? 장차 크게 될 정치인이 될 수도 있고 어쩌면 수상의 자리까지도 올라갈 수 있을 것이다.

이것이 우리의 주인공 메이가 신성시하는 이론이었다. 그녀는 이 이론을 진실이라고 믿고 구현해야 했다. 이것은 뇌가 하는 일이므로 메이는 그 덕에 올라간 높은 지위만이 아니라 어디서에나 그 이론이 옳다는 증거를 보았을 것이다. '나는 유일한 어른'

이라는 말이 처음에 어디에서 나왔는지 알아봤지만, 당시 무수히 쏟아지던 브렉시트 보도에서도 발견하지 못했다. 그러다 메이를 '방 안의 유일한 어른'이라고 진심으로 말하는 사람들을 보았다. 메이도 물론 이 표현을 알았을 것이다. 그런데 맞는 말이었을까? 물론 아니다! 메이의 정치 인생에서, 특히 브렉시트 과정에서 사람들이 자주 썼던 표현이기는 하지만 메이 자신도 성실하고 유능한 세계 지도자들이나 정책 전문가들을 자주 만나봐서 알고 있었을 것이다. (거의) 모두가 어른이었다!

어느 방에서든 자기만이 어른이라는 신성한 믿음은 한때 메이에게 막강한 힘을 주었다. 그녀가 가장 중요하게 생각하는 모든 것을 거머쥐게 해줬다. 자신감과 끈기와 용기를 주었고, 부와 지위를 주고 역사를 주도하는 자리에까지 오르게 해줬다. 하지만 그것이 결국에는 몰락의 원인이 되었다. 이런 이유로 우리의 시나리오에 이야기 사건으로 민감하고 복잡하고 중대한 관심사인 브렉시트 과정을 넣은 것이다. 브렉시트라는 표면적인 사건이 메이의 잠재의식 차원의 결함 있는 현실을 검증하고 거칠게 노출시켰기 때문이다. 메이는 세계에 대한 결함 있는 모형 때문에 남들에게 조언을 듣거나 사람들과 타협하지 못했다. 메이를 도와주거나 지지해주었을 모두가 그녀에게 소외당하고 격분했다. 메이는 자신의 결함을 보고 고치기를 거부한 탓에 결국에는 실패하고 혐오의 대상이 되었다. 메이의 이야기는 비극이었다.

'유일한 어른'이라는 말이 신성한 결함으로 창조적인 기능을 하는 이유는 이 말이 당장 일련의 행동을 암시하기 때문이다. 항상 방 안에서 자신이 유일한 어른이라고 생각하는 사람에 관해 듣는 순간 우리는 그 사람이 어떻게 행동할지 상상할 수 있다. 어떤 상황에든 그 사람을 넣어보라. 만찬이나 아마추어 연극 동아리나 외계인의 침공으로부터 지구를 지키는 임무를 띤 슈퍼히어로 팀이든 상관없다. 주인공은 성공도 안겨주지만 예기치 못한 문제도 일으키는 바로 그 행동으로 주어진 상황을 통제하려 할 것이다. 인물이 우리 마음속에서 살아난다.

나는 이 단계에서 학생들에게 잠시 시간을 내서 인물의 신성한 결함으로 깊이 파고들어 보라고 주문한다. 대개는 몇 단계를 도약해야 한다. 최근에 어떤 학생이 자신의 주인공이 가진 신성한 결함은 '통제력이 유독 강하다'는 점이라고 말했다. 좋다. 출발점이다. 다만 정교함이 떨어진다. 구체적인 행동이 생생하게 떠오르지 않는다. "통제력이 강하다"는 말을 들으면 이 인물이 어떤 상황에서 불편해하고 만족하지 못하는 모호하고 상투적인 모습 그 이상이 떠오르지 않는다.

따라서 더 정교하게 들어가보자. 나는 그 학생에게 인물이 주변 사람들을 정확히 어떻게 통제하려 하는지 물었다. 주인공의 실제 전략은 무엇인가? 그러자 이런 대답이 나왔다. "그는 이야기를 들려주면서 통제하려 합니다. 거짓말 같은 이야기요." 아까보다는 훨씬 낫다. 곧바로 빌리 레이Billy Ray 감독의 〈섀터드 글래스〉 시나리오가 떠올랐다. 명성을 얻었다가 오명을 뒤집어쓰고 망신당한 한 기자의 이야기다. 어떤 학생은 나치 선전요원 요제 프 괴벨스Joseph Geobbels가 생각난다고 했다. 또 어떤 학생은 위안을 주는 거짓말로 자식들을 애지중지하면서 키우고 과잉보호하는 어머니가 떠오른다고 했다. 이제 대답이 궁해졌다. 우리가 이 인물에 대해 순간적으로 떠올릴 수 있는, 그 모든 놀라운 가능성으로 작동하던 상상력도 밑천이 드러났다.

작가는 인물의 부서진 통제 이론을 어떻게 간결하게 기술할 수 있을까? 인물이 그 자신에 관해, 그리고 그가 의지하고 그가 정의하는 인간 세계에 관해 가지고 있는 결함 있는 신념은 무엇일까?

도움이 된다면 다음의 표현으로 시작하는 문장을 생각해볼 수 있다.

사람들이 내게 가장 존경하는 점은 …

내가 유일하게 안전할 때는 …

인생에서 가장 중요한 것은 …

행복의 비결은 …

나의 가장 좋은 점은 …

사람들의 가장 끔찍한 점은 …

남들은 모르는 것 같지만 세계에 관해 내가 아는 가장 중요한 사실은 …

누군가 내게 해준 최고의 조언은 …

다시 말하지만 정교해야 한다. 이 단계에서 모호하면 결과적으로 모호한 인물과 상투적인 이야기만 나온다. 여기에서는 인물의 통제 이론과 그 이론에 따른 행동이 나와야 한다.

"나의 가장 좋은 점은 내가 항상 방 안에서 유일한 어른이라는 것이다." (암시: 남을 가르치려 들고 고집스럽고 오만하고 강하고 동떨어지고 지도력이 있고 남의 말을 경청하지 않고…)

"내가 유일하게 안전할 때는 거짓말 같은 이야기로 사람들의 마음을 사로잡을 때다." (암시: 거짓말쟁이, 허풍선이, 조종하는 사람, 관심에 집착하는 사람…)

"인생에서 가장 중요한 것은 내 모든 돈과 사랑을 나 혼자 독차지하는 것이다." (암시: 외롭고 인색하고 의심 많고 쓸쓸하고…)

"남들은 모르는 것 같지만 세계에 관해 내가 아는 가장 중요한 사실은 이성과 진정한 친구가 되는 것은 불가능하다는 것이다." (암시: 냉소, 자기 확신, 세속적 지혜에 대한 확신, 성관계에 몰두 …)

작가는 인물이 상상 속에서 생생하게 꿈틀대는 느낌을 받기 때문에 언제 그 인물이 떠오르는지 알 것이다. 이 순간을 기억해야 한다. 이제 진짜 주인공을 만났다.

여기에서 작가가 주인공의 신성한 결함을 들여다보고 그 결함이 다른 곳에서 이미 무수히 읽거나 보았을 인물을 보여주는지, 혹은 밋밋하거나 진부하게 느껴지는지 우려하는 것은 당연하다. 당황하지 말아야 한다. 이제 시작일 뿐이다. 이 '신성한 결함의 접근법'의 다음 단계에서는 작지만 정교한 개념에서 시작해 인생으로 확장해야 한다.

근원적인 상처(216~228쪽 참조)

이 단계에서는 인물의 결함을 만드는 상처가 정확히 언제, 어떻게 생겼는지 알아내야 한다. 이야기에서는 주인공이 직접 근원적인 상처에 대한 단서를 드러내거나, 독자가 회상 장면에서 발견하거나 주인공의 행동을 보고 원인을 통찰할 수 있다. 하지만 셰익스피어가 이미 4세기 전에 간파했듯이 인물이 왜 어떤 행동을 하는지 대놓고 설명하기보다 단서만 남기거나 원래의 상처에 관한 정보를 완전히 제거해도 이야기에 깊이와 매력이 더해질 수 있다.

그래도 작가는 이런 순간들을 알아야 하고, 그것도 아주 잘 알아야 한다. 작가는 독자나 관객이 아니라 그 이야기의 창조자이므로 전지전능한 신처럼 인물을 완벽히 파악해야 한다.

사실에 기반을 둔 이야기를 쓸 때는 더 중요한 문제다. 나는 대필 작가 시절 초기에 앤트 미들턴이라는 이름의 전직 특수부대

요원의 회고록을 맡은 적이 있다. 나는 그의 신성한 결함을 발견하는 작업에 몰두했지만 쉽지 않았다. 그는 여러모로 인상적이긴 해도 결코 자기를 성찰하는 인물로는 보이지 않았다. 나는 그에게 거듭 물었다. "왜 특수부대에 들어가고 싶었습니까?"

"최고가 되고 싶었으니까요." 그의 대답이었다.

"그런데 **왜** 최고가 되고 싶었나요?"

내 질문에 앤트가 황당하다는 듯 두 손을 들었다. **누구나** 최고가 되고 싶은 거 아닙니까? 나는 더 파고들었다. 알고 보니 그는 다섯 살에 사랑하는 아버지를 잃고 강압적인 계부 밑에서 자랐다. 그는 계부가 유년기의 동네 축구팀 코치였다고 설명했다. 계부는 무릎까지 내려오는 가죽 우비와 사이클 반바지와 검정 부츠를 신고 로트와일러를 뒤에 달고 경기장에 나타났다. 경기 시작 전에는 티나 터너Tina Turner의 〈Simply the Best〉를 최대 볼륨으로 틀어서 아이들에게 억지로 들려줬고, 축구 유니폼 상의에도 "SIMPLY THE BEST"라고 큼직하게 새기게 했다. 무섭도록 경쟁심이 강한 사람이라 일부 학부모는 자식들을 그의 팀에서 **빼내기**도 했다. 그런 계부는 늘 앤트가 최고의 선수가 되기를 기대했다. 앤트는 내게 이렇게 말했다. "그 사람이 나한테 거는 기대가 너무 커서 축구 하러 가기 싫었어요. 항상 최고의 기량을 보여줘야 했거든요."

"그러면 이렇게 말해도 될까요? 어렸을 때 당신은 최고가 되어야만 진실로 안전하다고 학습했다고요?" 내가 물었다. 앤트는 자리에서 벌떡 일어났다. "맞아요! 맞아요! **바로** 그래서 그런 겁니다." 이 신성한 결함, 이 통제 이론이 그의 자서전에서 모든 극적 장면의 원동력이 되었다. 내게 이 사실은 앤트라는 인물과 그 인물이 만드는 다채롭고 극적이고 복잡한 삶을 여는 열쇠였다.

내가 초반에 그의 근원적인 상처와 그 상처에서 비롯된 결함 있는 신념을 정의하지 못했다면 거기까지 가지 못했을 것이다. 최고가 **되어야 했던** 소년이 있고 최고가 되어야 한다는 신념이 그에게 내면화되었다. 그리고 그는 스스로 **최고라고** 믿게 되었다. 이런 신념은 그에게 신성한 것이었고 그는 그것을 맹렬히 지켜냈다. 그리고 이 신념은 그를 놀라운 곳으로 데려다주었다. 그의 삶을 구원하고 그에게 타인의 목숨을 빼앗는 능력까지 준 것이다. 그는 현실판 액션 영웅이 되었다. 하지만 한편으로는 이 신념은 그에게 상처로 남았다. 앤트는 군대에서 나온 후 어느 경찰관에게 무시당하자 그 경찰관을 폭행하고 감옥에 들어갔다.

주인공이 언제 잘못된 신념을 갖기 시작했을까? 그때를 정의하는 것은 모호한 상투성, 이를테면 "그녀의 아버지가 딸을 때렸다"거나 "그의 어머니가 그를 사랑하지 않았다"를 넘어서 기술한다는 뜻이다. 나는 작가들이 장면을 전체적으로 써보기를 바란다(인물, 배경, 대화를 비롯한 모든 것을 써보라). 시작과 중간과 끝이 있는 현실적이고 구체적인 인과관계의 사건을 구성해보라. 그리고 구체적인 결과를 그려보라. 결정적인 신념이 된 사건을 만들어보라. 장면이 시작할 때 주인공은 한 가지를 믿을 것이다. 다음으로 어떤 일이 일어나고 깨닫게 되는데….

어린 시절의 사건으로 표현해보라. 개인의 성격으로 굳어지는 결함은 대개 초반 20년에 시작된다. 이 시기에는 뇌 가소성이 높은 상태이고 세계에 대한 신경 모형이 형성되는 중이기 때문이다. 생애 초기의 경험이 뇌 구조에 통합되므로 이런 경험이 우리라는 존재 안에 켜켜이 접혀 있다. 우리는 이런 경험을 내면화하고 이런 경험이 우리의 통제 이론을 이룬다. (물론 우리라는 존재의 대부분은 사실 유전체의 산물이지만 "내 유전자로 인해 그 일을 하게 됐어"라고 말하면 이상한 소리로 들릴 것이다.)

어쩌면 주인공은 강렬하거나 당혹스러운 무언가를 목격했을 수도 있고, 그런 일을 직접 겪었을 수도 있다. 앞서 보았듯이 인류가 부족으로 살게 된 독특한 진화의 역사로 인해 추방과 굴욕의 경험은 인간에게 엄청난 상처를 입혔다. 어쩌면 인간이 가지는 상처의 기원은 이 두 가지 감정을 강렬하게 경험한 순간이 아니었을까?

인물이 구체적으로 무슨 일을 겪었든, 그가 **이렇게** 믿거나 행동하지 않으면 **저렇게** 될 수 있다고 명확히 이해하기 시작한 구체적인 순간이 있어야 한다. 이런 순간에 형성된 통제 이론에는 두 가지가 포함되어야 한다. 첫째, 세계에서 원하는 것을 얻으려면 어떤 사람이 되어야 하는지 알려준다. 둘째, 나쁜 일을 피하려면 어떻게 해야 하는지 알려준다. 다시 말해서 이런 순간과 이런 순간에 형성된 신념을 이해하면 인물의 미래의 목표와 잠재의식 차원의 남모를 두려움을 정의하는 데 도움이 된다.

〈아라비아의 로렌스〉를 예로 들어보자. T.E. 로렌스의 원래 상처는 그가 모닥불 옆에서 과거에 파탄나버린 가족사를 조용히 고백하는 대목에서 암시된다. 그의 아버지 토머스 채프먼 경은 그의 어머니와 결혼한 사이가 아니었다. 당시 그의 계급에서는 이례적이고 수치스러운 상황이었을 것이다. 우리는 어린 로렌스가 간절히 아버지를 우러러보지만 거의 만나지도 못했고, 자기 자신이 아버지에게 전혀 보이지 않는 존재라는 느낌을 받았을 것으로 상상할 수 있다. 근원적인 상처가 생긴 이 순간에 어린 로렌스는 건방지고 오만한 반항아처럼 행동했을 것이고, 그로 인한 한 번의 잊지 못할 어떤 소중한 순간에 아버지가 온화하고 흐뭇하게 반응했을 것이다. 그래서 로렌스는 이렇게 학습한다. "내가 오만한 반항아처럼 굴면 적어도 내가 존경하는 사람들에게 투명인간으로 취급당하지 않을 거야."

로렌스가 사람들에게 투명인간처럼 취급당하는 것을 세상 무엇보다도 두려워한다는 정보에서 우리는 그의 성격을 선명하고 정확하게 그릴 수 있다. 이것은 그에 관한 플롯을 만드는 데 매우 소중한 정보다.

성격(96~101쪽 참조)

이 단계에서는 인물의 성격 유형도 고민해야 한다. 인물과 인물의 결함을 '5가지 성격 특질'에 적용해보면 어떤 자아가 나올까?

영웅 만들기(125~134쪽 참조)

　이제부터는 인물의 결함과 상처를 실제 사람과 삶으로 변환해야 한다. 다시 말해서 인물이 결함을 결함으로 여기지 않도록 내면화하게 만들어야 한다. 이것은 실제로 뇌에서 일어나는 과정을 모방해야 하는 작업이다.

　작가는 인물의 근원적인 상처가 생긴 순간과 그 상처로 인해 형성된 세계에 대한 신념을 알고 있다. 이제부터 인물은 그 신념이 옳다고 '증명'해주는 강렬하고 확실한 사건들을 겪어야 한다. 이때 인물은 어떤 사건을 계기로 이런 결함을 구체화하는데, 그 사건을 통제 이론으로 검증하고 무난히 통과함으로써 결함 있는 신념을 진실이라고 믿어버린다.

　이야기 속에서 인물이 스물한 살이 되기 전에 중요한 순간이 있어야 하고 그것은 위험이 도사린 장면이어야 하며 성패가 걸린 순간이어야 한다. 또한 그는 강력한 도전을 받는 순간에 결함 있는 신념에 따라 적극적으로 행동해야 한다. 그 같은 일련의 사건을 통해 자신의 신념이 옳을 뿐만 아니라 인간이 가질 수 있는 가장 올바른 신념이라고 생각한다(혹은 적어도 혼자서 완벽히 확신할 수 있다). 바로 그 신념이 앞으로 그 인물이 어떻게 행동할지를 알게 해주는 열쇠다.

그리고 이런 장면에서 인물은 자신의 행동을 변호해야 한다. 우리가 얼마나 잘못 생각하든 영웅 만들기 장치인 뇌는 우리가 옳다고 믿게 만들고 다양한 방식으로 우리를 기분 좋게 만드는데, 이야기 속 인물도 마찬가지다.

- 우리가 도덕적으로 고결하다고 느끼게 만든다.

- 우리가 상대적으로 지위가 낮은 다윗이고 강력한 골리앗에게 위협을 받는다고 느끼게 만든다.

- 우리가 마땅히 더 높은 지위를 누려야 하는 사람이라고 믿게 만든다.

- 우리는 어떤 식으로든 이타적이고 적은 이기적이라고 믿게 만든다.

따라서 작가는 인물이 자신의 행동을 옹호하고 영웅 만들기 서사(125~134쪽 참조)에 의해 형성된 세계관을 옹호하도록 만들어야 한다. 인물이 적대자나 권위자에게 자신의 서사를 '소리 내어' 밝히거나 독자에게 서술할 수도 있다. 작가가 할 일은 인물과 인물의 결함에 깃드는 것이다. 그럼으로써 인물의 황당한 결정을 옹호하면서 실제로 작가 자신도 설득당해야 한다(나는 강좌에서 아론

소킨Aaron Sorkin의 〈어 퓨 굿 맨〉에 나온 "자넨 진실을 감당하지 못해"라는 상징적인 말을 자주 인용한다). 이런 장면에서는 인물의 결함이 그 인물을 지배한다. 그 결함은 정체성의 핵심이자 인물이 지키려고 애쓰는 부분이다. 이때부터 결함 있는 신념이 신성해진다. 이 신념은 인물이 이야기 속 인간 세계에서 자기를 바라보는 관점이 되고 인물이 세계를 통제하고 남몰래 두려워하는 대상을 피하기 위한 열쇠가 된다.

관점(105~108쪽 참조)

이 단계는 소설가이자 교수인 존 가드너의 유명한 작법에 기초한다. 이 책의 「인물의 성격과 관점」에서 소개한 제임스 볼드윈의 예문(108쪽 참조)을 따라 써본 다음, 당신이 창조한 인물의 관점에서 써보라. 당신의 인물이 1950년대에 할렘가의 한 재즈클럽에 들어간다면 그는 그곳을 어떻게 경험할까? 그는 주어진 환경에서 구체적으로 어떤 부분에 주목할까? 그의 머릿속에는 어떤 영웅 만들기 서사가 들어있을까? 그는 어떤 식으로 겁을 먹거나 위협받을까? 그에게 특별한 목표가 있을까? 누군가가 그에게 직접 도전한다면 그는 그때 느끼는 감정에 관해 자기 자신에게 어떻게 말할까? 어떻게 하면 스스로 기분이 좋아질 수 있을까?

당신이 창조한 인물이 성장하는 동안 결함 있는 통제 이론이 그의 고유한 삶을 구축할 것이고 그를 그만의 여정에 오르게 해줄 것이다. 특정 연애를 경험하고 특정 직업을 갖거나, 특정한 동네와 특정한 색상과 상태의 현관문이 달린 집으로 들어가는 여정이다. 당신의 인물은 특정한 가치관과 친구와 적, 특정한 목표와 장애물과 두려움을 가질 것이다.

이 단계에서 인물의 신성한 결함은(그 인물에 관한 한) 대체로 그 자신에게 유리하다. 그가 가장 중요하게 여기는 무언가를 가져다주기도 하겠지만 그 속에는 은밀한 위험이 도사릴 수도 있다. 다음의 질문은 인물의 신성한 결함을 중심으로 한 삶에 관해 작가가 올바른 방향으로 생각하도록 이끌어준다.

인물의 결함이 어떻게 물질적 혹은 직업적 이익을 가져다주는가?

어린이책 『참견 씨』를 3시간짜리 전기 영화로 만든다고 해보자. 주인공의 신성한 결함은 이렇지 않을까? "나는 모든 사람의 사정을 속속들이 알아야만 안전하다." 이런 결함 있는 신념으로 인해 주인공은 어떤 직업을 가지게 될까? 부유하고 유명한 사람들 집에서 청소하는 일을 할 수도 있고 사회복지사가 될 수도 있다. 예비 양부모를 심사하는 일을 할 수도 있다. 그리고 이런 일을 잘 해낼 것이고 그 일을 사랑할 것이다. 하지만 그의 결함으로 인해, 그러니까 과도하게 참견하기 좋아하는 바로 그 성향 때문에 위험에 빠질 수 있다.

인물이 어떻게 결함에서 높은 지위에 대한 감각을 얻는가? 결함이 어떻게 인물에게 우월감을 느끼게 해주는가?

당신의 인물이 극단적으로 낮은 지위에 있고 심지어 자기혐오에 빠져 있더라도 그의 결함은 어떤 식으로든 그가 남들보다 낫다고 느끼게 해줄 것이다. (인물이 단순히 자기를 무가치하다고 생각하고 그가 소중히 여기는 신념이 틀렸다고 생각한다면 썩 매력적인 인물이 되지 못한다.)

인물의 결함이 그에게 어떤 소소한 기쁨의 순간을 가져다주는가?

예를 들어 부르주아이고 지위에 집착하는 엠마 보바리는 호화로운 무도회에 가서 부유한 손님들의 얼굴처럼 지위를 드러내는 온갖 징표에 감탄하면서 한껏 들뜬다. "돈으로 얻어지고" "새하얀 도자기에 비춰봐도 보기 좋은" 얼굴이라면서.

신성한 결함이 인물을 친구나 동료, 연인과 얼마나 친밀하게
만들어줬는가?

인물의 신성한 결함에서 어떤 삶의 목표가 나오는가? 인물이
외부 세계에서 무엇을 성취하면 행복하고 완벽해질 거라고 믿
는가?

집사 스티븐스가 아버지처럼 영국의 위대한 집사의 전당에 들
어가기를 원하는 것처럼 당신의 인물도 이런 것을 원할까? 당신
의 인물도 찰스 포스터 케인처럼 유명해지고 부자가 되고 대중
의 사랑을 받고 싶어 할까? 에이미 엘리엇 던처럼 완벽하다는 평
판에 걸맞은 완벽한 결혼을 원할까? 주인공의 목표는 그것이 무
엇이든 간에 모두 중요하고 성취할 수 있는 개인의 핵심 사업
(231~239쪽 참조)이자 플롯의 표면에서 목표로 삼아야 하는 일이
다. 언제나 그렇듯 이것 역시 구체적이어야 한다.
　마지막 두 질문에서는 근원적인 상처와 그 상처로 인한 독특한
세계를 제대로 이해해야 한다. 다시 뒤로 돌아가서 인물에 대해
조금 더 고민해보고 조금 손을 봐야 할 수도 있지만, 이후의 단계
를 제대로 밟으려면 그럴 만한 가치가 있는 일이다.

인물이 (마음속에서라도) 결함을 거슬러서 행동한다면 물질적
으로나 사회적으로 무엇을 잃게 될까?

이 질문에 답하려면 당신의 인물이 외부 세계에서 무엇을 원하는지, 그 인물이 열심히 추구하는 중대한 목표가 무엇인지 제대로 알아야 한다.

결함이 인물을 어떻게 안전하게 지켜주는가? 인물이 잠재의식 차원에서 결함을 거슬러 행동한다면 벌어질까봐 두려워하는 일은 무엇인가?

당신은 이미 이 질문의 답을 알 수도 있다. 모른다면 이제는 알아야 할 때다. 근원적인 상처의 계기가 된 사건이 발생했을 때 인물이 갖게 된 신념은 이제껏 어떤 식으로든 그를 보호를 해왔을 것이다. '이것을 믿지 않으면 **저런 일**이 일어날 수도 있다'는 식의 경험을 해왔을 것이다. **저런 일**은 이제 잠재의식 차원의 거대한 두려움이 되었다. 인물이 평생 전략적으로 방어해온 일이다. 예를 들어 스티븐스에게는 이런 식이었다. "감정을 절제하고 처신하지 않으면 내게는 신과 같은 존재인 아버지처럼 존경받지 못할 거야." T.E. 로렌스에게는 이런 식이었다. "오만한 반항아처럼 굴지 않으면 내가 존경하는 사람들에게 나는 투명인간이 될 거야."

다시 말하지만 구체적이어야 한다. 모호하게 표현하고 단순히 '존경받지 못할 거야'라거나 '투명인간이 될 거야'라는 식으로 말해서는 안 된다. 이 단계에서 정확성을 기하면 작가는 인물의 은밀한 두려움을 통찰할 수 있고 이것은 생생한 인물과 흥미로운 플롯을 만드는 데 도움이 된다.

이야기 사건(239~248쪽 참조)

이제는 작가로서 인물을 충분히 이해하고 인물의 이야기를 시작하고 싶을 것이다. 그러려면 인물의 사건을 만들어야 한다. 이야기의 표면에서 실제로 일어나는 사건이자 인물의 신성한 결함에 도전하고 궁극적으로는 그 결함을 깨트리는 사건이어야 한다. 이런 사건은 시행착오를 거치면서 증명된 통제 이론이 더는 통하지 않는 새로운 잠재의식의 영역으로 인물을 끌어들인다.

작가는 이야기 사건이 어떻게 진행될지 이미 알 가능성이 높지만 다음의 리스트는 상상력을 자극하는 데 도움이 될 것이다(이쪽으로 더 알아보고 싶다면 마이크 피기스Mike Figgis의 『36가지 극적 상황The Thirty-Six Dramatic Situations』이나 윌리엄 월러스 쿡William Wallace Cook의 『플로토Plotto』를 참조하라).

- 기회
- 모의나 음모(인물이 표적이 되거나 인물이 직접 가담하는)
- 여행이나 탐색
- 조사
- 강력한 인물에게 받는 오해
- 인물이나 다른 누군가에 관한 폭로

- 승진이나 강등
- 적이나 괴물 혹은 과거의 환영받지 못한 존재
- 비난
- 힘에 부치는 과업
- 발견
- 구제(사람, 지위 감각, 경력, 관계의 구제)
- 평가(심판, 과거의 죄에 대한 속죄, 인물이나 다른 누군가가 곧 죽는다는 사실의 발견)
- 모험이나 도전
- 부당성
- 도피
- 적의 공격(내부 혹은 외부의 적)
- 유혹
- 배신

플롯(239~248쪽 참조)

나는 반드시 지켜야 하는 플롯 구조가 존재하고 그 구조를 따르지 않으면 실패의 고통이 따를 거라고 생각하지는 않는다. 다채로운 스토리텔링을 살펴볼 때 근본적으로 중요한 원리는 극의 상위 차원의 사건이 하위의 잠재의식 차원의 변화를 유발한다는 사실뿐이다. 하지만 한 가지 플롯 구조가 특히 강력하고 인기 있는 것으로 입증되어 2000년 넘게 통용된 것도 사실이다. 바로 기본적인 5막 구조다.

학자들은 5막 구조가 다양한 수준으로 복잡하게 변주되고 이 구조가 정확히 왜, 어떻게 효과적인지 알아내려고 무수히 시도해 왔다. 나는 스토리텔링의 과학으로 살펴보면 명확한 설명을 얻을 수 있다고 믿는다. 일반적인 5막 구조는 인물의 신성한 결함을 검증하고 깨트리고 재구성하는 데 단연 효과적인 구조다. 전반부에서 주인공의 낡은 통제 이론이 검증되어 부적합한 것으로 드러난다. 중반부에서 변화가 일어나고 후반부에서는 새로운 통제 이론이 검증된다. 그리고 마지막 5막에서는 주인공에게 선택할 기회가 주어진다. 새로운 통제 이론을 받아들이고 싶은가? 아니면 원래대로 돌아가고 싶은가? 어떤 사람이 되고 싶은가?

각 막은 주인공을 시험에 들게 해서 그가 적극적으로 반응하게 만드는 중요한 플롯에 집중한다. 주인공은 "나는 누구인가?"라는 극적 질문에 매번 조금씩 다른 답을 내놓는다. 그래서 이야기의 두 가지 차원(플롯과 인물)이 공생하는 동시에 이야기의 추진력을 생성하면서 흥미진진해지고 수축과 해방의 최저점과 최고점이(231~239쪽 참조) 격렬하게 몰아친다. 5막 구조는 대략 다음과 같이 전개된다.

◆ 1막 : 이게 나다. 그런데 통하지 않는다.
이야기가 시작할 때는 주인공의 통제 이론이 확고하다. 주인공은 그 나름의 방식으로 행동하면서 목표 의식을 가지고 외부의 삶과 은밀한 상처를 안고 살아간다. 그러나 곧 중요하고 예기치 못한 변화가 일어난다. 이것은 이야기의 발화점으로, 주인공을 새로운 심리 영역으로 끌어들이는 인과관계 시퀀스의 첫 번째 사건이다. 새로운 세계에서 주인공의 통제 이론이 전례 없이 검증된다. 주인공은 발화점이 되는 사건에 자신만의 방식으로 반응하지만 상황에 대한 통제력을 되찾지 못한다. 이후에 어떤 상황이 펼쳐질지에 대한 정보의 격차가 벌어진다.

◆ 2막 : 다른 방법이 있는가?

주인공은 발화점 사건에 반응하면서 이전의 통제 이론이 혼돈을 막아주지 못한다는 것을 알고 새로운 전략을 찾아야 한다고 판단한다. 예전의 '자기'로 돌아가는 것은 선택지가 아니다. 2막은 긴장이 고조되는 단계로, 주인공은 여기에서 새로운 존재 방식을 적극적으로 시험하고 스승들에게 중요한 교훈을 얻을 수 있다. 자잘한 승리나 첫 성공을 경험하면서 짜릿한 흥분을 표출할 수 있지만 그런 성공은 곧 수명이 짧거나 착각인 것으로 드러난다. 2막에서 주인공은 플롯의 도전에 적극적으로 맞서기로 다짐한다.

◆ 3막 : 있다. 나는 변화했다.

주인공의 새로운 전략에도 플롯이 반격한다. 이야기의 정서가 어두워진다. 이제 주인공은 인물 변화라는 위험한 여정을 계속할지 말지 판단해야 한다. 이야기의 중반 즈음에 정서가 위로 솟구치면서 주인공이 새로운 통제 이론에 온전히, 극적으로 몰두한다. 어설프거나 자신이 없거나 과장되게 표현될 수는 있지만 주인공이 심오한 차원에서, 심지어 돌이킬 수 없을 정도로 변화한 듯 보인다. 주인공과 그가 사는 세계가 다시는 예전으로 돌아갈 수 없을 거라는 예감이 든다. 하지만 이런 흥분된 단계에 반응하여 플롯이 다시 반격하는데, 이번에는 전례 없는 위력으로 반격한다.

♦ 4막 : 그런데 나는 변화의 고통을 감당할 수 있는가?

혼돈이 몰아치고 주인공은 플롯에 쫓기고 압도당한 느낌을 받으며, 가장 낮고 가장 암울한 처지에 놓인다. 플롯이 가차 없이 반격하는 사이 주인공은 변하기로 한 자신의 결심에 의구심을 갖기 시작한다. 때로는 적극적으로 낡은 통제 이론으로 물러나거나 되돌아가는 모습을 보일 수도 있다. 다른 한편으로는 심사숙고하면서 근원적인 상처에 관한 단서를 드러낼 수도 있다. 다시 극적 질문이 던져지고 새로운 답이 나온다. 그래도 플롯은 주인공을 가만히 놔두지 않고 주인공은 이제 곧 최후의 결정을 내려야 한다.

♦ 5막 : 나는 어떤 사람이 될까?

최후의 결전이 다가오는 사이 바짝 옥아매는 감정이 쌓인다. 주인공은 긴장이 절정에 이르는 순간에 마침내 신의 순간이라는 형태로(248~252쪽 참조) 플롯을 의식 차원이나 잠재의식 차원에서 완벽하게 통제하고 혼돈은 사라진다. 마지막 장면에서는 대체로 치열한 전투가 아니라 극적 질문의 최종 답이 나온다. 전형적인 행복한 결말에서는 주인공이 새로운 사람, 더 나은 사람이 된다.

비극의 5막 구조도 유사한 흐름으로 전개되지만, 비극에서는 주인공이 혼돈을 **더 잘** 다스릴 수 있는 자아로 향하는 대신 결함 있는 통제 이론을 확장하여 결국 모든 상황을 서서히 악화시킨다. 예를 들어 『롤리타』의 3막에서 험버트는 이제는 부모가 없는 소녀에게 손을 대면서 최악의 자기를 극적으로 수용한다. 주인공은 결함을 치유하지 못한 채 마지막 막에서 파국적인 상황으로 치닫고 부족의 처벌(굴욕 혹은 투옥이나 추방 같은 배척, 죽음)을 받는다.

5막 구조를 추구하지만(이 구조에 관해 자세히 알아보려면 존 요크의 『숲속으로』와 크리스토퍼 부커의 『7가지 기본 플롯』을 참조하라) 이 구조에 얽매일 필요는 없다. 깊이 있는 인물을 창조했으면 이야기는 원활히 풀릴 것이다. 그렇다면 이 구조를 버릴 이유가 무엇이겠는가? 마찬가지로 이 구조가 얼마나 잘 돌아갈지 알기 때문에 구조를 가지고 놀 수도 있다.

5막 구조를 자세히 알아보기 위해 5막 이야기의 고전으로 인정받고 자주 분석되는 영화 〈대부〉를 중심으로 살펴보려고 한다. 영화사상 위대한 영화 중 하나로 손꼽히는 이 영화는 출간된 지

2년 만에 9백만 부가 팔려나간 마리오 푸조Mario Puzo의 소설을 원작으로 한다. 주인공은 마피아 보스 비토 콜레오네의 아들 마이클 콜레오네이고, 이야기는 주인공이 패밀리의 보스로 올라가는 과정을 그린다. 마이클은 마피아 조직의 삶을 거부하면서 처음 등장한다. 마이클의 특질을 살펴보자.

신성한 결함 : 나는 정직하고 강직하고 가정적인 남자이지 마피아 조직의 일원이 아니다.

다소 모호한 결함이다(다시 말하지만 여기서 '결함'은 도덕적 결함이 아니라 쉽게 변할 수 있는, 결함이 있는 신념을 의미한다). 그래도 이것은 마이클의 삶과 정체성에 관한 핵심 신념이고, 플롯에서 극적 질문의 형태로 자주 나온다.

극적 질문 : 나는 정직하고 강직하고 가정적인 남자인가? 아니면 마피아 조직의 일원인가?

이런 결함 있는 신념은 어디에서 시작됐을까? 셰익스피어의 전통에 따라 우리에게는 단서만 주어지는데, 마이클에게 다음과 같은 상처가 있다는 사실이 곧 명확히 드러난다.

근원적인 상처 : 그는 훗날 미국의 '상원의원이나 주지사'가 되

기를 꿈꾸지만 마피아 가문의 일원이자 보스 비토가 가장 아끼는 아들이다.

현실의 어떤 사건을 통해 청년 마이클의 신성한 결함이 도전받고 궁극적으로 변화하게 될까?

이야기 사건 : 콜레오네 패밀리가 공격받는다.

i 1막 : 주요 인물들의 등장, 발화점

이야기가 시작되면 작가는 주요 인물들, 그중에서도 주인공을 소개하고자 한다. 〈대부〉에서는 집안의 결혼식에 주인공이 등장하고, 그가 자신의 통제 이론과 그런 통제 이론으로 살아온 삶을 고스란히 드러낸다. 그는 건장한 마피아 조직원들 틈에서 해병대 제복을 말끔하게 차려입고 영민한 표정과 꼿꼿한 자세로, 이탈리아계가 아니며 교사인 약혼녀 케이와 함께 서 있다. 케이의 순진한 질문에 그가 긴장한 표정으로 솔직하게 답한다. ("아버지가 그 사람한테 거부하지 못할 제안을 했어. 루카 브라시가 그 사람 머리에 총을 겨눴고, 아버지는 그 사람의 뇌 덩어리든 서명이든 둘 중 하나를 계약서에 찍어오라고 명령했지.") 마이클은 자신의 신성한 결함을 생생하게 전달한다.

1막에서는 발화점(114~124쪽 참조)을 만들어야 한다. 발화점은 이야기가 진행되는 사이 독자나 관객이 자세를 고쳐 앉고 집중하게 만드는 중요한 순간이다. 발화점은 적절한 사건이 적절한 인물에게 일어나는 순간, 다시 말해서 인물의 결함 있는 신념을 깨트리는 예기치 못한 사건이 일어나는 순간이다. 따라서 이런 사건은 인물을 자극한다. 그리고 인물이 놀랍고도 구체적인 방식으로 반응하게 만든다. 이런 특이한 반응을 보면서 독자나 관객은 심상치 않은 일이 일어난 것을 감지하고 궁금해한다. 이런 사건은 궁극적으로 그 인물이 누구인지에 대한 정의를 뒤엎을 위력을 가진 홍수를 일으키는 첫 번째 물방울이다.

〈대부〉처럼 발화점이 꼭 초반에 나올 필요는 없지만 오래 걸리지는 않는 편이 낫다. 〈대부〉의 발화점은 마이클의 아버지 비토가 뉴욕의 경쟁 마피아들에게 암살 기도를 당하는 사건이다. 이들은 마약 사업에 뛰어들고 싶지만 뇌물을 요구하는 정치인이나 판사들과 끈이 닿아 있는 인물은 비토뿐이라서 그의 도움이 절실하다. 하지만 비토는 그들의 요청을 거절한다. 그의 권위 있는 계약서가 도박과 매춘은 눈감아줄 수 있어도 마약은 다른 문제라고 못박는다. 불행히도 경쟁 마피아들은 거절을 순순히 받아들이지 않고 비토의 후계자(좌충우돌하는 다혈질의 장남 소니)라면 그들의 계획에 따라 구워삶을 수 있을 거라고 판단한다. 따라서 비토를 제거하고 소니를 그 자리에 앉혀서 계획대로 움직이게 하기로 공모한다.

우리의 주인공 마이클은 이런 예기치 못한 사건에 어떻게 반응할까? 예상대로 울거나 분노하거나 피의 복수를 시도할까? 아니다. 그는 그의 성격에 따라, 그의 신성한 결함이 예측하는 대로 행동한다. 침착하고 차분하고 예의 바르게 사건에 직접 '엮이면' 안 된다는 데 동의하고 소니를 위해 전화를 건다. 이런 통제 이론이 그에게 통할까? 그가 세계의 질서를 다시 잡을 수 있게 해줄까? 고통을 치유하고 더 큰 고통을 막아줄까? 물론 아니다.

작가는 이야기의 첫 번째 단계에서 주인공의 신성한 결함을 보여주고 주인공이 자신의 세계에서 무엇을 원하는지 밝히면서 인물을 구축하고 싶을 것이다. 다음으로 인물은 발화점에 자극받아 자신의 성격과는 일치하지만 역효과가 나거나 어떤 식으로든 불필요한 결과를 낳는 쪽으로 행동할 것이다. 여기에서 주인공의 통제 이론이 잘못된 것으로 밝혀지기 시작한다.

ii 2막 : 통제 이론의 붕괴, 극적 질문에 대한 답의 변화

마이클은 특유의 소극적인 태도로 혼돈을 다스리려 하지 않는다. 무기도 없이 병원으로 아버지 비토를 만나러 갔다가 경찰이 병실을 지키지 않는 것을 알아챘다. 왜일까? 부패한 경찰서장이 경쟁 조직과 결탁해서 비토를 살해할 수 있도록 경비들에게 병실에서 떠나도록 명령한 것이다. 마이클은 아버지의 병상을 다른 병실로 옮긴다. 부패한 경찰이 나타나자 마이클은 격분해서 그에 따져 묻지만 경찰은 모두가 보는 앞에서 그에게 모욕을 주고 그를 폭행한다. 마이클이 기존의 통제 이론을 고수한 결과는 무엇인가? 고통과 굴욕감과 아버지가 살해될 거라는 위협이다. 낡은 통제 이론이 더는 통하지 않는다. 그러면 이제 마이클은 어떤 사람이 될까?

2막에서는 극적 질문에 대한 답이 달라지기 시작한다. 마이클이 집에 도착하자 경쟁 조직의 보스와 부패한 경찰이 그(콜레오네 집안의 점잖고 정직하고 위험하지 않은 대표)와 만나서 협상하기를 바란다는 소식이 그의 패밀리로 들어와 있다. 마이클은 그러겠다고 말하고, 관객과 극중 다른 인물들에게 놀랍게도 그 만남에서 그들을 죽이겠다고 말한다. 그 자리에서 웃음이 터진다. 형 소니가 묻는다. "어떻게 할 건데? 얌전한 대학생이, 어? 패밀리 사업에 얽히기 싫다며? 그런데 지금 경찰을, 어, 네 따귀를 좀 때렸다는 이유로 쏴 죽인다고?" 하지만 마이클은 고집을 꺾지 않는다. 결국 그의 제안이 받아들여지고 노련한 조직원이 그에게 근거리 사격을 가르쳐주면서 새로운 심리 세계의 규칙을 알려준다.

〈대부〉는 이야기 이론가 크리스토퍼 부커가 제안하는 2막 '꿈의 단계'처럼 한동안은 만사가 순조롭게 흘러가는 듯 보이면서 주인공이 작은 승리나 승리의 착각을 경험하지 않는다는 면에서 이례적이다. 대신 마이클의 성격이 달라지는 인상적인 장면과 함께 그가 노련한 멘토에게 훈련받는 장면이 나오면서 긍정적이고 강렬하게 흥분을 고조시킨다.

iii 3막과 4막 : 플롯의 반격
나는 5막 구조의 3막에서 정확히 무슨 일이 일어나는지 파악하는 데 오래 걸렸다. 가장 난해한 수수께끼는 이랬다. 일반적인 5막 구조의 플롯에서는 중간 지점에서 주인공이 변화하면서 새롭고 '향상된' 통제 이론을 얻는다. 하지만 향상된 통제 이론은 다시 혼돈 속에서 커다란 파도를 일으킨다. 이해가 가지 않는다. 새로운, 더 나은 자아가 마땅히 문제를 해결하고 혼돈을 다스려야 하지 않을까? 어째서 **더 나아졌는데도** 상황은 **더 나빠질까?** (마이클 콜레오네 같은 반영웅에게 '더 나아지는' 것이 '혼돈을 더 잘 다스릴 만큼' '더 도덕적'이라는 뜻이 아니라는 점에 주목해야 한다.)

나는 이 수수께끼를 풀기 위해 통제 이론이라는 개념을 다시 생각해야 했다. 그리고 통제 이론의 목적이 원래 인물에게 원하는 것을 얻을 방법을 알려주는 것만이 아니라는 점을 깨달으며 돌파구를 찾았다. 통제 이론은 인물이 원하지 않는 것을 **피할** 방법도 알려준다. 어느 정도 방어적인 성격을 가지고 있는 셈이다. 삶의 목표를 이루고 마음 깊이 두려워하는 무언가를 방어하도록 도와주는 것이다. 이것이 이 기법의 초반에 인물이 결함 있는 통제 이론을 버리면 무엇을 잃는지 생각해보라고 한 이유다. 3막과 4막에서는 이런 이해가 중요해진다.

따라서 젊은 마이클 콜레오네가 신성한 결함으로, 그러니까 '나는 정직하고 강직하고 가정적인 남자이고 마피아 조직의 일원이 아니어야만 안전하다'는 생각으로 살아가기로 선택한 **이유**를 물을 수 있다. 그러자면 그에게 명백한 이유를 주어야 한다. 마피아 조직의 일원이 되면 사랑하는 사람들이 살해당한다(그의 근원적인 상처가 생긴 장면을 시나리오에 넣는다면 이런 교훈이 담길 것이다).

이것은 그의 통제 이론의 방어적인 목적이었다. 따라서 그의 통제 이론(인간 세상에서 살아남도록 이끌어주는 심리 전략)은 그가 원하는 것(높은 지위를 보장해주는 군대 경력, 정상적인 가정을 꾸릴 기회, 심지어 훗날 미국 상원의원이 될 가능성)을 **제공하는** 동시에, 그가 가장 두려워하는 것으로부터 **보호**해주었다. 이제 〈대부〉의 발화점을 새롭게 볼 수 있다. 비토가 총격을 당한 사건은 마이클이 그의 통제 이론이 효과적이지 않을 거라고 깨달은 첫 번째 증거였다. 그가 사랑하는 사람들을 잃지 않으려고 이제껏 패밀리 사업에서 멀리 떨어져 있었을지 몰라도 고통과 괴로움은 불가피하게 그를 찾아올 터였다.

다음으로 3막에서 그는 두 명을 살해하면서 지금까지의 통제 이론을 완전히 폐기한다. 결과는 어땠을까? **통제 이론이 나쁜 일을 다스리는 형태로 그에게 제공한 보호가 사라진다.** 마이클이 고위 경찰을 살해한 사건은 언론의 주목을 받으며 뉴욕의 모든 패밀리를 전례 없이 들쑤셨고, 모든 패밀리가 일제히 콜레오네 패밀리에 분노를 터트리며 복수할 방법을 찾는다. 총알이 날아다니고 혼돈이 고조된다. 4막에서는 형 소니를 비롯해 마이클이 사랑하는 사람들이 살해당한다.

이것은 수많은 5막 구조의 이야기에서 플롯의 후반부에 주인공의 변화에 대한 의지를 시험하는 방식이다. 과거에 주인공이 다른 사람으로 거듭나지 못하게 가로막았던 온갖 두려움이 현실로 나타나고 모든 악몽이 실현된다. 독자나 관객이 긴장할 만한 시점에 이처럼 극이 거대하게 상승하는 방식은 공학적으로 뛰어나서 5막 구조가 2천 년 이상 최고의 인기를 끈 요인으로 보인다.

명확한 이해를 돕기 지금쯤 익숙해졌을 사례로 『남아 있는 나날』의 스티븐스에게 우리가 부여한 확장된 신성한 결함을 다시 살펴보자. "감정을 절제하고 처신하지 않으면 내게는 신과 같은 존재인 아버지처럼 존경받지 못할 거야." 이렇게 말해보면 스티븐스가 가장 두려워하는 상황과 성인이 된 이후 그의 삶과 자아가 도피해온 상황이 무엇인지에 관한 단서를 얻을 수 있다.

작가 가즈오 이시구로는 스티븐스의 변화를 이야기의 중간이 아니라 마지막에 배치했다. 따라서 작가가 일반적인 5막 구조를 채택했다면 3막과 4막에서 일어났을 법한 상황을 간략히 그려볼 수 있다(이시구로에게 진지하게 양해를 구한다).

‹ 따스한 감정이 인간 행복의 열쇠라는 것을 깨달은 스티븐스
  는 켄턴 양의 집으로 다시 돌아간다. 특유의 긴장하고 서툰
  태도로 감정을 실험한다. 켄턴 양은 신중히 그와 함께 달링
  턴 홀로 돌아가기로 한다.

‹ 달링턴 홀에서 스티븐스와 켄턴은 가까워진다. 켄턴이 다정
  하게 그의 손을 잡는다. 기쁨에 들뜬 스티븐스는 따스한 감
  정에 휩싸여 귀빈들 앞에서 새 주인 패러데이 씨와 함께 어

설픈 '농담'을 주고받고, 귀빈들은 놀라고 당황하며, 패러데이는 민망해하며 하인과 손님들 앞에서 스티븐스를 야단친다. 스티븐스는 반박한다. 다툼이 일어나고 켄턴은 실망한다. 그녀가 사랑한 품위 있고 존경받는 남자는 어디로 갔는가?

♦ 스티븐스는 해고당하고 당장 달링턴 홀에서 떠나라는 지시를 받는 반면 켄턴은 승진한다. 그녀도 스티븐스에게 질린다. 스티븐스는 소중히 여기던 모든 것을 잃고 그의 평판은 땅에 떨어진다. 그가 평생 가장 두려워하던 상황이 벌어졌다. 낡은 통제 이론을 버린 대가가 이제 가감 없이 드러난다. 그는 따스한 감정에 관한 새로운 전략을 고수할까? 아니면 안전한 길을 택해서 과거의 자기로 돌아갈까?

4막에서는 플롯의 모든 요소가 반격한다. 주인공은 쫓기거나 선택의 여지가 없거나 압도당한 느낌에 사로잡힌다. 자연히 변하기로 한 선택에 의문을 품는다. 오래된 통제 이론의 보호를 받지 못하면서 살아남을 수 있을까? 주인공에게 '영혼의 어두운 밤'의 단계, 곧 근원적인 상처에 대한 단서가 드러나는 반추의 순간이다. 플롯의 시험이 지나치게 가혹해서 주인공이 어떤 식으로든 변화의 대가를 치를 수 없을 거라는 조짐이 드러난다.

〈대부〉에서는 마이클이 마피아의 삶에 적극적으로 뛰어들고 그 결과로 형 소니가 죽자, 비탄에 빠진 아버지 비토는 전쟁에서 항복하고 경쟁 조직들에 정치인과 판사들에 대한 접근권을 넘겨 주겠다고 제안한다. 콜레오네 패밀리의 힘은 약해지고 비토는 부상당한 노인일 뿐이며 소니는 죽었다. 마이클이 이제 후계자 서열에 오른다. 그는 케이에게 미래에는 패밀리 사업이 '완전한 합법'이 될 거라고 약속한다. 극적 질문에 대한 답이 다시 달라진다.

하지만 비토가 마이클에게 그들 중 배반자가 있다고 경고하고 ("네가 전적으로 신뢰하는 그 자야.") 마이클의 목숨이 위태로워진다. 비토가 심장마비로 죽고 마이클이 이제 보스가 된다. 그는 어떻게 할까? 어떤 마이클 콜레오네가 되기로 할까?

iv 5막 : 극적 질문에 대한 답

이야기가 독자나 관객에게 깊은 만족감을 주고 끝나려면 극적 질문의 최종적인 답이 나왔다는 느낌이 들어야 한다. 대개는 주인공이 최후의 일전(248~252쪽 참조)을 치르고 마침내 내면의 자기를 완벽하게 이해하고 외부 세계에 대한 통제력을 다시 얻는 신의 순간(252~258쪽 참조)이 있다. 한 번의 지극한 행복한 순간에 주인공은 모든 것에 대해 신과 같은 완벽한 통제력을 얻고 새로운 자기를 수용하고 승리한다.

물론 모호하고 현대적인 결말로 갈 수도 있다. 그렇다면 주인공이 어떤 사람인지에 관해 대결의 양상을 놓치지 않은 채 능숙하고 신중하게 요점을 전달해야 한다. 창조적 용기가 부족해서 결정을 내리지 못한 것처럼 보여서는 안 된다. 어떤 결말을 선택하든 만족스러운 결말이 되려면 극적 질문에 명확히 답해야 한다. 한마디로 모든 혼돈과 극의 결말에서 주인공이 **사실은** 어떤 사람인지가 드러나야 한다.

〈대부〉 역시 마지막 순간에 그 답을 명확히 제시한다. 마이클은 조카의 세례식에 참석해서 조카의 대부가 된다. 그가 엄숙하게 서약하는 순간 부하들이 그의 명령에 따라 패밀리의 적을 하나씩 제거한다. 세례식이 끝난 후 마이클은 처남(그가 방금 나온 세례식장에서 세례를 받은 아기의 아버지이자 비토가 경고한 '배반자'로 드러난 인물)이 부하들에게 교살당하는 동안 무표정하게 바라본다. 마이클의 최후의 일전이 치러졌고 그는 승리했다.

마이클의 여동생은 남편이 죽은 걸 알고 격분해서 마이클에게 달려들며 울부짖는다. "그러고도 우리 아기의 대부가 된 거야? 이 추악한 냉혈한!"

여동생이 떠나고 이제는 아내가 된 케이(영화가 시작할 때 마이클이 패밀리 사업에 관해 특유의 정직한 태도로 답해준 순진한 교사)가 저 끔찍한 비난이 사실이냐고 묻는다.

"내 사업에 대해서는 묻지 마." 마이클이 말한다.

"사실이야?"

"그만!"

"싫어!"

"좋아. 이번 한 번만 내 일에 대해 묻게 해줄게."

"사실이야? 그래?"

"아니야."

마이클은 어떤 사람이 될까? 정직하고 강직하고 가정적인 남자가 될까? 아니면 정직하지 못한 마피아 조직의 보스가 될까? 이 영화의 마지막 대화는 극적 질문을 다시 던지고 최종적으로 답하는 형식을 취한다. 이어서 마이클에게 탄원하러 온 마피아들이 경건하게 그의 손에 입을 맞추는 장면이 나온다. 그리고 우리의 이야기는 검은 화면으로 바뀐다.

이 책은 다양한 글쓰기 프로젝트로 진행된 글쓰기 강좌를 토대로 집필되었습니다. 구체적으로 말하면 제 저서 『이단자들』(Picador, 2013)과 『셀피Selfie』(Picador, 2017), 그리고 에세이집 『타인들Others』(Unbound, 2019)에 실린 에세이 한 편의 자료를 새로 쓰는 형식으로 엮었습니다.

관련 분야의 두 전문가인 신경과학자 소피 스콧 교수와 심리학자 스튜어트 리치 박사가 원고 교정을 봐주었습니다. 의견을 주고 수정할 부분을 지적해주고 문제를 해결하도록 도와준 두 분께 감사드립니다. 그럼에도 본문에 남아 있는 오류는 전적으로 제 책임입니다. 오류를 발견하시면 제 웹사이트 〈willstorr.com〉으로 알려주십시오. 검토하고 필요하면 이후 판본에서 수정하겠습니다.

| 감사의 말 |

"모든 것은 리믹스다"라는 말이 있습니다. 이 책에 꼭 맞는 표현입니다. 이 책에 인용된 모든 이야기 이론가와 학자들, 오버룩 프레스Overlook Press의 트레이시 칸스와 관계자 여러분, 그 외에도 제가 읽고 깊은 통찰을 얻었지만 저자 이름은 기억나지 않는 책을 써주신 모든 전문가에게 무한한 감사의 말씀을 전합니다.

윌리엄 콜린스William Collins 출판사의 톰 킬링벡 편집자와 관계자 여러분, 오버룩 프레스의 제 에이전트 윌 프랜시스와 트레이시 칸스를 비롯한 모든 분, 이 책에서 주로 참조한 문헌을 편집해준 크리스 도일에게 감사드립니다. 아낌없이 지지해준 가디언 마스터클래시스Guardian Masterclasses의 커스티 벅과 파버 아카데미Faber Academy의 이언 얼러드에게도 감사드립니다. 나의 독자 소피 스콧 교수와 스튜어트 리치 박사와 에이미 그리어 박사, 모두 소중한 조언을 해주었습니다. 명석한 두뇌를 빌려주셔서 감사드립니다.

크레이그 피어스, 찰리 캠벨, 이언 리, 찰스 퍼니휴, 팀 로트, 마르셀 서로우, 루크 브라운, 제이슨 맨포드, 앤드류 핸킨슨을 비롯한 크루거 카운의 모든 분, 끝으로 무한한 인내와 사랑을 보내준 나의 아내 패러에게 감사드립니다.

| 주석과 참고문헌 |

서론

1. Evolutionary Psychology, Robin Dunbar, Louise Barrett, John Lycett (Oneworld, 2007) p. 133.
2. 'Grandparents: The Storytellers Who Bind Us', Grandparents may be uniquely designed to pass on the great stories of human culture', Alison Gopnik, *Wall Street Journal*, 29 March 2018.
3. *The Origins of Creativity*, Edward O. Wilson (Liveright, 2017) pp. 22 – 24.
4. *The Righteous Mind*, Jonathan Haidt (Allen Lane, 2012) p. 281.
5. *The Hero with a Thousand Faces*, Joseph Campbell (Fontana, 1993).
6. *The Art of Fiction*, John Gardner (Vintage, 1993) p. 3.

1장. 세계를 창조하기

통제력을 추구하는 뇌와 변화의 순간

1. Comment made by Professor Sophie Scott during review of manuscript, August 2018.
2. *The Self Illusion*, Bruce Hood (Constable and Robinson, 2011) p. 125.
3. *Incognito*, David Eagleman (Canongate, 2011) p. 1.
4. *The Brain*, Michael O'Shea (Oxford University Press, 2005) p. 8.
5. *The Domesticated Brain*, Bruce Hood (Pelican, 2014) p. 70.
6. *Into the Woods*, John Yorke (Penguin, 2014) p. 270.
7. *Halliwell's Filmgoer's Companion*, Leslie Halliwell (Granada, 1984) p. 307.

호기심이라는 수수께끼 상자

1. *The Hungry Mind*, Susan Engel (Harvard University Press, 2015) p. 24.

2. *Curious*, Ian Leslie (Quercus, 2014) p. 56.

3. 'The Psychology of Curiosity', George Lowenstein, *Psychological Bulletin*, 1994, Vol. 116. No 1. pp. 75 – 98.

4. *An Information-Gap Theory of Feelings about Uncertainty*, Russell Golman and George Loewenstein (Jan 2016).

5. 'The Psychology of Curiosity', George Lowenstein, *Psychological Bulletin*, 1994, Vol. 116. No. 1. pp. 75 – 98.

6. 'The Psychology and Neuroscience of Curiosity', Celeste Kidd and Benjamin Y. Hayden, Neuron, 4 November 2015: 88(3): 449 – 460.

7. 'The Psychology of Curiosity', George Lowenstein, *Psychological Bulletin*, 1994, Vol. 116. No. 1. pp. 75 – 98.

8. J. J. Abrams, 'The Mystery Box', TED talk, March 2007.

세계 모형을 만드는 뇌

1. 'Exploring the Mysteries of the Brain', Gareth Cook, *Scientific American*, 6 Oct 2015.

2. *The Brain*, Michael O'Shea (Oxford University Press, 2005) p. 5.

3. *Incognito*, David Eagleman (Canongate, 2011) pp. 7 – 370.

4. 'Why Do We Blink so Frequently?', Joseph Stromberg, *Smithsonian*, 24 Dec 2012.

5. Susan Blackmore, *Consciousness* (Oxford University Press, 2005) p. 57.

6. T. J. Smith, D. Levin & J. E. Cutting, 'A window on reality: Perceiving edited moving images', *Current Directions in Psychological Science*, 2012, Vol. 21, pp. 107 – 113.

7. Daniel J. Simons, Christopher F. Chabris, Gorillas in our midst: sustained inattentional blindness for dynamic events, *Perception*, 1999, Vol. 28, pp. 1059 – 1074

8. 'Beyond the Invisible Gorilla', Emma Young, *The British Psychological Research Digest*, 30 August 2018.

9. Daniel J. Simons and Michael D. Schlosser, 'Inattentional blindness for a gun during a simulated police vehicle stop', *Cognitive Research: Principles and Implications*, 2017, 2:37.

10. Altered Egos: *How the Brain Creates the Self* (Oxford University Press, 2001) pp. 28‑9.

11. *Incognito*, David Eagleman (Canongate, 2011) p. 100.

12. *The Case Against Reality*, Amanda Gefter, *The Atlantic*, 25 April 2016.

13. *Deviate*, Beau Lotto (Hachette 2017). Kindle location 531.

14. *Deviate*, Beau Lotto (Hachette 2017). Kindle location 538.

15. *How Emotions Are Made*, Lisa Feldman‑Barrett (Picador 2017) p. 146.

16. 'You can thank your fruit‑hunting ancestors for your color vision', Michael Price, *Science*, 19 Feb 2017.

17. *Head Trip*, Jeff Warren (Oneworld, 2009) p. 38.

18. *Head Trip*, Jeff Warren (Oneworld, 2009) p. 31.

19. *The Storytelling Animal*, Jonathan Gottschall (HMH, 2012) p. 82.

20. *Louder than Words*, Benjamin K. Bergen (Basic, 2012) p. 63. 놀랍게도 관련 연구에서는 뇌는 1인칭 화자('나')의 이야기와 3인칭 화자('그'나 '그녀')의 이야기를 크게 구분하지 못하는 것으로 나타났다. 맥락이 충분히 주어질 때 뇌는 이야기의 행동을 멀리서 지켜보는 것처럼 '관찰자의 관점'으로 바라본다.

21. *Louder than Words*, Benjamin K. Bergen (Basic, 2012) p. 118.

22. *Louder than Words*, Benjamin K. Bergen (Basic, 2012) p. 99.

23. *Louder than Words*, Benjamin K. Bergen (Basic, 2012) p. 119.

24. 'Differential engagement of brain regions within a 'core' network during scene construction', Jennifer Summerfield, Demis Hassabis & Eleanor Maguire, *Neuropsychologia*, 2010, Vol. 48, 1501‑1509.

25. As C. S. Lewis implored a young writer in 1956: http://www.lettersof\-note. com/2012/04/c-s-lewis-on-writing.html

26. 모형을 형성하는 뇌에 관해 최근에 밝혀진 사실은 단순성도 중요하다는 점이다. 인간의 주의력이 미치는 범위는 좁다. 신경생리학자 로버트 새폴스키(Robert Sapolsky) 교수는 이렇게 적는다. "원시 인류의 과거로 인해 우리는 한 번에 하나의 얼굴에 반응하도록 길들여졌다." 우리에게는 아직 하나의 움직이는 사냥감이나 하나의 익은 과일이나 한 명의 부족의 공모자에게 집중하도록 길들여진 수렵채집 시대의 뇌가 있다. 이런 편협성으로 인해 이야기가 주로 단순하게 한 사람의 관점에서 시작하거나 한 가지 문제를 중심으로 전개되는 것이다.

마음 이론의 실수가 극을 만드는 방법

1. *The Domesticated Brain*, Bruce Hood (Pelican, 2014).

2. 'The Domestication of Human', Robert G. Bednarik, 2008, *Anthropologie* XLVI/1 pp. 1–17.

3. *Evolutionary Psychology*, Robin Dunbar, Louise Barrett, & John Lycett (Oneworld, 2007) p. 62.

4. *On the Origin of Stories*, Brian Boyd (Harvard University Press, 2010) p. 96.

5. *On the Origin of Stories*, Brian Boyd (Harvard University Press, 2010) p. 96.

6. *The Self Illusion*, Bruce Hood (Constable and Robinson, 2011) p. 29.

7. 'Effortless Thinking', Kate Douglas, *New Scientist*, 13 December 2017.

8. *Mindwise*, Nicholas Epley (Penguin, 2014) p. xvii.

9. *Mindwise*, Nicholas Epley (Penguin, 2014) p. 65.

10. *Mindwise*, Nicholas Epley (Penguin. 2014) p. 62. 뇌의 스토리텔링 본능에 관해 많은 것을 말해준다. 특히 문제가 발생할 때 스토리텔링 본능이 살아난다. 자동차든 컴퓨터든 고장이 나면 주인은 마치 그 물건을 '마음이 있는 양' 취급한다. 에플리는 이런 물건의 주인들의 뇌를 스캔했다. "다른 사람들의 마음을 생각할 때 활성화되는 신경 영역이 이런 예측 불가능한 기계를 생각할 때도 활성화되는 것으로 나타났다." 문제가 발생하면, 그러니까 뇌의 예측이 실패하면 우리는 이야기 양식으로 넘어간다. 우리의 편협한 주의력이 커지고 알아챈다. 이제부터는 다른 사람들이 나오는 동화의 영역에서 일어나는 행동에 대비한다.

11. Charles Dickens, William Blake and Joseph Conrad all spoke of: 'Introduction

of Writer's Inner Voices', Charles Fernyhough, 4 June 2014, http://
writersinnervoices.com.

12. 'Fictional characters make "experiential crossings" into real life, study finds',
Richard Lea, *Guardian*, 14 Feb 2017.

13. *Mindwise*, Nicholas Epley (Penguin, 2014) p. 9.

14. *On Film-Making*, Alexander Mackendrick (Faber & Faber, 2004) p. 168.

긴장감을 조성하는 특징과 세부 정보

1. 'Meaning-based guidance of attention in scenes as revealed by meaning
maps', John M. Henderson & Taylor R. Hayes, *Nature, Human Behaviour*,
2017, Vol. 1, pp. 743 - 747.

신경 모형과 시, 그리고 은유

1. *Subliminal*, Leonard Mlodinow (Penguin, 2012) p. 24.

2. *Subliminal*, Leonard Mlodinow (Penguin, 2012) p. 21.

3. *I Is an Other*, James Geary (Harper Perennial, 2012) p. 5.

4. *Louder than Words*, Benjamin K. Bergen (Basic, 2012) pp. 196 - 206.

5. 'Metaphorically feeling: Comprehending textural metaphors acti\-vates
somatosensory cortex', Simon Lacey, Randall Stilla, K. Sathian, *Brain and
Language*, Vol. 120, Issue 3, March 2012, pp. 416 - 421.

6. 'Engagement of the left extrastriate body area during body-part metaphor
comprehension', Simon Lacey, Randall Stilla, Gopikrishna Deshpande, Sinan
Zhao, Careese Stephens, Kelly McCormick, David Kemmerer, K. Sathian,
Brain and Language, 2017, 166, 1 - 18.

7. *Politics and the English Language*, George Orwell (Penguin, 1946).

8. *Louder than Words*, Benjamin K. Bergen (Basic, 2012) p. 206.

문학적, 대중적 스토리텔링에서의 인과관계

1. *Subliminal*, Leonard Mlodinow (Penguin, 2012), p. 68.

2. *Strangers to Ourselves*, Timothy D. Wilson, (Belknap Harvard, 2002), p. 24.

3. *The Social Animal*, David Brooks (Short Books, 2011) p. x.

4. 'The Evolution of Myths', Julien d'Huy, *Scientific American*, December 2016.

5. *Thinking, Fast and Slow*, Daniel Kahneman (Penguin, 2011) p. 50.

6. *Film Technique and Film Acting*, Vsevolod Pudovkin (Grove Press, 1954) p. 140. 같은 자료에 따르면 세 번째 사진은 사실 매력적인 여자가 긴 의자에 비스듬히 기대 앉아 있고 보는 사람이 그 배우에게 욕망을 투사하는 장면이다. 1954년의 *Film Technique and Film Acting* 번역서에서 푸도프킨은 곰을 묘사한다.

7. *Why?*, Mario Livio (Simon & Schuster) Kindle Location 1599

8. 'Probe the how and why', *Curious*, Ian Leslie (Quercus, 2014) Kindle Location 626

9. https://johnaugust.com/2012/scriptnotes-ep-60-the-black-list-and-a-stack-of-scenes-transcript
   원래 문장: "모든 장면 사이에 '왜냐면'을 넣고 '그런 다음'은 넣고 싶지 않을 겁니다. 우리는 모든 것이 모든 것의 원인이고 모든 것은 모든 것 위에 구축된다고 배우고 또 이런 설정을 잘 이해하니까요. 하지만 알고 보면 특히 액션 장르에서는 모든 일이 지극히 삽화적으로 일어나는 것 같습니다."

10. *Personality*, Daniel Nettle (Oxford University Press, 2009) p. 190.

2장. 결함이 있는 자아

결함 있는 자아 : 통제 이론

1. *The Consciousness Instinct*, Michael Gazzaniga (Farrahr, Straus and Giroux, 2018) pp. 136 – 138.

2. *Six Impossible Things Before Breakfast*, Lewis Wolpert (Faber & Faber, 2011) pp. 36 – 38.

3. *The Power of Myth*, Joseph Campbell with Bill Moyers (Broadway Books, 1998) p. 3.

인물의 성격과 플롯

1. 'A Coordinated Analysis of Big-Five Trait Change Across 16 Longitudinal Samples', Elieen Graham et al. PrePrint: https://psyarxiv.com/ryjpc/.

2. 'The Five-Factor Model in Fact and Fiction', Robert R. McCrae, James F. Gaines, Marie A. Wellington, 2012, 10.1002/9781118133880.hop205004.

3. *In Personality Psychology*, Larsen, Buss & Wisjeimer (McGraw Hill, 2013), '조작의 11가지 전술의 분류체계'를 엮었다. (p. 427).

   매력 ("그녀에게 다정하게 그 일을 부탁한다.")

   강압 ("그가 그 일을 할 때까지 소리를 지른다.")

   묵살 ("그녀가 그 일을 할 때까지 대꾸하지 않는다.")

   이유 ("그가 왜 그 일을 해주기를 바라는지 설명한다.")

   퇴행 ("그녀가 그 일을 할 때까지 징징댄다.")

   자기 비하 ("그가 그 일을 하도록 고분고분하게 군다.")

   책임감 호소 ("그녀에게 그 일을 하겠다는 약속을 받아낸다.")

   강경한 태도 ("그가 그 일을 하도록 때린다.")

   쾌락 유도 ("그녀에게 그 일을 하면 얼마나 즐거운지 보여준다.")

   사회적 비교 ("그에게 남들은 다 그 일을 한다고 말한다.")

   금전적 보상 ("그녀에게 그 일을 하라고 돈을 준다.")

4. *Such Stuff as Dreams*, Keith Oatley (Wiley-Blackwell, 2011) p. 95.

5. *Personality Psychology*, Larsen, Buss & Wisjeimer (McGraw Hill, 2013) p. 69.

6. 'Sextraversion', Dr David P. Schmidt, *Psychology Today*, 28 June 2011.

7. *Personality Psychology*, Larsen, Buss & Wisjeimer (McGraw Hill, 2013) p. 68.

8. *Personality*, Daniel Nettle (Oxford University Press, 2009) p. 177.

9. *Personality Psychology*, Larsen, Buss & Wisjeimer (McGraw Hill, 2013) p. 70.

10. *Snoop*, Sam Gosling (Basic Books, 2008) p. 99.

11. *Personality Psychology*, Larsen, Buss & Wisjeimer (McGraw Hill, 2013) p. 70.

12. *Personality Psychology*, Larsen, Buss & Wisjeimer (McGraw Hill, 2013) p. 69.

13. *Personality*, Daniel Nettle (Oxford University Press, 2009) p. 34.

14. *Personality*, Daniel Nettle (Oxford University Press, 2009) p. 177. 네틀은 70퍼

센트라고 언급하지만 이 책의 감수자인 스튜어트 리치(Stuart Ritchie) 박사는 네틀이 인용한 연구도 탄탄한 연구이기는 하지만 다른 여러 연구에서는 이보다 덜 극적인 수치를 내놓는다고 지적했다. 연구자들 사이에는 60퍼센트가 보다 안전한 수치라는 합의가 이루어졌다.

15. 스튜어트 리치 박사의 말.

인물의 성격이 드러나는 설정

1. *Personality*, Daniel Nettle (Oxford University Press, 2009) p. 7.
2. *Snoop*, Sam Gosling (Basic Books, 2008) pp. 12 - 19.
3. *Snoop*, Sam Gosling (Basic Books, 2008) p. 19.
4. Lynn Barber, *Observer*, 9 March 2008.

문화, 인물이 형성되는 또 하나의 경로

1. *The Social Animal*, David Brooks (Short Books, 2011) p. 47.
2. *The Self Illusion*, Bruce Hood (Constable and Robinson, 2011) p. 22.
3. *Brain and Culture*, Bruce Wexler (MIT Press, 2008) p. 134. See also: C. M. Walker & T. Lombrozo, 'Explaining the moral of the story', Cognition, 2017, 167, 266 - 281.
4. 'A History of Children's Play and Play Environments', Joe L. Frost (Routledge, 2009) p. 208.
5. 'The Construction of the Self', Susan Harter (Guildford Press, 2012) p. 50.
6. 'The Geography of Thought', Richard E. Nisbett (Nicholas Brealey, 2003). 자세한 내용은 내 책 *Selfie* (Picador, 2017) Book Two: The Perfectible Self에서 다루었다.
7. 이런 차이가 현재에도 광범위하게 남아 있다. 동양 학생들에게 어항이 그려진 만화를 보여주고 1000분의 1초 단위로 시선도약을 추적해보면 무의식중에 전체 장면을 훑는 반면에, 서양 학생들은 앞에 보이는 지배적이고 개별적이고 화려한 색깔의 물고기에게 집중한다. 그리고 무엇을 보았는지 물으면 동양 학생들은 전체 맥락부터 설명하기 시작하는 데 비해("수조를 보았고"), 서양 학생들은 개별 대상

에서 시작한다("물고기를 보았고"). 그 물고기 한 마리를 어떻게 생각하는지 물으면 서양 학생들은 "그 물고기가 우두머리"라고 말하는 데 반해, 동양 학생들은 그 물고기가 잘못을 저질러서 무리에서 쫓겨났다고 추정한다.

이런 차이로 인해 동양과 서양은 인생과 자기와 이야기를 상당히 다르게 경험한다. 모든 아는 사람과의 관계 속에 자기를 넣어서 "소시오그램(sociogram)"을 그려보게 하자, 서양인들은 자기를 커다란 원의 정중앙에 넣고, 동양인들은 자기를 작게 그려서 가장자리에 넣는다. 서양과 달리 중국에서는 겸손하고 근면한 학생이 인기가 많고 수줍음은 지도자의 자질로 여겨진다. 이런 차이는 신경 모형에서 시작해서 현실에 대한 지각을 통제한다. 심리학자 리처드 리스벳(Richard Nisbett)은 내게 이렇게 말했다. "단지 동양인과 서양인이 세계를 다르게 생각한다는 뜻이 아닙니다. 양쪽은 말 그대로 서로 다른 세계를 봅니다." 이런 차이가 심각한 갈등을 야기할 수 있다. 한쪽이 다른 한쪽에는 명백해 보이는 도덕적 현실을 지각하지 못할 수 있기 때문이다. "중국인들은 집단이 더 나아지기 위해 누군가를 부당하게 처벌하는 개념을 기꺼이 받아들입니다. 개인의 권리를 중시하는 서양인들로서는 격노할 일입니다. 중국인들에게는 집단이 무엇보다 중요합니다."

8. 'Life on Purpose', Victor Stretcher (Harper One, 2016) p. 24.

9. *The Storytelling Animal*, Jonathan Gottschall (HMH, 2012) p. 33.

10. *The Autobiographical Self in Time and Culture*, Qi Wang (Oxford University Press, 2013) pp. 46, 52.

11. 저자와의 인터뷰.

발화점은 무엇인가?

1. *The Redemptive Self*, Dan P. McAdams (Oxford University Press, 2013) p. xii

2. *Brain and Culture*, Bruce Wexler (MIT Press, 2008) p. 9.

3. *Brain and Culture*, Bruce Wexler (MIT Press, 2008) p. 9.

4. *The Happiness Hypothesis*, Jonathan Haidt (Arrow, 2006) p. 65.

5. *The Political Brain*, Drew Westen (Public Affairs, 2007) pp. x - xiv.

6. 나의 다른 저서에서 확증 편향에 관해 보다 자세히 다루었다. *The Heretics* (Picador, 2013), 6장 x: 'The Invisible Actor at the Centre of the World'.

7. 'Myside Bias, Rational Thinking, and Intelligence', Keith E. Stanovich, Richard F. West, Maggie E. Toplak, *Current Directions in Psychological Science*, 2013, Vol. 22, Issue 4.

'Cognitive Sophistication Does Not Attenuate the Bias Blind Spot', Richard F. West, Russell J. Meserve, and Keith E. Stanovich, *Journal of Personality and Social Psychology*, 4 June 2012.

8. *The Enigma of Reason* by Hugo Marcier and Dan Sperber (Allen Lane, 2017).

9. 'Has every conversation in history been just a series of meaningless beeps?', Charlie Brooker, *Guardian*, 28 April 2013.

10. *Brain and Culture*, Bruce Wexler (MIT Press, 2008) p. 9.

11. 'You Are Not So Smart with David McRaney', *The Neuroscience of Changing Your Mind*, Episode 93, 13 Jan 2017.

영웅 만들기 서사

1. 'The Illusion of Moral Superiority', B. M. Tappin, R. T. McKay, *Soc Psychol Personal Sci*, 2017, Aug 8(6) : 623 – 631.

2. 'Motivated misremembering: Selfish decisions are more generous in hindsight', Ryan Carlson, Michel Marechal, Bastiaan Oud, Ernst Fehr, Molly Crockett, 23 July 2018. PrePrint accessed at: https://psyarxiv.com/7ck25/

3. "'진정한 나'는 신화다. 우리는 끊임없이 우리가 원하는 정체성을 얻기 위해 거짓 기억을 만들어낸다." Giuliana Mazzoni, *The Conversation*, 19 Sept 2018.

4. 'Changing beliefs and memories through dream interpretation', Giuliana A. L. Mazzoni, Elizabeth F. Loftus, Aaron Seitz, Steven J. Lynn, *Applied Cognitive Psychology*, Vol. 13, Issue 2, April 1999, pp. 125 – 144.

5. *Mistakes Were Made (But Not By Me)*, Carol Tavris and Elliot Aronson (Pinter and Martin, 2007) p. 76.

6. Mindwise, Nicholas Epley (Penguin, 2014) p. 54.

7. 'The Illusion of Moral Superiority', B. M. Tappin, R. T. McKay, *Soc Psychol Personal Sci*, 2017, Aug; 8(6): 623 – 631.

8. 'Motivated misremembering: Selfish decisions are more generous in hindsight', Ryan Carlson, Michel Marechal, Bastiaan Oud, Ernst Fehr, Molly Crockett, 23 July 2018. PrePrint accessed at: https://psyarxiv.com/7ck25.

9. *The Happiness Hypothesis*, Jonathan Haidt (Heinemann, 2006) p. 73.

10. 'Behind bars but above the bar: Prisoners consider themselves more prosocial than non-prisoner', Constantine Sedikides, Rosie Meek, Mark D. Alicke and Sarah Taylor, *British Journal of Social Psychology*, 2014, 53, 396 – 403.

11. *Hitler's World View: A Blueprint for Power*, Eberhard Jäckel (Harvard University Press, 1981) p. 65.

12. *Ordinary Men*, Christopher R. Browning (Harper Perennial, 2017) p. 73.

13. *The Happiness Hypothesis*, Jonathan Haidt (Heinemann, 2006) p. 75.

다윗과 골리앗이 대립하는 세계

1. 저자와의 인터뷰.

3장. 극적 질문

"그는 누구인가?"라는 극적 질문

1. 'Confabulation: why telling ourselves stories makes us feel OK', Lisa Bortolotti, *Aeon*, 13 February 2018.

2. 가자니가의 작화 실험에 관한 설명은 그의 저서 *Who's In Charge?* (Robinson, 2011)와 *Human* (Harper Perennial, 2008)에서 참조했다. 다른 자료는 *The Happiness Hypothesis*, Jonathan Haidt (Heinemann, 2006)에서 참조했다.

3. *Who's in Charge?*, Michael Gazzaniga (Robinson, 2011) p. 85.

4. *Mindwise*, Nicholas Epley (Penguin, 2014) p. 30.

5. *Subliminal*, Leonard Mlodinow, (Penguin, 2012) p. 177.

여러 개의 자아, 3차원적 인물

1. *Incognito: The Secret Lives of the Brain*, David Eagleman (Canongate, 2011) p. 104.

2. *Incognito: The Secret Lives of the Brain*, David Eagleman (Canongate, 2011) p. 137.

3. *Altered Egos: How the Brain Creates the Self*, Todd E. Feinberg (Oxford University Press, 2001) pp. 93-99.

4. *How the Brain Creates the Self*, Todd E. Feinberg (Oxford University Press, 2001) pp. 93-99.

5. 'Alien Hand Syndrome sees woman attacked by her own hand', Dr Michael Mosley, 20 January 2011.

6. *Altered Egos: How the Brain Creates the Self*, Todd E. Feinberg (Oxford University Press, 2001) pp. 93-99.

7. *The Uses of Enchantment*, Bruno Bettelheim (Penguin, 1976) p. 30.

8. *The Uses of Enchantment*, Bruno Bettelheim (Penguin, 1976) p. 66.

플롯이 형성되는 두 의식 차원의 갈등

1. *Making Stories*, Jerome Bruner (Harvard University Press, 2002) p. 26.

2. *Who Are You Really?*, Brian Little (Simon & Schuster, 2017) p. 25.

원하는 것과 진짜 필요한 것

1. *Story*, Robert McKee (Methuen, 1999) p. 138.

극적 질문은 어디에서 오는가

1. *Who's In Charge?*, Michael Gazzaniga (Robinson, 2011) p. 315.

2. *Grooming, Gossip and the Evolution of Language*, Robin Dunbar (Faber & Faber, 1996), Kindle Locations 1255-1256.

3. *Evolutionary Psychology*, David M. Buss (Routledge, 2016) p. 84.

4. *The Origins of Creativity*, Edward O. Wilson (Liveright, 2017) p. 114.

5. *Evolutionary Psychology*, David M. Buss (Routledge, 2016) p. 84.

6. *Evolutionary Psychology*, Robin Dunbar, Louise Barrett, John Lycett (Oneworld, 2007) p. 133.

7. *Grooming, Gossip and the Evolution of Language*, Robin Dunbar (Faber & Faber, 1996), Kindle Locations 1152 – 1156.

8. *Evolutionary Psychology* by Robin Dunbar, Louise Barrett, John Lycett (Oneworld, 2007) p. 112.

9. not only is gossip universal: Moral Tribes, Joshua Greene (Atlantic Books, 2013) p. 45. 소문을 주고받는 행동은 3세 아동에게도 나타난다. 미취학 아동들이 친사회적인 소문을 통해 다른 사람의 평판에 영향을 미친다. http://onlinelibrary. wiley.com/doi/10.1111/bjdp.12143/abstract?campaign=woletoc.

10. *The Hungry Mind*, Susan Engel (Harvard University Press, 2015) p. 146.

11. *The Hungry Mind*, Susan Engel (Harvard University Press, 2015) p. 134 – 135.

12. *The Hungry Mind*, Susan Engel (Harvard University Press, 2015) p. 140.

13. most of it concerns moral infractions: *Just Babies*, Paul Bloom (Bodley Head, 2013) p. 95.

14. *On The Origin of Stories*, Brian Boyd (Harvard University Press, 2010) p. 64.

15. O. S. Curry, D. A. Mullins, H. Whitehouse. Is it good to cooperate? 'Testing the theory of morality-as-cooperation in 60 societies', *Current Anthropology*, 15 July 2017.

16. *Just Babies*, Paul Bloom (Bodley Head, 2013) p. 27.

17. *Just Babies*, Paul Bloom (Bodley Head, 2013) p. 27.

18. *The Power of Myth*, Joseph Campbell with Bill Moyers (Broadway Books, 1998) p. 126.

19. *The Seven Basic Plots*, Christopher Booker (Continuum, 2005) p. 555.

20. *The Domesticated Brain*, Bruce Hood (Pelican, 2014) p. 195.

21. Brain scans reveal: *Comeuppance*, William Flesch (Harvard University Press, 2009) p. 43.

22. *Grooming, Gossip and the Evolution of Language*, Robin Dunbar (Faber &

Faber, 1996), Kindle Locations 2911 – 2917.

23. 'The heroes and heroines of narrative': *Comeuppance*, William Flesch (Harvard University Press, 2009) p. 126.

지위 게임

1. *The Redemptive Self*, Dan P. McAdams (Oxford University Press, 2013) p. 29.

2. 'Is the Desire for Status a Fundamental Human Motive? A Review of the Empirical Literature', C. Anderson, J. A. D. Hildreth & L. Howland, *Psychological Bulletin*, 16 March 2015.

3. *On the Origin of Stories*, Brian Boyd (Harvard University Press, 2010) p. 109.

4. 'Is the Desire for Status a Fundamental Human Motive? A Review of the Empirical Literature', C. Anderson, J. A. D. Hildreth & L. Howland, *Psychological Bulletin*, 16 March 2015.

5. *Behave*, Robert Sapolsky (Vintage, 2017) p. 323.

6. *Evolutionary Psychology*, David M. Buss (Routledge, 2016) p. 49.

7. *Behave*, Robert Sapolsky (Vintage, 2017) p. 428.

8. *Our Inner Ape*, Frans de Waal (Granta, 2005) p. 68.

9. *Comeuppance*, William Flesch (Harvard University Press, 2009) p. 110.

10. *Our Inner Ape*, Frans de Waal (Granta, 2005) p. 75. 물론 인간도 약자를 응원한다. *The Appeal of the Underdog*, Joseph A. Vandello, Nadav P. Goldschmied and David A. R. Richards, Pers Soc Psychol Bull, 200, 33: 1603.

11. *The Seven Basic Plots*, Christopher Booker (Continuum, 2005) p. 556.

12. *The Seven Basic Plots*, Christopher Booker (Continuum, 2005) p. 268.

13. 'The pampered, petulant, self-pitying Prince', Tom Bower, *Daily Mail*, 16 March 2018.

14. *Behave*, Robert Sapolsky (Vintage. 2017) p. 67.

15. *Behave*, Robert Sapolsky (Vintage, 2017) p. 67.

16. 'Social hierarchy modulates neural responses of empathy for pain', Chunliang Feng, Zhihao Li, Xue Feng, Lili Wang, Tengxiang Tian, Yue-Jia

Luo, *Social Cognitive and Affective Neuroscience*, Vol. 11, Issue 3, 1 March 2016, pp. 485 – 495.

17. *Palaeolithic Politics in British Novels of the Longer Nineteenth Century*, Joseph Cattoll et al., http://www.personal.psu.edu/~j5j/papers/PaleoCondensed.pdf 참조.

리어 왕과 굴욕감

1. *Such Stuff as Dreams*, Keith Oatley (Wiley-Blackwell, 2011) p. 94.

2. 'Humiliation: its Nature and Consequences', Walter J. Torres and Raymond M. Bergner, *Journal of the American Academy of Psychiatry and the Law Online*, June 2010, 38 (2) 195 – 204.

3. *Comeuppance*, William Flesch (Harvard University Press, 2009) p. 159.

부족의 프로파간다로서의 이야기

1. *The Written World*, Martin Puchner (Granta 2017) pp. 46 – 59.

2. *The Written World*, Martin Puchner (Granta 2017) p. 54.

3. 'Cooperation and the evolution of hunter-gatherer storytelling', Daniel Smith et al., *Nature Communications*, Volume 8, Article number: 1853, 5 December 2017,

4. *Subliminal*, Leonard Mlodinow (Penguin, 2012) p. 165.

5. *The Political Brain*, Drew Westen (Public Affairs, 2007) p. xvi.

6. https://www.youtube.com/watch?v=9B-RkNRGH9s

7. https://www.youtube.com/watch?v=kOomUpEdLE4&list=UUFHCypPBiy5c pLKFX11q0QQ

8. *Our Inner Ape*, Frans de Waal (Granta, 2005) p. 5.

9. *Our Inner Ape*, Frans de Waal (Granta, 2005) p.132.

10. *Our Inner Ape*, Frans de Waal (Granta, 2005) pp. 24, 132.

11. *Our Inner Ape*, Frans de Waal (Granta, 2005) p. 137.

12. 'Intergroup Perception in the Social Context: The Effects of Social Status

and Group Membership on Perceived Out-Group Homogeneity', Markus Brauer, *Journal of Experimental Social Psychology*, 37 (2001): 15‑31.

13. *The Domesticated Brain*, Bruce Hood (Pelican, 2014) p. 278; Behave, Robert Sapolsky (Vintage 2017) p. 288.

14. 'Jud Süss: The Film That Fuelled the Holocaust', Gary Kidney, *Warfare History Network*, 23 March 2016.

15. 'Evil Origins: A Darwinian Genealogy of the Popcultural Villain', J. Kjeldgaard-Christiansen, *Evolutionary Behavioral Sciences*, 2015, 10(2), 109‑122.

반영웅 이야기의 기술

1. Their Own Petard, Adam Kirsch, *The New York Times*, 23 May 2013

2. The Uses of Enchantment, Bruno Bettelheim (Penguin, 1976) p. 10.

근원적인 상처, 수수께끼의 열쇠

1. *Will in the World*, Stephen Greenblatt (W.W. Norton, 2004) pp. 323‑327

2. *The Literature of Love*, Mary Ward (Cambridge University Press, 2009) p. 61

3. *The Domesticated Brain*, Bruce Hood (Pelican, 2014) p. 116.

4. 'Why your brain needs touch to make you human', Linda Geddes, *New Scientist*, 25 February 2015.

5. *The Popularity Illusion*, Mitch Prinstein (Penguin, 2018) Kindle location 1984.

6. *The Popularity Illusion*, Mitch Prinstein (Penguin, 2018) Kindle location 2105.

7. *The Popularity Illusion*, Mitch Prinstein (Penguin, 2018) Kindle location 2111.

4장. 플롯과 결말

매력적인 인물과 이야기의 힘

1. *On Film-Making*, Alexander Mackendrick (Faber & Faber, 2004) p. 106.

2. *The Happiness Hypothesis*, Jonathan Haidt (Arrow, 2006) p. 22.

3. *Brain and Culture*, Bruce Wexler (MIT Press, 2008) pp. 76 – 77.

4. 'Just Think: The challenges of the Disengaged Mind', Timothy D. Wilson et al., *Science*, July 2014, 345(6192), pp. 75 – 7.

5. *The Sense of Style*, Steven Pinker (Penguin, 2014) p. 147.

6. *Mindwise*, Nicholas Epley (Penguin, 2014) p. 50.

7. *The Domesticated Brain*, Bruce Hood (Pelican, 2014) p. 222.

8. *The Political Brain*, Drew Westen (Public Affairs, 2007) p. 57.

9. *Personality*, Daniel Nettle (Oxford University Press, 2009) p. 87.

10. 'The real-life story of a computer game addict who played for up to 16 hours a day by Mark Smith', *Wales Online*, 18 Sept 2018.

11. 'S Korea child starves as parents raise virtual baby', BBC News, 5 March 2010.

12. *Who Are You Really?*, Brian Little (Simon & Schuster, 2017) p. 45.

13. *Life on Purpose*, Victor Stretcher (Harper One, 2016) p. 27.

14. 저자와의 인터뷰

15. 내가 스티브 콜의 연구에 관해 쓴 글은 《뉴욕커》 실렸다.('A Better Kind of Happiness', 7 July 2016).

16. 'A meaning to life: How a sense of purpose can keep you healthy', Teal Burrell, *New Scientist*, 25 Jan 2017.

17. 'Purpose in Life as a Predictor of Mortality Across Adulthood', Patrick Hill and Nicholas Turiano, *Psychological Science*, May 2014, 25(7) pp. 1487 – 96.

18. 비디오 강의: 'Dopamine Jackpot! Sapolsky on the Science of Pleasure', http:// www.dailymotion.com/video/xh6ceu_dopamine-jackpot-sapolsky-on-the-science-of-pleasure_news.

19. *The Bestseller Code*, Jodie Archer & Matthew L. Jockers (Allen Lane, 2016) p. 163.

일반적인 5막 플롯 vs. 변화의 플롯

1. 인물 변화의 본질에 관해서는 이야기 이론가들 사이에 합의가 이루어지지 않았다. 주인공의 핵심 성격이 **변형**되는 것이라고 보는 사람도 있고, 이전에는 감춰져 있던 부분이 **드러나는** 것이라고 보는 사람도 있다. 양쪽 모두 일리가 있다. 인물이 변화할 때는 잠재의식 차원에서 자아의 더 나은 모형을 우세하게 내세워서 그 자아를 존재하게 만드는 신경망을 강화한다. 따라서 그 자아가 신경계의 논쟁에서 더 많이 이겨서 궁극적으로 인물의 행동을 통제한다. 그사이 인물은 자아의 경계를 **확장**하여 더 나은 탄력성과 핵심 성격을 얻고 인간 세계를 통제하기 위한 다채로운 도구를 얻는다.

   간단히 말해서 우리는 주인공의 변화무쌍한 여정에 초점을 맞춘다. 하지만 이야기의 모든 주요 인물이 비록 주인공에게 종속될 수는 있어도 각 인물이 저마다의 변화를 겪는다는 점은 부연할 필요가 없을 것이다. **모든** 인물은 플롯에서 자신의 역할을 다할 때까지 잠재의식 차원의 질문을 받는다. 모두가 끊임없이 변화한다. 그리고 변화는 단선적이지 않을 것이다. 앞뒤로, 위아래로 이동할 것이다. 그래도 변화는 멈추지 않는다. 독자를 몰입시키는 플롯이 복잡하고 아름다운 변화의 교향곡인 이유는 뇌가 변화에 사로잡히기 때문이다.

최후의 일전

1. Deviate, Beau Lotto (W&N, 2017) Kindle location 685.

2. Examining the arc of 100,000 stories: a tidy analysis by David Robinson, http://varianceexplained.org/r/tidytext-plots, 26 April 2017.

3. Maps of Meaning video lectures. Jordan Peterson, 2017: Marionettes & Individuals Part Three [01:35]

완벽한 통제력을 드러내는 신의 순간

1. *The Self Illusion*, Bruce Hood (Constable, 2011) p. 51.

2. *The Domesticated Brain*, Bruce Hood (Pelican, 2014) p. 115.

3. *Redirect*, Timothy D. Wilson (Penguin, 2013) p. 268.

4. Roy Baumeister writes that: *The Cultural Animal*, Roy Baumeister (Oxford

University Press, 2005) p. 102.

변화를 끌어내는 공감의 순간

1. *Making up the Mind*, Chris Frith (Blackwell Publishing, 2007) p. 109.

2. 'The Extended Transportation-Imagery Model: A Meta-Analysis of the Antecedents and Consequences of Consumers' Narrative Transportation', Tom van Laer, Ko de Ruyter, Luca M. Visconti and Martin Wetzels, *Journal of Consumer Research*, Vol. 40, No. 5 (February 2014) pp. 797-817.

3. *Inventing Human Rights*, Lynn Hunt (W.W. Norton, 2008) p. 38.

4. *Inventing Human Rights*, Lynn Hunt (W.W. Norton, 2008) p. 42.

이야기의 힘

1. 'Entertainment-education effectively reduces prejudice', Sohad Murrar, Markus Brauer, Group Processes & Intergroup Relation, 2018, Vol 21, Issue 7.

THE SCIENCE OF
STORYTELLING

이야기의 탄생

초판 1쇄 발행 2020년 5월 15일
초판 5쇄 발행 2023년 8월 21일

지은이 윌 스토
옮긴이 문희경
펴낸이 유정연

이사 김귀분
기획편집 신성식 조현주 유리슬아 서옥수 황서연 **디자인** 안수진 기경란
마케팅 반지영 박중혁 하유정 **제작** 임정호 **경영지원** 박소영

펴낸곳 흐름출판(주) **출판등록** 제313-2003-199호(2003년 5월 28일)
주소 서울시 마포구 월드컵북로5길 48-9(서교동)
전화 (02)325-4944 **팩스** (02)325-4945 **이메일** book@hbooks.co.kr
홈페이지 http://www.hbooks.co.kr **블로그** blog.naver.com/nextwave7
출력·인쇄·제본 (주)삼광프린팅 **용지** 월드페이퍼(주) **후가공** (주)이지앤비(특허 제10-1081185호)

ISBN 978-89-6596-383-7 03800

• 흐름출판은 독자 여러분의 투고를 기다리고 있습니다. 원고가 있으신 분은 book@hbooks.co.kr로
간단한 개요와 취지, 연락처 등을 보내주세요. 머뭇거리지 말고 문을 두드리세요.
• 파손된 책은 구입하신 서점에서 교환해 드리며 책값은 뒤표지에 있습니다.